文學新象 276

封鎖

彼得・梅——著
陳思華——譯

高寶書版集團

獻給蘇西（Susie）

我從未見過如此厲害的流感病毒……我們每個人將無一倖免。

——病毒學家羅伯特・韋伯斯特（Robert Webster），
美國田納西州曼非斯聖裘德兒童研究醫院（St. Jude Children's Research Hospital）

前言

由於我的小說《黑屋》（暫譯，The Blackhouse）或恩佐系列首部曲《非凡人物》（暫譯，Extraordinary People）不受出版社青睞，我在二〇〇五年便開始研究以禽流感爆發為背景的犯罪小說。

當時科學家預測禽流感或 H5N1 流感病毒，可能會是造成下一次流感大流行的原因。一九一八年爆發的西班牙流感導致全球有兩千至五千萬人死亡，而據估計禽流感的死亡率更高達六成或以上，死亡人數將大幅超越前者。

我在寫中國驚悚系列的其中一本《蛇頭》（暫譯，Snakehead）時，曾經查閱了大量有關西班牙流感的資料，早已十分熟悉這方面的題材；但這些對我之後開始研究 H5N1 流感病毒，及禽流感爆發可能為世界帶來的威脅毫無幫助。

我開始調查流行病可能造成的混亂，我們習以為常的社會將如何迅速瓦解；我設定倫敦作為事件發生的舞台，流行病爆發中心，將其描繪成一座被完全封鎖的城市。以此背景下，急診醫院的施工進行得如火如荼，而一具遭到謀殺的兒童遺骸在工地現場被發現。故事的主角傑克．麥克尼爾（Jack MacNeil）督察被任命調查此案，即使他自己的家人也染上病毒。

經過連續六個星期工作到深夜後，我完成了《封鎖》，但這本書從未出版過，當時的英國編輯認為書中描寫倫敦受到無形的流感病毒威脅而封城並不現實，而且絕不可能發生，但我所有的研究顯示事實就是如此。後來一家美國出版社買下恩佐系列小說版權，我的中國驚悚系列也首次在美國出版，我便將注意力轉向大西洋彼岸，《封鎖》的原稿被我存進 Dropbox 資料夾，直到現在。

我寫這篇前言時，就窩在法國的家中，除非有特殊情況，不然禁止出門。新型冠狀病毒（Covid-19）肆虐全球，我們生活的這個世界正迅速瓦解，即使死亡率與禽流感相比僅是冰山一角，政府仍必須努力控制新型冠狀病毒席捲世界造成的混亂及恐慌。當前情況與《封鎖》一書相似度高得嚇人，現在似乎是時候開啟塵封已久的資料夾，哪怕是為了讓我們所有人意識到實際情況可能更糟糕，也要將這份古老原稿挖出來與我的讀者分享。

彼得．梅

二〇二〇年，法國

序章

女孩的尖叫在黑暗中迴盪，顫抖的聲音從因恐懼而緊縮的喉間擠出來，但凡任何有同情心的人聽了都會汗毛直豎；但這幢古老宅邸四周厚牆圍繞，讓整棟房子籠罩在恐怖的氛圍中，確保不會有人聽見她的呼救。

他在黑暗中低聲唾罵，感到很氣惱。她聽見他走上樓梯，很清楚他想傷害她，這個她所熟悉、信任甚至愛過的男人。不解的念頭壓得她喘不過氣來，這怎麼可能？她還記得在她漫長折磨的生病期間，他把手貼在她發燙的額間傳來冰涼的觸感，眼中流露出憐憫；現在卻冒著熊熊怒火，充滿惡意。

她屏住呼吸，男人又走上另一段台階。他以為她跑到了頂樓，她則在溜出書房時，看到樓梯上他的影子正往閣樓上去。她隨即轉身匆匆下樓，小小的腳丫踩在厚地毯上，進到從彩色玻璃窗投射到門廳地板上的光裡。她用手拼命拉著門把，但門上鎖了，根本無處可逃。

她聽見樓上傳來男人的怒吼，頓時渾身僵硬。他發現跟丟她了。她有些猶疑，通往地下室的台階位於樓梯下方的廁所，但她知道一旦下去就是死路一條；剩下就只有一條連到外面巷子的老舊輸煤管，即使她身材嬌小，也無法鑽過管道。

男人怒氣沖沖地下樓來，每走一步房子就跟著震動。她驚慌地轉身，發現面前站了一個小女孩：身穿白色睡袍的亡靈，留著率性的黑色短髮，一雙杏眼又大又黑，臉色慘白。女孩恐懼的目光像是刀刃般向她刺來，她才意識到她閃避的正是自己的倒影，一張驚恐扭曲的臉孔，讓她認不出來。

「喬伊！」她聽見男人的吼叫從樓梯間傳來，突然想起幾個月前初次帶他們參觀這棟房子的女人，和位於房屋前側那間寬敞飯廳牆上的假鑲板；他們從未在那裡用過餐，整個房間一直處於悶熱昏暗的環境中，日光和燈光交替從百葉窗周圍的縫隙透進來。那名房仲曾把一張小茶几移開，卸下牆板露出後方的門。她握著圓形門把，打開那扇刷著白漆的舊門進入一個更黑的地方。那是一間小小濕冷、帶有霉味的磚房，過去一家六口曾瑟縮在這個黑暗空間躲避空襲。

喬伊不知道那位女士口中的「閃電戰」是什麼意思，但她曾聽說德國的轟炸機隊炸完倫敦後，再次繞到南邊，將機上未用完的彈藥扔向這個不幸的自治市鎮。當警報響起時，人們紛紛抱頭鼠竄，躲進家中骯髒的磚房豎耳傾聽，在黑暗中等待並祈禱。喬伊又聽見男人大吼她的名字，正如半個多世紀前的警報聲一樣，使她慌慌張張地跑進飯廳。

她匆匆把茶几推到一旁，摸索著牆面，扳開深藍色鑲板上的拴扣；鑲板很重，她用自己的小手使勁將板子撬開，而後聽見男人踏到二樓走廊，走進上方主臥室的聲音。她把鑲板傾向一邊推開門，門後方一片漆黑，濕冷的空氣將她團團包住。她踏了進去，接著把鑲板挪回原位。由於從裡面沒辦法把鑲板扣緊，她只能祈禱他不會注意。一關上門便沒了光線，她蹲下身，環臂抱住自己取暖。這裡又冷又黑，什麼都做不了，無路可逃。她想不通這個空間要怎麼擠進六個人，也難以想像聽見四處投彈的聲音，猜想下一個會不會是自己是什麼感受。但她不需要想像也能在腦海描繪出現在樓梯上的男人，或光照在他帶著的那把刀的畫面。位於廣東的那家孤兒院是段遙遠的記憶，那是她的童年，屬於別人的人生。才六個月，一切都變了，但感覺像是過了很久，上一段人生不過是夢的幻影。

她呼吸急促，似乎異常清晰，卻能聽見男人走入客廳的聲音：踩在實木複合地板沉重的腳步聲，和他再次大吼她名字所蘊含的憤怒，接著安靜下來。這陣靜默似乎從一會兒延伸為數小時。她盡可能屏住呼吸，因為她確定男人肯定會聽到她的呼吸聲。上頭仍然沒有任何聲響，然後她在聽見門外鑲板刮過牆面的聲音時倒抽一口氣。

門把轉動，她在門慢慢打開時，將背緊貼著牆面。門後大廳流進的燈光襯出男人的身影，透過同樣的光線，她看見自己的呼吸在冷空氣中凝結。男人慢慢蹲下身，把手伸向她。她看不見他的臉，卻能聽到他在笑。

「到爸爸這兒來。」他輕聲說。

第一章

I

大主教公園之友尚在世的成員紛紛破口大罵，那些已經不在的肯定也會死不瞑目。多年的精心計畫，為蘭貝斯區居民保護這一小片舒適宜人的綠地，卻被國會頒布的一項緊急法抹消殆盡。一面旗幟襯著夜色垂掛在建有垛牆的塔樓上方，大主教正停留暫住宮殿中，但由於推土機短暫休息六個小時後，凌晨五點便開始動工，他似乎不大可能還在熟睡。開放這座公園，讓整個自治市鎮使用的前人大概也無法安息。

弧光燈照亮施工現場，過去孩童玩耍的土地遭工程車履帶輾過變得濕軟，迴盪在空氣中細小的回聲被機器的轟鳴聲淹沒；足球和籃球場的欄杆被挖開扔到一旁；鞦韆殘骸和攀爬架堆在公園西側等著拆除的廢棄大樓旁；原本打算改建咖啡館的老舊廁所區已經被拆除。時間急迫，大量人力被指派完成這項任務。十八小時輪班一次，沒人有怨言，因為薪水優渥，但現在也無處可花。

一群身穿橘色連身工作服、戴著安全帽和白口罩的人在燈下四處走動，沒人交談。每個人都自顧自地做事，與其他人保持距離。他們透過口罩乾淨的布料抽菸，留下沾到尼古丁的圓形汙漬，還有一個持續燃燒的火盆銷毀抽完的菸頭。感染很容易散播開來。

昨天工人為了建造地基挖了洞，今天便來了好幾輛水泥車灌入混凝土。一台大型吊車已抵達現場，準備吊起鋼樑移動到位。緊急委員會前一天下午派了支代表團從西敏區走一小段距離到現場，喜憂參半地觀看他們迫於無奈批准的拆除行動。雖然臉上戴著白色布口罩，卻遮不住他們焦慮的眼神。他們一樣默默看著工程進行。

此時，突然有個聲音壓過攪拌水泥和挖土機的噪音，一個人影在黑暗中舉手叫停。他身材瘦長，站在西北角一個大坑旁。水泥溜槽大幅度擺動，搖晃地停了下來，下一秒灰色汙泥就要噴湧而出。男人蹲在坑口看向下方一片漆黑。「下面有東西。」他喊道，工頭氣憤地大步踩過泥濘向他走去。

「拜託，我們沒時間做這種事了！」他朝操作水泥車的人揮了下戴著厚手套的手。

「快！」

「不，等一下。」身材瘦長的男人跳到坑裡，不見了蹤影。

工頭抬頭仰望天空。「天啊，來點燈照一下這裡。」

架好燈架後，隨著光斜斜打下來，一群人圍在坑口四周。男人瘦長的身影蹲在某個又小又黑的東西上方。他抬頭望著那圈往下盯著他的臉，用手遮住刺眼的光線。「是個他媽的提袋，」他說：「皮革提袋，某個白癡以為我們挖這個洞是要給他丟垃圾。」

「拜託你快上來，」工頭大喊：「工程不能有任何延誤。」

「裡面裝什麼？」有人喊道。

男人用袖子抹掉額頭的汗水，脫掉一邊手套拉開提袋拉鍊。所有人都俯下身想親眼瞧瞧，然後他像是摸到帶電的電線似的往後一跳。「媽呀！」

「是什麼？」

他們可看到某個白色物體在光線照射下閃閃發亮。男人抬起頭，呼吸急促，喘著粗氣，原本因為睡眠不足而蒼白的臉更是毫無血色。「我的天啊！」

「到底是什麼？」工頭開始失去耐性。

坑裡的男人小心翼翼地再次靠上去。「是骨頭，」他聲音低沉，卻能讓所有人聽到。「人骨。」

「你怎麼知道是人骨？」其中一人問，他的聲音異常大聲。

「因為有一顆他媽的人類頭骨盯著我看，」男人仰起自己的頭，皮膚似乎繃得緊緊的。

「但很小，對大人來說太小了，這肯定是小孩的頭骨。」

II

麥克尼爾正身處異地，一個他不該去的地方，那裡既溫暖又舒適安全，但他潛意識裡總有個惱人的聲音，感覺自己忘了什麼事，有什麼遺漏了，這個感覺讓他很不舒服。然後他想起來了，猛然驚覺自己已經好幾個月沒去上班。他怎麼能忘記？但他知道他以前就幹過這種事，因為他有段模糊的記憶。噢，該死，他要怎麼解釋？要怎麼跟他們說明他去了哪裡或為什麼？天啊，他覺得很難受。

他聽見電話在響，知道是他們打過來的。他不想接。他能說什麼？他們一直都有付他薪水，他卻連出現都不願意；其他人鐵定不得不幫他掩護，替他輪值，他們會很生氣、會指責他。電話仍響個不停，但他就是不想接。「閉嘴！」他對電話大吼，電話毫無反應，每一聲響鈴都宛如利刃刺向他的胸口，會一直持續到他接起電話。他滿頭大汗，感覺有什麼東西黏在身上，越使勁掙扎就越擺脫不了。他翻來覆去，最後醒了過來大口喘著氣，瞪大眼睛，驚恐地盯著天花板，剪得短短的頭髮濡濕地貼在枕頭上。電子顯示的數字「06:57」朝著日光升起的方向延伸。他只從那個家裡帶走這個尚恩送他的禮物，一個會將紅外線數字投射到天花板上的鬧鐘。失眠時不用轉頭就能看到時間，天上總有個大時鐘提醒你時間過得有多慢。

他當然知道買這個鬧鐘的人不是尚恩，瑪莎很清楚他對這些小裝置情有獨鍾，但尚恩很高興能將這個鬧鐘送他當禮物。似乎只有孩子能從給予這件事中獲得純粹的快樂，就跟得到的反應一樣真實。

麥克尼爾把自己從被汗浸濕的被褥中解救出來，雙腳晃下床坐了起來。冷冽的空氣朝他襲來。起來！電話仍鈴聲大作，就像他夢到的一樣，他知道響鈴不會停止。他手伸向床頭櫃拿起話筒，動了動乾涸的嘴唇。「喂？」

「你最好醒了，麥可尼爾。」

麥可尼爾動了下黏在上顎的舌頭，口腔隨即散發出威士忌的酸味。他揉了揉眼睛抹去眼屎。「我還有十二個小時才當值。」

「情況有變，現在你要值兩班。我想既然這是你最後一天上班，應該撐得過去，我又有兩個人不行了。」

「該死。」

「的確該死，有個傢伙在我們後院丟了東西，我沒別人可用了。」

麥克尼爾抬頭往後仰，疲憊地看向上方那顆大時鐘。反正他也不知道接下來的十二小時要做什麼，他很難在白天入睡。「怎麼回事？」

「骨頭。一群工人在大主教公園施工現場的一個坑底發現到的。」

「聽起來他們需要的是考古學家，不是警察。」

「骨頭被裝在一個皮革提袋裡，而且昨天還不在那裡。」

「啊。」

「你最好直接跑一趟。政府相關部門因為不得不停止施工一直抗議，趕緊結案好嗎？我不想要這有的沒的麻煩。」

電話那頭傳來咔的一聲，嚇得麥克尼爾縮起脖子。萊恩掛斷了電話。

麥克尼爾穿過走道到盥洗室，邊刷牙邊盯著自己茫然的倒影。其他人的牙刷全擠在一個混濁的牙刷杯裡，他所有私人物品都放在自己房間，盥洗室的用品一概不碰，甚至在使用水龍頭前都要先消毒擦過一遍。他得刮一下鬍子，再睡幾個小時或許有助於消除黑眼圈，卻沒辦法改善過去幾個月來造成的痕跡。戴口罩在他年近不惑的臉上留下烙印，他可不想一直維持這個形象。

他在用刮鬍刀刮鬍子時，聽見隔壁有人醒來的聲音，是那個汽車銷售員。麥克尼爾第一次到這裡租房時，住在一樓的房東便帶他認識同樣住在這裡的房客：一名離婚的醫生，目前禁止開診，他通常能很快為大多數疾病提供藥方，是個很可靠的鄰居，尤其在最近這段日子。一名汽車銷售員，房東認為他是同性戀，但還沒決定接受自己的性向。兩名鐵路工人工會的職員，只是現在不叫這個名字，他也不記得改成什麼了，他們一人來自曼徹斯特，另一人來自里茲，兩人任職於工會設於倫敦的執行委員會，這個工會長期在巴勒別克路上執行業務。整棟屋子只有一個女房客，她身上帶著異味，看起來就像行屍走肉，房東很確定她在嗑藥，但她總是按時付房租，所以他也沒資格對她說三道四。

這群怪人八竿子打不著，住在社會邊緣，處於半死不活的模糊地帶，只是存在而已。他第一天搬進來時，麥克尼爾感覺自己就像個局外人，只是來看看的旁觀者。他不屬於這裡，也不會留下來——這真的只是五個月前的事嗎？住在這裡的所有人肯定都這麼想過，現在麥克尼爾就像他們一樣，看不見出路。他不再是站在外面觀望，而是從裡面向外看。

選擇這個地區是因為他覺得自己可以帶著尚恩搬進這裡。這裡並非貧民窟，仍然給人一種沒落的貴族氛圍。馬路的盡頭就是海布里綠地，他和尚恩可以去那裡踢球、遛狗——如果他們有養的話。有些街名聽起來也很有家鄉的味道：亞伯丁、凱爾文、塞弗斯和佛格斯，這些名字讓他感到熟悉及安慰，與他很久以前離開的蘇格蘭似曾相識。離海布里綠地不遠有一座游泳池，房東說以前那裡是戶外空間，但不那麼耐操的後代建了圍牆，又蓋了屋頂，是另一個他和尚恩可——要怎麼說？——享受美好時光的去處。而且麥克尼爾還覺得，他可以幫他們倆買季票去酋長球場看兵工廠足球俱樂部比賽。

但尚恩的媽媽拒絕讓尚恩跨越市區到伊斯林頓自治市來。太危險了，她說，等緊急狀態解除再說吧。

麥克尼爾穿上外套，豎起衣領。他的西裝需要燙一下，白襯衫領口的位置有些磨損；最上面那顆鈕扣掉了，為了遮住，他把領帶繫到最緊。戴上手套後，他匆匆下到一樓的窄廊。有段時間，差不多就在一個月前，房東會把頭探出門外向他道早，但現在兩人都不交談，因為太害怕傳染。

III

麥克尼爾一關上門，便聽到樓上電話在響。他不想再跟萊恩通話，所以他很快掏出手機關機。

坐進駕駛座時，他感覺車裡空氣冷冰冰的，雖然沒有結霜，水氣卻凝結在擋風玻璃蒙上一層霧。他打開風扇，將車拐進卡拉布里亞路。收音機放著去年的精選曲目，最近兩個月完全沒有人出新專輯。音樂一首接一首的放，麥可尼爾很高興沒有那些清晨時段常會出現的愚蠢、擾人的DJ。他錯過了七點三十分的新聞廣播。

老樣子，他通往市區的路線取決於軍方的檢查哨。某些特定地區禁止進入，連他也不例外。有些界線需要特殊許可才能越過。他驅車向南前往本頓維爾，沿著本頓維爾路往西轉入尤斯頓路。現在將近七點四十五分，黯淡的光線穿過低矮的雲層在空中蔓延開來，掠過遠方摩天大樓頂部。以往計程車、公車和上下班的人會阻塞這座城市的動脈，就像膽固醇一樣。麥克尼爾仍不習慣街上空蕩蕩的，在清晨的曙光中有種詭譎的靜謐。經過偶然碰見的部隊車，戴著防毒面罩和護目鏡的軍人在卡其色的帆布帳下注視外頭，宛如出現在《星際大戰》電影中戴著面罩的軍人，抱著他們常常被迫使用的步槍。

現在天已經亮了，有少少獲得通行許可的私人和商業車進入這座城市的指定區域，透過相機與衛星進行追蹤。因為市中心發生過很多搶劫事件，所以管制最為嚴格。政府用舊的都市擁擠收費設施監管所有進出車輛。麥克尼爾沿著北方界線前進，經過空無一人的尤斯頓車站，才轉往南邊的托登罕宮路，被一個攝像鏡頭拍下車牌，立即傳送到中央電腦。沒有許可，他可能會在幾分鐘內被攔下來。

這座城市的購物街宛如戰場。窗戶未被砸破的商店已釘上木板，被燒毀的贓車骨架在路邊冒煙，這個曾經代表文明社會的殘骸就散佈在滿是狼藉的街上，又是一晚暴力事件的殘留。位於地鐵托登罕宮路站對面的自治領劇院成了燒毀焦黑的軀殼，只要下雨，空氣中就會瀰漫最後上映的那片《推銷員之死》的影帶燒焦的氣味。牛津街上那家麥當勞同樣遭到燒毀，火烤漢堡煮過頭了。店名為「和諧」的情趣用品店被闖空門的次數多到店主不再浪費時間釘上木板，一身黑色皮衣的性感美女在麥克尼爾開車經過時挑逗地朝他噘唇。

再往南走，聖馬丁劇院的霓虹燈全被砸碎，從牆上扯了下來，看起來顯得悲涼。《捕鼠器》也終於中斷其空前絕後的長時間公演紀錄。

他在劍橋圓環的檢查哨前停下來。如今他也該習慣這種事了，但被六把半自動步槍指著頭總讓他感到不太自在。一名臉色陰鬱的軍人戴著面罩，虎視眈眈地盯著他，與他保持一段距離，伸出戴上乳膠手套的手接過文件。他很快地把文件遞還回來，急著擺脫那些紙，彷彿受到了污染——當然這是很有可能的。

麥克尼爾沿著查令十字路行駛，穿過特拉法加廣場進入白廳。這裡有更多活動的跡象，政府行政機關仍勉強運作，試圖解決社會崩解的問題。戴著口罩的男女在權力中心進進出出，跟首都大多數居民一樣籠罩著慘淡的絕望。

當他駛近河畔時，看見黑色的濃煙從巴特西發電站的四根煙囪升入雲幕低垂的晨空。面對大自然難以想像的無情反撲，這是證明人類無助更有力的象徵。現在死了多少人？五十萬？六十萬？還是更多？沒人相信這些數字，因為根本無從驗證。但即使在最樂觀的估計下，政府給出的數字仍讓人難以想像。

八點的新聞正在報導整晚不斷播放的新聞，但這是麥克尼爾第一次聽到這個消息，使他震驚不已。午夜後不久，聖湯瑪士醫院的醫生宣布總理死亡的消息。他的兩名小孩早已病故，妻子仍在病危中。總理病情嚴重並非秘密，但倘若這個國家的最高元首如此輕易就被打倒，那他們這些百姓還有什麼希望呢？

新聞主播以抑揚頓挫的聲調報導目前副總理和財政大臣之間可能會掀起黨內的政治鬥爭。副總理為人可鄙，麥克尼爾一直不喜歡他。因為他會自動遞補上任，而在這場鬥爭佔了上風，至少是暫時的。雖然麥克尼爾無法理解為什麼有人會想接手當前的爛攤子，但似乎有些人就是沒辦法抗拒權力的誘惑。麥克尼爾暗自希望財政大臣能贏得這次的角力。在他看來，這位唐寧街十一號的現居租戶更加明智，是一個智慧與良心兼得的人。

在他開車穿過西敏橋，通過另一個軍方檢查哨時，他往西看了一眼，十一層樓的聖湯瑪士醫院正面正好出現在泰晤士河南岸。在那些水泥牆和玻璃後面，曾經治理這個國家的人死了；渾身冰冷無力，被自己的孩子傳染。此外，他知道醫院僅剩的三棟舊側樓，星期五、星期六和星期日都擠滿更多病人。倘若德軍過去並未在閃電戰中摧毀醫院另外四棟側樓，或許現在就不需要在馬路對面的公園蓋一棟緊急分院了。

第二章

I

麥克尼爾把他的福特 Focus 停在蘭柏宮路上的公車站，就在案發現場和急診室正對面，確定不會造成過去常跑這條路的四班公車任何不便。

為了讓工程承包商帶來的重型設備能夠進入，大主教公園入口的圍欄及柵門已經拆除。他認出了鑑識科學服務中心的犯罪現場鑑識人員所開的無標識警車，雖然步行可能比較快，因為沿著公園南端那條小徑走一小段距離就可抵達服務中心。

自從首都遭到封鎖後，鑑識科學服務中心就被迫將資源集中到單一中央設施中，在蘭柏宮路上重設倫敦警察廳鑑識科學服務中心，作為警方所需，負責處理大部分醫療及科學鑑識的服務。現在，他們派來的警官正閒站著等待麥克尼爾到來。

麥克尼爾環視遭到破壞的公園，龐大的機械閒置在曾是市中一點綠的公園殘骸中。許多工人穿著獨特的橘色連身褲成群結隊地站著聊天、抽菸。在朦朧的晨光中，一群穿著 Tyvek 防護衣、戴著口罩的白色人影圍在地面一個早該用水泥填滿的坑洞旁。一個身穿西裝搭配長及小腿的駝色外套，頭戴一頂白色安全帽的男人在麥克尼爾走近時，小心翼翼地踩過泥地。雖然戴著標準配發的白色布口罩，麥克尼爾也一樣，他卻在半途停下腳步，「麥克尼爾督察？」

麥克尼爾保持一段距離，謹慎地打量他。「是的，你是哪位？」

「我叫德瑞克．詹姆斯，來自副總理辦公室。請原諒我不跟你握手。」

「有何貴幹？」麥克尼爾向來喜歡直接切入重點。

「我希望……」詹姆斯口氣帶著些許警告，「工程能繼續進行。」

「那我們越快結束交談，我就能越快完成我的工作閃人。」麥克尼爾越過他走向那群白衣人。

詹姆斯跟著他，仍然費盡心思不讓鞋子沾到泥巴。「我覺得你不明白，麥克尼爾先生。這個工程是根據國會頒布的緊急法執行，投入數百萬英鎊作為經費，排程十分嚴峻，若是延誤可能會導致死亡。」

「已經有人死了，詹姆斯先生。」

「那代表他們已無法挽救，其他人則不然。」

麥克尼爾停下腳步，轉身面向這名政府官員，後者隨即往後退，像是擔心麥克尼爾會朝他呼氣。「聽著，這個國家的每個人都有權享有正義，不管是死是活，這是我的工作，確保正義得到伸張。而等我完成後，你就可以做你的事，在此之前，別來煩我。」他再次轉身，步履艱難地踩過泥巴朝那群身穿Tyvek防護衣的男人走去。「現在情況如何？」

「發現一袋白骨，傑克。」其中一人說，聲音悶在口罩裡。「他們昨天才挖洞，一定是有人連夜丟的。」他的視線掃過從遠處盯著他們的一大堆面孔。「而那些人希望我們馬上滾出這裡。」

「別急。」

另一名鑑識人員遞給麥克尼爾一雙塑膠鞋套。「喏，你最好穿上這個，老兄。」

麥克尼爾穿上鞋套往坑裡看去，有個人影蹲在下頭。「誰在下面？」

「你的老搭檔。」

麥克尼爾翻了個白眼。「噢，靠。」他低聲罵了句。「湯姆．班奈特！」

下方的鑑識人員戴著口罩露出微笑，口罩頓時變得緊繃。

麥克尼爾戴上乳膠手套，伸出一隻手。「拉我一把。」

那是一個價格昂貴的健身包，側邊印有Puma的商標。當麥克尼爾下到他旁邊時，湯姆戴著手套的手正把袋口拉開，抬起頭來。「別靠我太近，」他說：「你永遠不知道會染上什麼病。」

麥克尼爾沒理他。「裡面有什麼？」他問。

「一具孩童的屍骨。」

麥克尼爾探頭去看，那堆骨頭看上去顏色白皙，彷彿受到陽光曝曬，曾是人類的部分七零八碎的堆成一堆。一股像是肉在冰箱冰了一個月超過保存期限的惡臭讓他縮起脖子。「這到底是什麼味道？」

「骨頭的味道。」這位年輕的病理學家眼角出現細紋，顯示他對麥克尼爾厭惡的語氣感到愉悅。

「我不知道骨頭有味道。」

「有啊，會在死後持續兩、三個月。」

「所以這孩子一直到最近還活著？」

「從骨頭散發的臭味判定，我認為死亡時間就在不久前。」

「那上面的肉呢？」

「有人把肉從骨頭上刮下來，使用非常銳利的切割工具。」湯姆拿起一根長脛骨，輕輕地用雙手捧著。「這是股骨，也就是大腿骨，你可看到刀留在骨頭上的刻痕，或者是其他工具。這些痕跡又深又寬，代表這個工具很重。」

麥克尼爾看著骨頭上的切痕及凹槽，大多是平行排列，以同樣的角度刻上去，就像反覆進行橫切的動作似的。「所以兇手沒有專業背景？」

「我不知道怎樣的人才算得上把肉從骨頭上割下的專家，但手法的確很粗糙。」湯姆用他纖細修長的手指滑過關節軟骨。「你可以看到關節脫落殘留的餘肉，還有這些去不掉的乾燥組織和韌帶。」

麥克尼爾再次往袋裡看去，小心地拿起一小塊曲線看似肋骨的骨頭。他揚起頭仔細觀察那塊骨頭，手指滑過光滑的白色弓體。「怎樣才能把骨頭刮得這麼乾淨？」

湯姆聳聳肩。「可能用水洗過，偶爾我想清理頭骨時也會這麼做，加一點漂白水和洗衣粉煮沸。」

「那不會消除臭味嗎？」

湯姆忍不住，眼角再次皺了起來。「不管有沒有煮過，骨髓都會腐爛。」

麥克尼爾把肋骨放回袋裡，站了起來，抬頭看向俯身企圖偷聽他們講話內容的臉孔，然後低頭看向湯姆。「你能看出性別嗎？」

「目前沒辦法，但我猜年齡在九到十一歲之間。」

麥克尼爾若有所思地點點頭，心想不知道一具骨肉分離的屍體要如何進行屍檢。

幾乎像讀到他的想法，湯姆起身站到他身旁。「當然我沒辦法進行任何真正的屍檢，我只能把骨頭排開來，一一尋找線索。」那頭雜亂的金髮被塑膠浴帽的鬆緊帶夾住，一雙青藍色的眼睛直勾勾地凝視麥克尼爾，讓這位老探員不由得移開視線。「當然啦，」他說：「我也不是骨頭排列專家，我能看出哪些是肋骨，卻不能正確排列；我能分出手指的骨頭，但不知道區分哪隻手，這工作還是需要真正的人類學家來做。」

麥克尼爾強迫自己對上眼前病理學家的目光。「那有什麼問題嗎？」

「她染疫了。」

「噢。」

「但我能做些綜合評估，找出任何骨骼嚴重損傷和遺失的部分，利用骨髓修復組織，並進行一些毒理檢查。」他頓了會兒，「我建議讓艾咪加入調查。她對頭骨很有研究，也做過很多人體骨骸鑑定的工作。」

一聽見她的名字，麥克尼爾的心跳漏跳了一拍，心想自己的表情是否露出破綻，或許臉紅了一下。他感覺湯姆正注視著他，彷彿在尋找任何端倪，但倘若他真的在觀察他，從他的眼神倒是完全看不出來。「好，如果你覺得需要的話。」麥克尼爾說，轉身伸出一隻手，讓上面的人拉他上去。

「小心啊，」湯姆立刻說，「有些人覺得背對我很危險。」

麥克尼爾慢慢地回頭看他，那是一個不需言語的陰沉表情。

湯姆露出微笑。「你還真像女T。」

一陣沉默籠罩著整個現場，就像低垂的霧氣瀰漫開來，在這個首都的心臟地帶實在非比尋常。沒有車流的噪音、普通的談話嬉笑，頭頂也沒有傳來飛機環繞往蓋威克或希斯洛機場飛去的引擎聲。只有為了逃避北海暴風雨氣候從河口飛來的海鷗哀戚的鳴叫，白色的形體在頭頂盤旋，就好像禿鷹在等待死亡降臨。

死亡已然降臨，但骨頭上早已沒了屍肉。

麥克尼爾意識到所有人都看向他，那名政府官員站了起來，雙臂抱胸。「怎麼樣？」

「我要所有人離開這裡，」麥克尼爾說：「我們要封鎖現場進行搜索。」

政府官員把頭歪向一邊，眉目間卻流露出怒氣。「那就麻煩了。」他說。

「有人不照命令行事才會惹上麻煩。」麥克尼爾提高音量讓現場所有人都聽見他說的話。「這是命案現場。」

II

「你到底跟他說了什麼？」

「我跟他說那是命案現場，我們要搜索整個地方。」

萊恩懷疑地看著他。「不管你說了什麼，他都氣炸了。你知道現在我要面對怎樣的麻煩嗎？」

「可以想像。」

「是嗎？」萊恩瞄了眼他的手錶，拿起遙控器轉開在文件櫃上的電視。「你知道，我在三十年前從格拉斯哥來到大城市時，我以為我能擺脫像你這樣的粗人。這裡的人比較有禮貌，懂我的意思嗎？」

「懂，他們會更有禮貌的威脅人。」

萊恩狠狠地瞪著他。「沒想到在我快退休時，還會被某個從高地來的臭小子擺一道。」他把音量調大，電視再度播報總理去世的消息，萊恩顯然想聽這個新聞。

麥克尼爾看了眼擺在書桌後方書架上的相框，是這位總督察與他妻子的合照。這對夫妻檔風格迥異。萊恩是來自格拉斯哥一個工人階級家庭的老派警察，他滿口髒話，喜歡開粗鄙的玩笑，作風強悍；他會抹上 Brylcreem 髮膠，把 Old Spice 體香膏隨意拍在刮完鬍子光滑泛紅的臉頰上，人還沒到，味道就先飄了過來。而他的妻子是位彬彬有禮的女士，來自切爾西，是醫生的女兒，喜歡歌劇和戲劇，在倫敦大學瑪麗王后學院教英文和戲劇。夫妻倆住在西部某棟大排屋裡。跟妻子在一起的萊恩很不一樣，麥克尼爾不知道她看上他哪一點，但不管是什麼，她都有辦法讓他呈現出最好的一面，有些人就是有這種能力。麥克尼爾仔細地想了想，瑪莎或許沒有讓他表現出差勁的一面，卻也沒有讓他變得更好。他很羨慕萊恩跟他妻子的關係。

他透過敞開的門看向偵查辦公室，只有幾名警員值班和寥寥無幾的制服與行政人員。這裡也受到流感爆發的影響。

目前播報的新聞吸引了他的注意力。他轉過頭看到一排穿著黑西裝的男人坐在桌前對著麥克風講話，全部人都戴著口罩，發問的記者也一樣。坐在中間的男人過去幾個月頻繁出現，即使戴著口罩，他的長相也為人熟悉。他長得濃眉大眼，一頭金髮理著平頭，戴著別具一格的銀框橢圓眼鏡；嗓音柔滑，說著一口流暢的英語，只帶著一點聽不出是哪裡的外國口音。他是羅傑·布盧默醫生，史坦弗朗斯公司的流感剋星流行病特別小組負責人。

「臭吸血蟲！」萊恩把麥克尼爾心裡所想的話罵了出來。「他們公司的股票又漲了。」

史坦弗朗斯是一家總部設於法國的製藥公司，其開發的抗病毒藥物流感剋星在大流行前期就被世界衛生組織選為最有效預防禽流感的藥物，假使禽流感變得可人傳人的話。世界衛生組織也警告這種情況是必然的，因此全球經濟能力許可的國家就下了超過三十五億歐元的訂單。僅英國就買了將近一千五百萬歐元的藥物療程，足以治療全國約四分之一的人口。衛生及執法部門的員工將是第一批接受療程的人。這種藥無法治癒病人，最好的情況是減輕症狀，縮短流感的病程，提高存活率。由於禽流感有將近八成的死亡率，任何能改善染病機率的辦法都有極高的需求。

史坦弗朗斯召開記者會宣布為了日漸增長的訂單，他們決定將流感剋星擴大再生產。一名記者在發布會上冷嘲熱諷地問布盧默醫生擴大生產的原因是否與幾個發展中國家打算自我生產仿製藥品有關。布盧默滿不在乎地否認記者暗指他的公司只想壟斷市場的意圖。

「我們在法國有一座專門為生產流感剋星量身打造的全新工廠，」他說：「下星期就能上線。這其實計畫了很長一段時間，所以並不是為了競爭而倉促推行的策略。我們能比其他人更快、更有效的生產此藥物，也能妥當控管品質，確保藥物效用。」

「事實證明你們的疫苗沒那麼有效。」記者的語氣反映全國本應受惠的民眾的不滿。

「對此我深表遺憾，」布盧默說：「並非出於什麼愚蠢的商業目的，而是為了它本該挽救的性命。」

「那為什麼沒效？」另一個聲音指控道。

「因為我們誤判了情勢。」布盧默簡短答道：「禽流感來源已久，卻在一九九七年才證實第一個人類染病的案例。在那個案例中，病毒是由禽類傳染到人類身上。但至此鳥類病毒和人類流感病毒結合，造成人傳人的現象也只是時間問題。我們知道到時候，人類將陷入種族滅絕的危機，傳染病爆發無可避免，而且絕對會比一九一八年的西班牙流感還恐怖。那場浩劫導致五千萬人喪生，所以當務之急是在造成大流行前找出解決辦法。」他用手梳過自己豎著短髮的頭，「我們跟其他很多的人一起做實驗，企圖創造出讓免疫系統以為可在人類間傳播的禽流感病毒，以此製造疫苗。過程包括將 H5N1 流感病毒的基因和一般人類流感病毒進行融合與匹配。為了達成目的，我們選擇 H3N2 流感病毒株，也就是近期大部分人類流感爆發的原因。」

布盧默醫生搖了搖頭，「目標是將每個病毒中的八種基因一個接一個替代成別的基因，觀察哪種組合較容易造成人與人之間的傳播。問題在於有超過兩百五十種可能，要找出正確的那個有點像中樂透。」

「但你們以為找到了。」

「是的，因為當病毒實際上出現時，我們發現我們創造了幾乎一模一樣的病毒。問題是，就因為些微的差異導致免疫系統沒有上當，而我們知道必須再花六個月的時間去修正。」

「那貴公司有人能得出合理解釋為什麼大流行發生在倫敦，而非亞洲嗎？」

「這就不是我們的問題了。」布盧默用圓滑的口吻說。就算察覺到發問者不懷好意，他也沒有理會。「你要去問健康保護局。」他頓了會兒，「但不難想像只要有一名感染者從越南、泰國，或柬埔寨飛到倫敦、紐約或巴黎，就會把病毒帶過來。在如今這個航空旅行的時代，大家就住在同一個地球村。而我們早已發明完美的孵化器，經由搭公車、飛機和地鐵進行繁殖及傳播。人類就是遲早會發生的禍端。」

主播將現場切回棚內，繼續報導總理去世後，為了填滿權力真空產生競爭發展的最新消息。但萊恩對這件事沒有興趣，關掉了電視。他坐在椅子上轉過身，一臉探究地看著麥克尼爾。「你真是個白癡，在這時候辭職，你是個好警察……」他猶豫了會兒。這個稱讚聽起來言不由衷，是他不願承認的。「幾年後，你就可以坐上我的位置。」

「到那時候尚恩就要小學畢業了。」麥克尼爾搖搖頭，「小孩的成長沒有第二次機會，我們沒辦法使時光倒流回到童年。」他的視線越過萊恩，俯瞰窗外的肯寧頓路。警察局對面是幾家商店和餐廳：特拉法加製鎖公司、波多尼餐廳、彼得男士美容院和帝國印度烤雞餐廳。他對這些店都比自己兒子還熟悉，並花更多時間跟萊恩待在一起，該死的！

萊恩說：「你明天打卡下班前，要把你的流感剋星疫苗交回來。」麥克尼爾看向他。「抱歉，傑克，你不再屬於前線人員了，或者說很快就不是了。」

「好。」

萊恩把手拍在桌上。「在我批准挖土機繼續動工前，你有兩個小時搜索現場。」

第三章

I

把一個人恢復原狀有點像在拼拼圖。艾咪在密閉的棉布口罩內呼吸，聞著前方桌上散發出的腐敗氣味。她還記得自己第一次臉部重組的經驗，那是在曼徹斯特的事了。當時她搭火車前往那裡，住在親戚家；那位女士死了將近三個月，她用洗衣粉加水將她的頭骨慢火煮沸，還加了一點漂白水，但味道依然很刺鼻，所以鑑識科學服務中心幫她在飯店訂了房間讓她工作。他們不想讓艾咪汙染實驗室或某人辦公室的空氣。

飯店管理層一直對便衣警察頻繁進出感到懷疑，他們會把無標識警車停在前門，拜訪住在三〇五號房那名年輕的華裔女子。或許他們懷疑她在從事賣淫。不管怎樣，飯店打掃客房的女性清潔人員抱怨她的房間有臭味，所以艾咪被要求離開。

湯姆把一個屍袋抬到桌上，用乾淨的被單包著，將骨頭大略就解剖位置組裝起來。手骨和腳骨堆成一堆，脊骨被他分為頸椎、胸椎和腰椎三個部分，但並非正確的排列順序，肋骨也一樣。艾咪看見他釘在牆上的骨架圖時笑了起來，骨頭從來就不是他的強項，他剛上醫學院時就對器官、心血管系統和大腦更感興趣。但人類骨骼卻讓艾咪深深著迷，畢竟骨骼是任何東西圍繞發展的結構，最終讓她難以置信地選擇牙齒專業。

她開始小心地重組手骨——一雙孩童的小手。一個成年人總共有兩百零六根骨頭，超過一半以上位於四肢；但嬰兒有三百五十根骨頭，部分骨頭會在成長的過程中融合在一起。艾咪不確定這個孩子有幾根骨頭，但她有把握能發現任何可能遺失的部分。

當門打開時，她和其他人都抬頭看見柔伊走了進來。還沒聞到她身上的菸味，他們就知道她剛剛待在前門的台階上。

「口罩！」有人叫道。她抽完菸後忘了把口罩戴回去。

「哎呀，抱歉。」她把口罩拉回口鼻的位置，「其實就算沒人衝著你打噴嚏，」她說：「只要碰到感染者摸過的東西也可能感染。」她是微生物學的研究生，目前在鑑識科學服務中心實習，非常喜歡賣弄知識。但這段時間流感的傳染特性眾所皆知，這也是政府採取緊急措施避免印刷及派送報紙的原因。紙張是最佳的傳染媒介，感染者經手過的報紙會把病菌傳給另一個讀者。一旦手摸到病毒，就可能經由食物或揉眼的動作進入身體系統。所以現在只能透過收音機、電視和網路傳播接收新聞資訊。

柔伊慢慢晃到艾咪的桌子旁，看了看那具骨架。「還是個孩子？」

「對。」工作被打擾讓艾咪感到不快，但仍心平氣和地回答。現在她聞得到那股菸味，但比起柔伊跟男友同居時，身上縈繞的那股腐敗的酸臭味好聞多了。柔伊曾經承認有一次她發現放衣服的抽屜空了後，便去洗衣籃找衣服穿，顯然她認為這是可以拿來閒聊的趣事，對其他人而言這只解釋了那股味道。但情況在柔伊搬回去跟父母住時有所改善，現在看來是她媽媽在幫她洗衣服。

柔伊說：「他們現在準備大規模生產一種新式口罩，能在感染者打噴嚏或咳嗽時，實際消滅病原體。上面有很多供呼吸的小孔，讓我們呼出的氣不會回到臉上。但它最聰明的地方是那些小孔含有殺菌劑，能對人體排放的任何物質進行消毒。很聰明，對吧？」

「是啊。」艾咪正試著將右腳的蹠骨進行分類。

「妳知道打噴嚏會產生多少噴沫微粒嗎？」

「好幾百萬。」

「沒錯，而且每一顆微粒都帶有病毒，就像是被感染的噴霧劑一樣。老天，妳不覺得他們提供我們流感剋星的療程很好嗎？」

「我只希望我們永遠不需要接受治療。」艾咪很想叫她走開，但言行粗魯不是她的作風。意想不到的是，有人救了她。

「妳不是有事要做嗎，柔伊？」湯姆走到艾咪身後，朝柔伊白了一眼，後者惱怒地嘖了一聲。

「好的，醫生。」她氣呼呼地走向別處。

艾咪感激地對他微笑。「嗨。」

他壓低聲音。「跟她說話真讓我蛋疼。」

艾咪挑了挑眉。「你很了解嘛。」

他抿了抿唇。「不是真的蛋疼。」他看著那具骨架。「妳和我們這位無名孩童相處的如何了？」

「我越來越了解她了。」艾咪說。

「她？」

「對，她是個女孩，但如果她的骨頭是照你排列的方式，她活得不會比現在長。」

他咧開嘴。「包在肉裡就活得更久了。」

艾咪把右腳掌的骨頭排好。「對了，哈利還好嗎？」

湯姆抬頭看向天花板，誇張地嘆了口氣。「妳知道我一輩子都愛上直男，結果第一個也喜歡我的同志卻是這世上最難搞的生物。但妳也知道，我是個專情的人。」

「我只知道，」艾咪用肯定的語氣說：「你和哈利不是天作之合。」

「是啊……總有老二介入我們之間。」

艾咪不覺莞爾。從他們自十二年前在醫學院認識時，湯姆就很會把她逗笑。說也奇怪，他們第一次碰面是在解剖學課上，湯姆露骨地表示那教授讓他勃起了。雖然之後他們繼續走向不同的專業領域，但他們從整個培訓期到後來依然保持著友誼。要是沒有他，她不知道自己該怎麼度過車禍後那段悲慘的日子。他的確是女生能有的那種最好的閨蜜。所以她忍受他所有的小毛病和情緒，並在他和哈利大吵一架後，讓他睡在她家的沙發椅上。這種事常常發生。

她朝一旁的桌子揮了下手。「你能幫我把那邊的牙科紀錄表拿來嗎？」

「妳自己拿。」

她看了他一眼，後者把頭歪向一邊，朝她揚起眉毛。她心想他長得真的很帥，一頭稻草般的金黃頭髮和淺藍色的眼睛，真是太可惜了。他的個性絕不會對她百依百順，他總會要求她自己動手，他不是她的奴隸，她也不是需要長期照護的病人。正因為他會強迫她面對難題，才使她成長為今日獨立的模樣。她抓住右邊扶手的搖桿將輪椅轉向，操控自己到一旁的桌子拿紀錄表。

房間另一頭傳來響亮的噴嚏聲，所有人都把頭轉向柔伊。最近大家對鼻子吸氣的聲音變得很敏感，打噴嚏更是會害人心跳停止。柔伊舉起手，笑著道歉。「沒事啦，真的，我沒生病。是我爸媽的貓，我對貓毛真的很過敏。」

II

發現健身包的坑洞和馬路中間的區域被劃成一個一個方格，白色的塑膠細線在短木樁間延伸，有點像是地圖的經緯線。黃底黑字的犯罪現場封鎖線隨著河那邊吹來的涼風飄動。身穿防護服配軟鞋、頭戴工程帽的六人小隊在方格間移動，每個人都分配到各自的搜索區域，每一件從地上回收的小東西也被小心翼翼地裝進自己的證物袋。

一身橘服的工人們三三兩兩站在公園裡，水泥車已經離開，重型機械孤冷寂靜地杵在原地，等待剩下的工作夥伴。

那名政府官員坐在停在醫院外人行道旁的一輛黑色 BMW 後座，菸一根接一根地抽，車窗搖了下來，透過裊裊白煙看他們工作。麥克尼爾坐在舊籃球場旁一個反過來的附輪垃圾筒上，感覺到男人的憤怒。工頭在一旁焦躁不安地踱步。「這是我們的獎金，老兄，」他說：「我們冒著生命危險在這裡的唯一原因就是為了錢，全取決於我們有沒有達到目標。」

「目標是什麼？」麥克尼爾漫不經心地看向他。

「七天完工。」工頭搖了搖頭，「之前時間就很緊湊了，但現在……」

麥克尼爾聳聳肩。「設定根本達不到的目標有什麼意義？」

「不是我設的，中國人在 SARS 爆發時花一個星期蓋了整棟醫院，我們的人就想，為什麼我們不能跟他們一樣？我們建的甚至不是醫院，只是加蓋的設施，一個可以加熱、放床和讓人等死的地方。」

「賺這些錢真的值得嗎？」

「目前沒人抱怨就是了，而且我們的待遇不錯，不是嗎？很多人是走M25高速公路來的，自從政府宣布那條環狀公路為外部界線後，我們知道一旦進來就出不去了。真他媽的嚇人，好像在演電影，看一堆軍人攜槍在橋樑和天橋上站崗。」

「那你們住哪？」

工頭輕聲笑了笑說：「這包含在合約裡。現在所有觀光飯店的房間都是空的，所以我們都能有自己的房間，隨時有人準備飯菜。我和一些人住在麗思飯店，其他則在薩沃飯店。在緊急狀態結束前，我們都可待在那裡，」他的笑容頓時蒙上一層陰影，這才想起來要狠狠瞪著麥克尼爾。「如果我們達到目標的話。」

遠方救護車的鳴笛聲劃破一月冷冽的空氣。又有新的病患，也需要新的床位。這座城市每家醫院的病床都滿了，但至少高死亡率代表病床會不斷翻新。醫院的工作人員因病缺席將近三成的人。醫療人員的風險最大，傷亡人數最高。

儘管有流感剋星，人們還是不再出門上班，每天只有幾家商店營業幾個小時；大眾運輸工具停駛，機場無限期關閉。首都的經濟狀態呈現自由落體，世界各地已準備盡可能幫助這座城市控制疫情，主要是通過禁止所有進出英國的交通管道，病毒席捲全球不過是時間的問題。但只要能控制到疫苗問世那天……

麥克尼爾嘆了口氣，感覺一滴雨落到臉上，抬頭望向烏雲密布的天空。

「傑克。」

他轉頭看向一個身穿防護衣的人影，跨過泥巴上的胎印朝他走來。

「搜索結束了。」

麥克尼爾看了下時間，他們一共花了不到兩小時。「有找到什麼嗎？」

鑑識人員掏出一個透明的塑膠袋，麥克尼爾看見裡面裝著一個淡粉色的紙片。「可能有用，也可能沒有。」

「那是什麼？」

鑑識人員把袋子遞給他。「地鐵票的一部分，離峰時段的一日券。找不到日期，但我們或許可以從磁條查出一些線索。」

麥克尼爾接過袋子對著光線，票上印的字因為淋了雨有些模糊不清，表面幾乎沾滿泥土。其中一角被撕掉。他們關閉地鐵差不多有八個星期了，如果只有這條線索，那也沒什麼用。他把袋子遞還給鑑識人員，從附輪垃圾筒上跳下來，轉向那名工頭。「去蓋你們的醫院吧。」

III

艾咪用手撫過頭骨光滑的表面，對這個小女孩感到異常憐憫。除了上頜骨自然造成的裂口外，上面沒有任何損傷。除非湯姆修復的人骨組織中驗出某種毒物，不然死因無法確定。艾咪覺得毒殺不太可能，一個人為什麼要對小孩下毒？這麼一個幼小脆弱的生物？很容易就會被成人的力氣所傷，毫無抵抗能力。

她是遭人殺害的，這點毋庸置疑，不然他們為什麼要費盡心思把她的肉從骨頭上割下來並銷毀證據？而在大費周章後，隨隨便便把骨頭扔在某個工地，實在粗心地令人匪夷所思。但那是別人該擔心的事，艾咪要把全部精力及專長都用來辨識她的身份，使她重生，讓他們找出殺害她的兇手。

她看著空洞的眼窩，知道那裡曾經裝著一雙水潤深邃的棕色眼睛，頭皮上曾經長了一頭濃密烏黑的秀髮。現在已經不可能知道她頭髮的長度。艾咪的手指沿著左臉頰高聳的線條滑到有著顯著畸形的下顎，曾經殘缺不全的笑容是其特徵。

她意識到一旁的湯姆彎下腰，把臉湊近她。「不要回頭，猿人來了。」

艾咪抬眼看見麥克尼爾正穿過鑑識科學服務中心走過來。她表面無動於衷，心裡卻想著如果她不認識這個男人，會怎麼看他。頎長的身形是他最明顯的特徵，但他並不瘦，身材勻稱，可謂是高大魁梧；他並非人們通常認為好看的那種長相，但那雙帶點琥珀色的綠色眼眸給人格外溫暖的感覺；他不太適合剪這麼短的頭髮，額角的頭髮有些灰白；他的西裝太緊，外套又太大，渾身散發出一種鬆散雜亂的神態。她注意到他有一邊鞋帶掉了，鞋上沾著泥漬，一路上留下乾掉的泥巴印。湯姆戲稱他為猿人。當然，湯姆不喜歡他的原因是因為他覺得麥克尼爾歧視同性戀。

艾咪不記得第一次見到麥克尼爾的情景，所以想不起來對他的第一印象。她對車禍前的記憶仍有一小塊空白片段，這點小事令她沮喪，有時候還會想哭，雖然只發生在她一個人的時候。湯姆不是個自憐的人，但現在他站在她旁邊，雙手抱胸，彷彿她監護人的姿態，朝走過來的麥克尼爾揚起下巴，一副看他敢不敢對他可憐的殘疾朋友粗魯的樣子。畢竟在她無法像以前那樣繼續生活後，是他為她爭取這裡的工作。

麥克尼爾停在桌前，無視他的動作，視線落在那孩子的骨骸上。然後他看向艾咪，微微點頭示意。「有什麼發現嗎？」

「老實說還不少。」艾咪再次把注意力拉回這個孩子的骨骸上。她用指背撫過頭骨的前額，輕柔地像是她還活著。「她是個可憐的女孩。」

「妳怎麼知道這是女孩？」

「你要說我怎麼知道她是女孩。」艾咪糾正他的話，好像這孩子會因此受到冒犯。「沒什麼決定性的單一證據，」她說：「而是一些指標逐一累加，加上直覺。」

「先別管直覺，」麥克尼爾說：「專注在證據上。」

艾咪一臉泰然自若。「好，證據。通常女性的肌肉附著點比起男性較不發達。」她的指尖沿著一邊股骨移動，「你可以清楚看到脊骨這裡的肌肉和肌腱附著點。」她把手指往上移到骨盆，「女性的骨盆結構發展是為了滿足生育需求，會有幾個特徵與男性不同，臀部特別寬。」

回憶讓麥克尼爾揚起一抹微笑。他想起他母親在考慮隔壁女孩作為自己兒子未來的妻子時，形容她有一個很會生的屁股。

艾咪抬頭看了一眼，捕捉到他嘴角殘留的笑意。「你覺得這很好笑嗎，麥克尼爾督察？」

「沒有，吳女士。」

她意味深長地看了他一會兒，才把視線移回桌上的骨頭。「除了外觀外，我們還可以對骨盆作一系列測試鑑定性別。主要是測量恥骨和坐骨長度間比例的差別，通稱坐恥指數。」

「當然，你對坐恥指數可熟悉了呢。」湯姆露出令人厭惡的微笑，口罩邊緣跟著揚了起來。

「的確。」麥克尼爾說，接著問艾咪：「那妳做了測試？」

「對。」

「怎麼樣？」

「從骨骼本身看來很難下定論，畢竟她還是個兒童，以她這個年紀，性徵尚未完全發育。

但指數確實趨近於女性，而非男性。」她拿起那孩子的頭骨，輕輕地用手掌托住。「頭骨通常是更好的指標。首先，它比一般人認為的男性頭骨還小，女性的乳突骨和眉骨較不明顯，眼窩和前額則更圓。」她撫過頭骨的曲線證明自己的觀點，隨即直勾勾地看著麥克尼爾的眼睛。「我有百分之九十五的機率肯定這顆頭骨屬於女性。」

「剩下的百分之五呢？」

「直覺，但你要我別管直覺。」

麥克尼爾笑了笑。「我是說過，還有其他線索嗎？」

「我可以告訴你，這孩子可能來自一個較窮的發展中國家，而且她有兩個非常特別的臉部特徵。」

麥克尼爾大為所驚。「妳到底是怎麼從一堆白骨知道這些的？」

「因為這是她的專長，麥克尼爾先生。」湯姆說，明顯對她的專業很驕傲。「艾咪是全倫敦最好的法醫齒科鑑識師，在……」他來不及阻止自己便脫口而出，但突然停頓只會引起大家的注意。「在她出車禍前。」他很快地補充道：「這些技能是不會消失的。」

艾咪臉紅了起來，持續把注意力放在頭骨上。「這顆頭骨屬於黃種人，我知道這種說法並不適當，但這些術語都一樣。頭骨不是黑人、白人就是蒙古人種，又俗稱黃種人。」

湯姆說：「我一直覺得高加索人聽起來很像《星際大戰》中的環境機器人。」

麥克尼爾沒有笑。「那蒙古人種指的是什麼，亞洲人？」

「對，沒錯。」艾咪說：「愛斯基摩人、日本人、中國人……都屬於蒙古人種，我就是這樣形容我自己的。」

麥克尼爾看著她那雙狹長的杏眼和高聳的顴骨、精緻的下巴線條以及纖細的眉型，心想他更會形容她漂亮。那頭墨黑亮麗的長髮鬆散地往後梳，在頸背束成馬尾，瀏海幾乎留到睫毛的位置。她抬起頭發現他正盯著她看，很快將目光移回眼前的骨頭上。

「但其實我是從牙齒知道更多她的資訊。蒙古人種的特徵在年輕的頭骨上不明顯，但他們的上門牙通常呈現鏟形。」她依序指著每顆上門牙，「而且牙冠呈現球狀，門牙牙根較短。」

「那妳怎麼知道她跟妳不一樣？是華裔或亞裔，但在英國出生長大？」

艾咪微微一笑。「因為她的牙齒長得很好。」她說：「她沒有任何牙齒治療的紀錄，因為不需要。她的飲食中沒有帶糖，所以完全沒有蛀牙，這對於一個十歲的英國小孩來說十分罕見。」

「她十歲？」

艾咪點點頭。「對。」

「誤差範圍呢？」

「上下不超過三、四個月。牙齒生長是非常準確的指標。」

麥克尼爾仔細思索她提供的所有線索。「妳說她有兩個特別的臉部特徵？」

「其一當然是她是亞洲人，我說的不是印度人或巴基斯坦人，更像是中國人。我知道你覺得中國人都長得很像，所以在你看來，她到我這個年紀時看起來大概會跟我差不多，除了一個格外引人注目的特徵。」她頓了會兒，麥克尼爾不耐煩地等她繼續說下去。「她有很明顯的兔唇。」艾咪說：「你至少聽過這個詞吧，醫學上我們稱其為唇顎裂。」她把頭骨轉向他，向後傾斜，讓他看得更清楚。「上頜骨，也就是固定上排牙齒的骨頭，有很嚴重的缺陷。在這種案例中，裂口可能很小，或者很嚴重；可能發生在單側或雙側。這個是單側，你可以看到上前牙嚴重移位。」艾咪看向麥克尼爾。「我在猜這女孩的長相很獨特，十分引人注目，她在學校大概會被其他小孩欺負。」

一陣〈蘇格蘭勇士〉（Scotland the Brave）的電子音不合時宜地從麥克尼爾外套某處的皺褶響了起來。他摸索口袋掏出手機，手機鈴聲頓時毫無遮掩地流入整個空間。當他打開電話時，發現已有兩通未接來電。全來自瑪莎。她留下了語音訊息，但他沒有接聽。螢幕顯示來電者依然是她，他把電話按掉並塞回口袋。

「是重要的電話啊。」湯姆說。

麥克尼爾尷尬地聳聳肩。「我妻子打來的。」

「啊，」湯姆說：「不得不接的電話，」他頓了會兒，「或者不是。」

麥克尼爾對艾咪說：「妳離開時能寫份報告給我嗎？」

「沒問題。」

他點點頭。「謝謝。」隨即把手插進口袋，朝門口走去。湯姆一臉輕蔑地看著他離開。

「妳是個厲害的專家，」他對艾咪說：「他卻只說一句謝謝。」

「我只是在做我的工作而已，湯姆，當他完成自己的職責時，大概很少人會跟他道謝。」

湯姆哼了一聲。「他是個白癡，天知道怎麼會有女的看上他。」

「你是說他妻子？」

「她大概眼睛瞎了吧。」

「他們分居了。」

湯姆驚訝地看著她。「噢，妳真是提供了有趣的情報啊，妳怎麼知道的？」

艾咪臉色一紅，聳了聳肩，將注意力移回骨頭以此掩飾她的尷尬。「我不知道呀，只是聽說而已。」

第四章

品基時常夢見自己的媽媽。他知道那是他媽媽，因為在他的夢裡，他就是這麼叫她的，但她看上去跟他童年記憶中的女人一點也不像。每當他醒來後，總會感到很失望。品基發現現實常常令人大失所望。他喜歡把醒著的時間當作真的夢境，而他的夢才是真實的世界。如此一來，他就能做任何他喜歡做的事，等他睡著後，就什麼事也沒發生。用這種方式處理讓他高興的怪事很棒——那些事大概沒人理解得了。

現在他回到祖父母家住。這是現實，他清楚地記得那些睡在客廳沙發的夜晚。冬天寒冷刺骨，夏天悶熱難受。遠處的牆邊有一個書架，就在他放枕頭的那頭。他數不清有多少個清晨他比別人還早醒來，懶懶地看著正對他視線那排的書，都是些稀奇古怪的標題——《加薩盲人》（暫譯，Eyeless in Gaza）、《雲谷》（暫譯，Cloud Howe）和《戰地鐘聲》；作者的名字也千奇百怪——阿道斯・赫胥黎（Aldous Huxley）、路易斯・格拉希克・吉本（Lewis Grassic Gibbon）和厄尼斯特・海明威（Ernest Hemingway）。到底有誰會叫阿道斯這個名字啊？

他過了好久，大概兩年吧，才鼓起勇氣從架上抽出一本書，小心翼翼地翻開泛黃的書頁。

他爺爺在當地一所文法學校教英文，所以書架上擺滿各式各樣的書籍。他拿的這本是格雷安．葛林（Graham Greene）的《布萊登棒棒糖》（暫譯，Brighton Rock）。他本打算只讀第一句話，後來延伸到一個段落，最終一頁接一頁地看完了。那一年來，他翻遍書架上所有的書，但他永遠記得自己看的第一本書。那本書有種詭異黑暗的氛圍，故事發生在過去的年代，超越他所能理解的範圍。書中的主角，或說是反派角色，讓他很快地產生共鳴。一名黑幫少年品基，冷酷無情，控制欲旺盛，十分引人注目。他當然也有缺點，但我們所有人不都一樣？

他馬上就把品基這個名字拿來當自己的綽號，堅持要其他孩子這麼叫他。他從不覺得這個名字對他們來說有多可笑，或聽起來有多荒謬。因為對他而言，這個名字就等同於那個角色，那是他想成為的人。起初這個名字引發了很大的騷動，但很快就平息了。自此再也沒人敢嘲笑品基。

現在他媽媽在床邊俯下身來，他能聞到她身上的香水味，感覺她溫熱的臉頰在他旁邊，然後是她柔軟的唇瓣和甜美的呼吸，在他耳畔輕聲說：**晚安，小傢伙，睡個好覺**。緊接著電話響了起來，讓他惱火的是她說：**我必須接那通電話**。然後她就離開了。到底誰會在這時間打電話來？她為什麼不能就放著讓它響？但鈴聲確實響個不停，直到他輕罵了句，翻了個身抓起床頭櫃的電話。夢境消失了，他再度回到現實世界。

「你要幹嘛？」

「早啊，品基，希望我沒吵醒你。」

品基深吸了一口氣，讓自己冷靜下來。生意要緊，他一下就認出電話那頭的聲音——史密斯先生溫柔且單調得不可思議的口吻。他以為工作已經結束了。

「沒有，」他說：「抱歉，我剛在忙。」

「品基，現在有個難題。」

品基想不出來會有什麼難題。「什麼？」

「你找來的那個小夥子……沒有遵守規則。」

「什麼意思？」

「我的意思是他沒有處理好那些骨頭，他把骨頭丟在一個工地，現在被警方找到了。」

「靠！」憤怒讓品基感到肩頸僵硬。「那混帳！要我除掉他嗎？」

「我要你注意他們的一舉一動，確保那些骨頭不會帶他們找到任何線索。聽懂了嗎？不計任何代價收拾善後。」雖然史密斯先生的聲音聽起來很冷靜，但品基知道根本不是這麼回事。他見識過他的脾氣，心裡明白他做得出他想都不敢想的事。說實話，品基有點怕史密斯先生。

「我要怎麼移動？」

「你可以開我的車，那輛車的通行證幾乎哪都可以去。」電話那頭頓了一會兒，「我想我找到方法監控警方的進展了，這樣我們就可以清楚地知道你該怎麼做。」

「我們幹嘛不直接幹掉警察？」

「不行。」史密斯先生回得很快。「要是負責調查的警官出事，只會引人注目，那是我們最想避免的狀況。」

第五章

I

艾咪開著她那輛豐田小客車沿著圖利街向東行駛。這是源於日本車商概念所設計的福祉車，特別適合像她這樣的輪椅使用者，有很聰明的設計，像是後滑門和短程升降的活動式斜坡板，讓她能熟練地滑到方向盤前。這車不便宜，任何身心障礙人士的裝備都一樣，但賠償金讓她可以盡量像正常人一樣生活。

由於路上大多沒什麼人，現在想四處閒晃非常容易。但倒不是說她最近就常常外出。她開車經過一支向西行駛的軍方車隊，往北看向河那邊有著傾斜曲線的市政廳，一棟以玻璃和鋼筋水泥建成的大廈。市長曾表示那上面所有玻璃都將視為對政府透明度的暗示。現在可以直接看穿，因為裡面根本沒人。空洞的諾言全落空了。在他們所有的計畫中，從未設想過如此浩大的局面。

她往北轉進三橡樹巷，據說那裡曾經種了三棵橡樹，但早已不復存在。她從甘斯佛街轉進一個室內立體停車場，然後開上斜坡到她位於三樓的車位。這是她當時唯一能找到的車位，讓她一直以來都必須靠電梯上下樓。電梯有在運作倒是沒問題，若是故障，她就麻煩了。今天電梯平安無事地降到一樓，她操控輪椅沿著鵝卵石路進入巴特勒與殖民碼頭公寓的大門，一個圍繞開放大廳、以倉庫改建的新公寓。在天色尚陰的靜謐中，輪椅馬達發出的嗡嗡聲顯得特別響亮，奇怪的藍光照在蜂蜜色壁磚上透出各種顏色來。路上一個人也沒有，這些街道、巷弄和建築都曾經充滿生命力，四處可見碼頭工、倉庫工和裝卸工。船駛入河口進到倫敦橋與塔橋的老碼頭區，卸載來自大英帝國邊遠地區的異國食品及香料。鋼樑金屬大橋以特殊的角度懸在高聳的倉庫間，巨大拱門面向泰晤士河，工人們每天排隊希望能排到幾個鐘頭的工作。後來這裡成了那些文藝復興城市富豪的家，設有酒吧和美食餐廳，使這條鋪著鵝卵石的巷弄充滿生氣。但這陣沉默令人毛骨悚然，沒有留下一點過去的回音。

艾咪把輪椅開上門前的斜坡板，打開門鎖進去。這裡以前是用來存放香料的倉庫。將房子賣給她的老太太告訴她，這裡在開始改建前，她曾帶著工地帽參觀。「簡直就是天堂，」她說：「整個地方都是丁香的味道。」

這幢房屋有三層樓高，艾咪住在上面兩樓，對於坐輪椅的人而言相當不方便，但她已經決定不要因為行動不便這件事犧牲生活品質。如果車禍前她能力足夠的話，她會很樂意住在這樣的地方。既然她負擔得起，她就不想做出任何妥協，所以她在每層階梯都加裝樓梯升降機，每層樓也都有一台輪椅。她睡在二樓，平時活動都在三樓閣樓，一個位於屋椽間的寬敞空間，並用家具及書櫃做出隔間。房間另一頭是開放式廚房，後牆有一片落地窗，通往一塊方型的金屬陽臺。夏天的時候，她可坐在陽臺沐浴在陽光中看書。

艾咪把自己從輪椅移到底層的樓梯升降機，她的手臂力量已增強到可撐起全身，雖然她骨架很小也沒有多重。有時候她會覺得伸降機慢得令人煩躁，今天她只是閉上眼睛隨著伸降機往上，把一個小包裹護在腿上。她才剛度過一個痛苦的早晨。幫忙識別一個謀殺案的被害者身分是很獨特的經驗，但這個可憐的小女孩身上有什麼觸動了她，讓她感到不可思議。她回想自己處理過的遺體，帶回家工作的頭顱，以及她總能把自己跟工作中醜陋的現實區分開來。直到現在。那孩子的精神仍依附在那堆小小的骨頭上。艾咪感到很不安，當她將頭骨握在手裡時，幾乎可以發誓她感覺到了那孩子的恐懼，從骨頭直接沁入她的血肉中。

二樓走道的門是關的，只有從前門透進來的光瀰漫在黑暗中。空氣中飄著一股微弱的異味，但艾咪把包裹放到一旁，專心讓自己坐上樓梯頂層的輪椅，並未注意到。她不介意屋裡一片漆黑。有時候她會關燈坐上幾個小時，假裝一切都不曾發生。只要她決定開燈，就能立即行動起來。

她操控輪椅往二樓樓梯前進，忽然疑惑地停了下來，沒注意到有個身影在她身後。二樓的樓梯升降機不在原位，她扭著脖子往樓上看，發現升降梯停在樓梯頂。這怎麼可能？她今早出門時把升降機留在了樓梯底部，這時她才意識到早先聞到飄在空氣中淡淡的氣味，頓時胸口一緊。這時，一隻手從她身後伸過來摀住她的嘴，她試圖尖叫，卻無法張嘴，身後那雙強勁的手臂牢牢地抓住她。她在對方悄悄繞到前方把她從輪椅上撈起來時，抬起雙手抓住他的袖子。

艾咪毫無反抗能力，雙腿無用地晃來晃去。她只能在他穿過走道，踢開她臥房門時，緊緊攀著他。他跨了三大步走到床邊，將她放在棉被和靠墊間。他把摀住她嘴的手拿開。「你這混蛋！」她尖叫，伸手抓住對方的脖子，用盡全身的力氣讓他俯下身，他的唇頓時貼了上來。

當兩人分開後，她早已上氣不接下氣，他對她露出微笑。「妳真棒。」他說。

她忍不住露出笑容。「這是我份內的事，督察。」

他再次吻了她，這次動作輕柔許多，並幫她將眼前的髮絲撥開。如此美麗、深邃的眼眸。他凝視著她，充滿崇拜與慾望。「如果班奈特醫生看到我們現在這樣，不知道會說什麼？」

她的臉上蒙上一層陰影。「他會很討厭，他以為你是那種會因為對方是同性戀就打人的警察。」

「我是挺想痛罵他一頓的，但不是因為他是同性戀，是因為他太惹人厭了。」

她把他推開。「他是我的朋友，傑克，是我這世界上最好的朋友。如果沒有他，過去兩年半我根本撐不過來。」

麥克尼爾深吸了一口氣，沒有回答。「我知道，但妳現在有我了。」

「有多久？等到新鮮感消失嗎？」

「胡說，妳明知道我對妳的感覺。」

「我知道我有多希望你喜歡我，我不確定你有沒有說過。」

「那我就直接讓妳看吧，我從來就不善言辭。」他再次傾身吻她。起初她掙扎了一下，她很討厭她生命中的兩個男人彼此有矛盾，讓她不得不在兩人面前隱瞞對方的事，這甚至不像他們在互相競爭。麥克尼爾用舌頭把她的唇撬開，她最終放棄抵抗，瞬間滿懷激情。

當他們告知她可能再也無法走路時，她以為自己從此不會有性生活了。她的脊髓沒有斷掉，只是受損，而她仍然可以控制自己的膀胱和腸道，但她不知道她的下體還會不會有感覺。直到第一次跟麥克尼爾上床，而且感覺就像她第一次真正嚐到性愛的滋味。充滿著苦楚、愉悅和淚水，也是在那時候，她才相信他的所作所為。像麥克尼爾那樣身材高大健壯的男人為什麼會對一個下肢癱瘓的中國小姑娘有興趣？但他對她的溫柔讓她相信他的內心不如表面簡單。他是一個複雜、害羞且富有愛心的人，經過長老會的洗禮讓他有很多障礙。他不討厭同性戀，只是對公開談論性這件事感到尷尬，而湯姆就像把徽章戴在身上一樣整天展露他的性向。

麥克尼爾脫掉自己的襯衫，幫她把靴子脫掉，接著解開她的上衣和黑色長裙。然後他突然停下動作。「我們不該做的，」他說：「我可能會害妳染疫，我比妳更容易受感染。」

「那我們應該都不要活了，反正人遲早會死。」艾咪視線向上注視著他。「如果我們不在活著時享受生活，那一直到死都不算活過了。」

II

一輛白色賓士貨車轟隆隆地沿著亞斯本大道向東行駛。這條雙向公路上空無一人。卡車經過碼頭區輕便鐵路下方，西印度碼頭鉛灰色的海水拍在沿途南側的水泥船席上。頭頂的雲層薄薄一層，早晨寒冷的空氣充斥著淡淡的黃光。

穿著不合身的衣服讓品基很不舒服，戴上防毒面罩和護目鏡遮住大部分臉隱蔽身分卻讓他感到安心。他把棒球帽的帽沿拉低遮住眼睛，邊將車右轉開進通往比林斯蓋特海鮮市場旁的北橋前方空地，邊注意那些朝他過來的軍人的一舉一動。這個已經成為半永久的營地駐紮了二十名以上的騎兵，狙擊手就部署在水的另一頭，形成一種墨西哥對峙的僵局；橋上還設有裝甲車和刺線網圍籬。他停車搖下窗戶，即使漁船已有幾個星期沒出海，他仍從吹來的微風中聞到魚腥味。這股腥臭味已與這個地方融為一體。

領頭軍人謹慎地靠近，將槍對準駕駛座的車窗。他抬起手去拿品基的文件，粗略地看了眼便遞還回去。他揮了下步槍。「脫掉面罩。」

品基的心一沉，他沒想到他們會要求他把面罩脫掉。他脫掉棒球帽，並摘下面罩。那名軍人懷疑地看著他。「查理呢？」

「病了。」品基說，而後看到軍人幾乎反射性地往後退了一步。

「你有跟他接觸過嗎？」

品基搖搖頭。「我不認識他，他們把我從另一路線調過來。」

軍人似乎鬆了口氣。「面罩可以戴上了。」他轉身向操控圍籬的工程師喊道：「讓他過去。」其他軍人隨即把刺線網拉開，讓出一條通往橋上的路。

品基把防毒面罩戴回去並打入一檔，卡車轟隆一聲，搖晃著向橋奔去。河的另一頭，玻璃帷幕大樓在薄霧中聳立。公司商標洩露了經營者麥格羅希爾集團——美國銀行。品基焦慮地將視線移向天際線，搜尋用步槍瞄準他的狙擊手。但他沒看見任何人。他把車緩緩開上坡，經過一個沒人的藍色警衛室，在橋前停下來。橋面從南邊升起到差不多四十五度角，這座橋的設計目的是給大型船隻從下方通過，卻成了十分有效的屏障。某個人放開閘桿，橋面開始緩慢下降，直到再次成為跨越河道向南通往金絲雀碼頭的公路，還有後方的道格斯島。

品基慢慢開過橋，從後視鏡看見橋面再度升起。他瞄了眼放在儀表板上的寫字板，路線和停留點有清楚標示。他必須小心地跟著路線走以免引起懷疑。他知道在特拉法加大道和西碼頭路上還有其他檢查哨，就在銀行街圓環下面。回程他得通過西印度大道上的檢查哨，往西碼頭圓環的方向。但在那之前，他處於無人地帶，位於東倫敦中心的一座自我隔離島嶼。

品基常在想為什麼要取名為道格斯島，因為事實上那是座半島，使河道變得迂迴。直到現在他才發現河彎已經被北岸曾是全球最繁忙的港口和水路網絡切斷了。根據這座島的名字，明顯可知這裡過去是亨利八世養狗的地方。至少查理是這麼說的，然後品基便輕柔地將六吋冰冷的不鏽鋼塊打入他的肋骨間。查理是個好人，可惜他不得不死。

品基沿著高聳建築間的柏油碎石路向南，穿過加拿大廣場開往銀禧廣場。一路上杳無人跡，連一個人影也沒有。整個金絲雀碼頭就像一座鬼城，地鐵對面有一個無頭人馬雕像，兩旁是六棵顯眼、光禿禿的樹，向東凝視河岸那頭朦朧但獨特的圓頂。一個無手的人類軀幹斜臥在馬肚下方，一顆頭塞在馬的側腹中。品基不禁露出微笑，他們稱這為藝術？

他在銀行街右轉，前方承載輕便鐵路的藍色金屬橋即映入眼簾，這座橋橫跨金絲雀碼頭和喜朗船塢間的水域。這裡不像市中心有人為破壞的跡象，沒有釘上木板，商店和餐廳──蛞蝓與生菜酒吧和銀禧廣場購物中心都關門了，但並沒有封閉。任何不屬於這裡的居民，及身上可能帶有病毒的人都會被當作目標射殺。所以沒有人會冒險外出，就連住民也一樣。

品基眼角餘光瞄到有東西在動，一輛白色高爾夫球車，駕駛穿著深藍色的制服，旁邊放著一把步槍。就只是一抹白色和藍色閃過，隨即消失，很快地拐進漆黑的裝卸平臺。很多原本從事保全的人紛紛加入義警隊，徵用高爾夫球車，最大的謎團是他們都擁有槍枝。但這裡住著有錢有勢的人，在生命及財富岌岌可危的地方，什麼都可能發生。

第一站在廣場南側的地下停車場，品基將車轉往地下室的斜坡車道，進入昏暗空曠的停車區，佔據建築占地面積的全部。低矮的屋頂由金屬樑支撐。這裡停了幾輛車子，但沒有人活動的跡象。當然他知道肯定有人在盯著他的一舉一動。他把車停下來，讓引擎空轉，跳下車後把後車廂打開。接下來的半小時都在把貨搬到氣壓升降台，把台子降到地面，再把貨搬到水泥地上。品基身體結實，但這是項苦差事，最後弄得汗流浹背。箱子上沒有任何關於內容物的標示，但他很確定裡面裝的是罐頭食品。每天都有多達二十輛車行駛這條路線，為島上將近二十五萬人口運送物資。

當他搬下最後一箱時，一條裸露的手臂從車上那疊貨物後掉了出來。查理手呈現的姿勢，讓人感覺像是曾抓著一顆板球，卻被人拿走。他的前臂濺上一點血斑，品基很快地把手踢開，環顧四周檢查監視他的人是否有注意到。但他仍然沒看到任何人。他移動了一些箱子確保查理不會再突然跑出來，隨即跳下車把沉重的門重新關好，將屍體鎖在裡面，以免被人發現。

戴著面罩讓他覺得悶熱很不舒服，汗水流到他的眼裡。他坐回卡車的駕駛艙，今天絕對會是漫長的一天。

III

艾咪仰臥床上凝視天花板，右腳被抬起來靠在麥克尼爾的肩上。他跪在她前面，用他的大手替她按摩小腿，扁平有力的大拇指搓揉著她的肌肉；然後他幫她按膝蓋，接著用向內畫圈的方式按摩大腿。她希望自己能有感覺，這是件很怪的事，知道自己被觸碰卻完全感覺不到。她不知道自己會不會有習慣的一天。

偶爾她感覺到從她的腿傳來些微刺痛，希望便會再次湧現。或許有朝一日她這雙沒用的腿能動起來，或許真有那麼一天她可以重新站起來。雖然醫生說不可能，但她在樂觀的時候，會告訴自己醫生可能搞錯了；在悲觀的情況下，她則怕那些刺痛只是她憑空幻想罷了，一切不過是她一廂情願。

但對麥克尼爾來說這沒什麼好懷疑的。她當然能再次站起來，為此她必須保持肌肉柔軟和結實。放著讓肌肉萎縮是件可怕的事，所以他會花好幾個小時幫她按摩腳，鍛鍊她的肌肉群，幫她動動膝蓋及腳踝，一遍又一遍重複相同的動作。他的耐心似乎永無止盡。在復健過程中他們從不交談，他會靜靜地幫她按摩，她則享受前所未有的靜謐。有時候她會閉上眼睛放空，什麼都不想；其他時候她則想著讓她困擾的事：工作上的問題和她弟弟的疏遠。通常她都會找到答案、部分的解決方案，或因為先前不曾出現的想法感到安慰。

今天她打破了從不交談的原則。「我把她帶回來了。」她說。

「誰？」麥克尼爾皺起眉頭，中途停了下來。

「琳恩。」

「琳恩是誰？」

「那個有唇顎裂的小女孩。」

麥克尼爾傾身看她。「妳在說什麼，艾咪？」

「琳恩是我為她取的名字。她需要一個名字，而我一直很喜歡琳恩。我有個叫琳恩的表親住在香港，以前我一直希望爸媽能那樣叫我。」

「我倒是喜歡艾咪。」麥克尼爾說，再次按摩起她的腳。「妳說妳把她帶回來是什麼意思？」

「我要重建她的頭顱，這樣就能幫助我們知道她的長相，不是嗎？因為她上唇畸形，面容很特別，我想會容易辨認。」

「妳是說妳把頭骨帶回來了？」

艾咪點頭。

「不會臭嗎？」

「有一點，但我會在樓上落地窗那裡工作，可俯瞰花園的那個小陽臺。只要天氣乾燥，我會把窗戶打開，應該不會有問題。」她用手肘撐起自己。「帶我上去，我讓你看看。」

麥克尼爾喜歡這房屋的頂樓空間，因為上面有呼吸的空間，當然跟高度也有關係，跟他在伊斯林頓狹窄的床鋪差異很大。他幫艾咪在落地窗設置一個桌子，把她收在後牆大壁櫥裡的工具拿了過來。他從未看過她重建頭顱的工作，並被櫃子中間架上那排頭顱嚇了一跳：一個禿頭男人、年輕女人、男孩、兩個老太太，還有一個頭部嚴重受傷、重建做到一半的男人。

她把她的書、表格、銷釘和好幾團橡皮泥放在一旁，麥克尼爾興致高昂地看著她把頭骨放到底座上，調整輪椅到最佳的工作位置。因為窗戶打開的關係，味道並沒有那麼糟糕。

「妳要直接在頭骨上重塑臉型？」

「不是，我會用石膏做一個顱骨模型，把下頜骨放進冷凝樹脂中，我可不想破壞可能是證物的東西。」

他饒有興味地看著她準備的動作。「要怎麼從頭骨看出她的長相？我的意思是，他們看起來都長得一樣，不是嗎？」

艾咪笑了笑。「就跟中國人一樣？」

麥克尼爾感覺自己臉紅了。「妳知道我的意思。」

她點了點頭，微笑地說：「我會在頭骨四周三十四個參考點各鑽一個小孔，然後把直徑只有兩點五毫米的木頭銷釘黏進孔中。銷釘的用途是標記人體平均軟組織的厚度，此標準是根據一個名叫海爾默（**Helmer**）在活人身上進行超聲波測量訂立的，所以非常準確。接著我會開始臉部塑形，用所謂美國派的方法。塑形是一門科學而非藝術。先把橡皮泥條填進平均組織厚度約五毫米寬，有效地塑造皮膚底下的肌肉層；牙齒和下顎會決定嘴型，尤其是唇裂的形狀；鼻梁形狀則取決於鼻骨的大小，這裡有圖表和尺寸表可塑造眼皮，當然種族也要考慮在內。」

「妳是從哪學到這些的？」

艾咪聳了聳肩。「我一直對這門領域有興趣，自從我出車禍後，這是唯一幾件我不能走路也能做到的事之一。我在英國人體鑑識學會的老師也幫了我很多。」

麥克尼爾知道艾咪是英國人體鑑識學會的成員，那是一個由法醫鑑識各個領域的專家組成的非正式學術學會。從病理學家、警察、律師到牙醫師，但他從未聽說過她有老師的事。「妳有老師？」

「是呀，對於年紀較長、通常已退休的從業醫生來說，照顧年輕的後輩並不少見。我的老師是一位退休的人類學家，名叫薩姆。我們交流一直是用電子郵件和通訊軟體。」

他看著她工作了一會兒，驚嘆於她纖長手指的靈巧度。她的肌膚宛如象牙般白皙亮麗，嘴唇總是宛如微笑般的上揚，反映出受盡創傷及苦痛折磨的性格。他只想把她從輪椅上抱起來，擁在懷裡，讓她與自己融為一體。以前他從未對任何人有過這種感覺。他對自己內心湧現的感覺感到訝異，甚至震驚，他從不知道自己能有這種感受。

〈蘇格蘭勇士〉的音樂從他的口袋傳出，他掏出手機瞄了眼螢幕。上面顯示瑪莎，他打算掛掉電話。

「她打的？」

他抬起頭發現艾咪一臉陰鬱地看著他。他點了點頭。

「那你應該接的。」

艾咪眼中夾雜的某種情緒讓他對自己整個早上不接電話感到內疚。他按下綠色按鈕。「什麼事，瑪莎？」

「你到底在哪裡，傑克？我找你好幾個小時了。」她的聲音讓他心中警鈴大作。「怎麼了？」

「尚恩出事了。」他聽見她聲音哽咽。

「他怎麼了？」

「他染疫了，傑克。」

IV

品基沿著曼徹斯特路往西南方開去，途經基督教堂。透過房屋間隙和島園的樹木，他可看到位於河對岸格林威治大學舊皇家海軍學院的兩個圓頂。空氣很冷，從灰色混濁的水面向上升，瀰漫在薄霧中。他駛過輕軌車站，左轉進入渡船街，往右經過白楊划船俱樂部，沿著那條新建紅磚公寓可俯瞰泰晤士河的街道前進。

轉角那家渡輪之家酒吧已經歇業，聖戴維斯廣場的大門卻是開著的。查理跟他說他總會偷空來這兒抽菸，就算被人發現，他們也不會有意見。品基把車開進廣場，經過象王皇家泰式餐廳，周圍全是六層樓高的公寓大樓，有漆成白色的陽臺和落地窗；社區中央的噴泉水池打著藍光，河畔那側的景象是一片往格林威治方向的淤泥灘，卡蒂薩克號的三根桅杆高聳著。

品基花了十五分鐘卸貨，仔細觀察四周窗邊是否有人眺望廣場的跡象。現在肯定有好幾十雙眼睛盯著他瞧，但他誰也沒發現。他在想不知道這些物資是怎麼分配的？這些東西是零散的嗎？還是有先後順序？他們要怎麼解決糾紛？他無法想像這裡的居民過著怎樣的生活，但即使沒見到人，也能感覺到他們的恐懼存在空氣中，還有人們的沈默與不見蹤影。

卸完貨後，他關上貨車尾門，隨意朝河邊的步道晃去，從口袋掏出一包香菸。但他並不想抽菸。他左邊有一扇門通往王妃大廈的大廳，他在遮雨棚旁那道矮牆上坐了一會兒，抽出一根菸來，目光在對面那排屋頂徘徊。事不宜遲，他得趕緊行動。他知道會有人目睹他進去，但誰能阻止得了他？除非他們有槍。而且誰會開門出來檢查那位老太太的情況？每個人都怕得不得了。他把沒點火的香菸捏爛扔掉，站了起來。他把門拉開走進去，等著有人從背後狙擊他，但什麼也沒發生。他在大廳深吸了一口氣，搭電梯到頂樓。踏進走廊時，他的視線很快掃過門牌號碼。四十二號A室位於走廊盡頭，他迅速移動到走廊盡頭的窗前，瞄了眼河川，一群海鷗掠過河面，或盤旋，或俯衝，一邊發出尖鳴，然後飛向天空離開他的視野範圍。他知道她不會來應門，破門而入又會造成太大噪音。但他有其他的方法。他從口袋掏出一包長型的塑膠封袋，裡面裝了細長的金屬棒。他先觀察一會兒門鎖，接著抽出一根金屬棒來。

門外的走廊鋪著地毯，吸收他的腳步聲。他輕輕將門在背後關上，小心翼翼地朝屋內最遠那間房間瀉進來的日光前進。他在打開的門前佇足，背貼著牆面，將頭探向門內。那是一個寬敞開闊的房間，窗戶正對泰晤士河，還有一扇往狹小陽臺的玻璃門；牆上掛著畫作和裱框的家族照；蓬鬆且有花紋的老式家具讓空間變得擁擠，卻也更有家的味道。品基喜歡這種感覺，也很願意住進這樣的屋子。這裡讓他想起他祖父母的房子，只是他們永遠付不起這裡的房價。

他聽見咔嗒咔嗒的聲音從門縫傳出來，小心地往前一步確認那是什麼。一名將整頭白髮剪成鮑伯頭的老太太坐在桌前，一綹髮絲垂到眼前，手指熟練地敲著電腦鍵盤；金絲眼鏡被推到額頭上，一旁的桌子堆滿了紙張。眼前雖然是一片令人驚嘆的河景，她的目光卻緊盯著電腦螢幕。真浪費，品基心想，人們花太多時間看電腦了。

他走進房裡。「妳好。」他說。

老太太轉過頭，一臉驚嚇，那雙銳利的藍眸驚愕地盯著他。「什——你是誰？」

品基微微一笑，她讓他想起他的祖母。「妳的救贖，奶奶。」他從工作服下方掏出槍來，槍管已加上消音器，開了一槍。她的額頭出現一個乾淨的彈孔，子彈貫穿的傷口卻是血肉模糊，噴得窗戶四處都是血跡和腦漿。她臉向下往前倒，血浸濕了地毯。品基的身體縮了一下，他不喜歡弄得亂七八糟的。一切都要保持乾淨整齊，他母親曾三番五次告誡他遵守這些美德，還有誠實、善良、忠誠及勤勞。既然要做就要做到最好，切勿開始自己無法完成的事。

他走過房間觀察牆上的全家福，照片中出現她的身影，作為一位女家長、一家之主，兒孫都圍在她身旁微笑，和樂融融。品基感到轉瞬即逝的悲傷，是他讓一切毀於旦夕。真是遺憾。

一個類似嬰兒的哭聲嚇了他一跳，他轉身舉槍，看見一隻頸部和四隻腳都有一圈白毛的黑貓嗅著牠的主人頭部。牠感覺到了不對勁，卻不知道哪裡不對。品基悄悄地移開槍。「噢，貓咪，」他說：「現在誰要餵你吃飯哪？」

那隻貓回應他的聲音，朝他走來，翹起尾巴，尾尖稍微彎曲。品基彎腰把他撈起來，那隻貓乖乖地被他抱在懷裡，露出肚子讓他輕柔撫摸。這是一隻老貓，很習慣人類的觸摸，差點被自己的呼嚕聲噎到。

品基把貓帶到廚房放到流理臺上，拉開碗櫥尋找貓食。貓食就放在水槽下方，他開了兩個罐頭，倒到兩個盤子上，這樣就夠這可憐的老傢伙撐一段時間了。牠拱起背部吃著，他則用手指輕輕地撫摸牠的脊背。「可憐的貓咪，」他說：「可憐的老傢伙。」

第六章

I

這棟房子是他用自己的積蓄和瑪莎繼承的遺產一起買的，全都熟悉得叫人鬱悶。即使如此，他仍有沉重的房貸要付。這是一般的一樓兩房公寓，位於倫敦南部森林山綠色成蔭的郊區，一棟現代風排屋的下層。屋後有個花園讓尚恩玩耍，麥克尼爾開車也能在二十分鐘內抵達蘭貝斯區，尖鋒時刻除外。

他們這對夫妻帶著自己的新生兒滿懷希望地來到這裡，但八年過去了，這條街道現在只剩痛苦的回憶，提醒他們彼此的夢想是如何化為烏有。一個失敗之地。

麥克尼爾和瑪莎從來就不是天造地設的一對。他剛到倫敦時，只有二十七歲，從鄉下的印威內斯郡調過來，年紀輕輕且乳臭未乾。在都會生活是種挑戰，到了倫敦這樣的大城市更是冒險。他剛任職一個月便認識瑪莎，在一場警察聚會上。當時她正在跟一個警員約會，但那段關係也快結束了。麥克尼爾和她很快便被對方吸引，性愛也在這段關係背後推了一把。只要逮到機會、找到地方，他們就會上床。他們在路厄斯罕倫敦自治市租了一間套房，大部分休假時間都在床上吃冰淇淋、做愛和喝得醉醺醺的。那段日子非常瘋狂，沒有責任，對未來毫無任何想法。

然後有一天她跟他說她懷孕了，他們的生活也起了變化。

兩人都不知道怎麼會發生這種事，他們都有做防護措施，但確實是有了。瑪莎陷入掙扎，她非常想要孩子，但不是現在。她提議拿掉孩子，但麥克尼爾不同意。他本人沒有宗教信仰，但他爸媽一直是蘇格蘭長老會的成員，雖然他不信他們的神，他爸媽的道德觀卻早已深植他的內心。最後，她很開心他說服了她。尤其是尚恩出生的那天，她把他抱在臂彎裡，忍不住淚珠滾落臉頰。她淚眼撲簌地發現自己身為勇猛堅強的蘇格蘭男兒的丈夫也在哭。

麥克尼爾把車停在道路盡頭，鎖好車。先前單一的拱形門道現在分成兩邊，一扇栗色的門，另一邊則是白色的門。麥克尼爾爬上階梯，恐懼讓他心都涼了，簡單四個字便能將他剩餘的人生擊垮——尚恩染疫。

瑪莎先他一步開門，她的樣子使他嚇了一跳。她的臉色慘白，疲倦的雙眼下方籠罩厚重的陰影，看上去似乎比上次見到她時還蒼老許多，面露緊張和焦慮。這真的是一星期前的事嗎？那時候尚恩的身體並沒有出現任何不適，學校早已關閉，他們也很少或說沒機會跟其他人接觸，他到底為什麼會感染？這是他唯一想到要問她的問題，他的語氣中充滿指責。

「我不知道，」她搖了搖頭，語氣聽來很絕望。他們走進屋裡。「或許是因為你，我們哪兒都沒去，也許是你把病毒帶進來的。」

麥克尼爾揚起下巴，保持沈默，忍住他體內像是膽汁般升起的憤怒。「他在哪？」

「巨蛋。昨晚我叫了醫生來，然後早上凌晨四點時，他開始咳出液體，不敢相信感染的速度會這麼快。天剛亮救護車就來了。」她怪罪地瞪著他。「你為什麼不接電話？」

「這幾天我跟妳沒什麼好說的。」他環視客廳，整個亂糟糟的。尚恩的阿森納球衣掛在晾衣架上晾乾，電視遊戲機就擺在電視旁。麥克尼爾態度緩和地說：「我在工作。」

「我就知道，」瑪莎控制不住質問的語氣。「你一直都是這樣，不是嗎？」

他看著她，熟悉的內疚感油然而生。他知道她是有理由的，打從小孩出生後，她就對夫妻間的房事興趣缺缺，他們突然間變得沒什麼可說的了。他很少陪尚恩，她似乎對此很不滿。她變得越來越疏遠，他也花越來越多時間在工作上。家裡的氣氛很糟，他只想離開這裡，除了家裡，外去哪都無所謂。人家說，太輕率結婚的結果就是後悔莫及。「我很抱歉。」麥克尼爾聳了聳肩說：「妳一個人面對這件事一定很糟吧。」他走向她，打算將她擁進懷裡，算是一個遲來的安慰。

她伸出一隻手。「別過來，」她說：「如果尚恩染病了，我可能也會感染。」

他手立刻伸進外套口袋摸索緊急狀態初期配給他的一小瓶藥片，明天一早就要回收。他掏出藥瓶說：「這個給妳。」

「那是什麼？」

「流感剋星療程藥，每個警察都有一瓶。」

「萬一你需要呢？」

「別管我了，我希望妳拿著，快拿去吧。」

「只有染病才需要吃藥。」

「但如果妳染病了，越快吃藥越好，拿著。」他把藥瓶塞給她。

她接過藥瓶，看了看標籤，然後看向麥克尼爾。「可惜尚恩需要藥時你不在。」

這句話踩到他的痛處，尤其說得很不公平。「是妳希望我搬出去的。」

她把藥瓶放進口袋。「我等下再吃吧。」她頓了會兒，「你能載我去巨蛋嗎？我在這座城市沒有通行證，現在也叫不到計程車。」

他點頭。「他們怎麼說？」

「說什麼？」

「他的狀況。」

她看向他。「他們沒說什麼，根本什麼都不用說，大家都知道染病的存活率是多少。」她的眼眶泛淚，緊咬下唇直到滲出血絲。

麥克尼爾沒辦法直視她的眼睛，他盯著地毯，想起他和兒子以前會在地毯上打鬧。尚恩差不多三歲時，他們曾一起看電視播放的克林．伊斯威特的老電影《黃昏三鏢客》。你永遠不知道孩子的腦袋會記得怎樣的台詞，伊萊．沃勒克在電影中大喊伊斯威特是「該死的幫兇」。當麥克尼爾和尚恩隔天玩摔角遊戲時，他兒子突然對著他大喊：「你這該死的幫兇。」麥克尼爾和瑪莎則在之後的半小時笑個半死。

「那我們快走吧。」

儘管光線依舊朦朧，街上似乎已經很亮了，而且比一開始還冷。但屋內的空氣沉重，讓人感到壓抑，外面似乎感覺更愉快。

麥克尼爾為瑪莎打開副駕駛座的車門時，瞥見窗簾在抖動。鄰居都目睹救護車載走了尚恩。現在麥克尼爾家將成為被社會遺棄的人，現代的痲瘋病患者，沒人會想靠近他們。

II

他們從南邊那條路駛進黑牆隧道，轉彎離開圓環開上千禧大道。前方宛如帳篷的圓頂懸在向外傾斜的鋼柱結構上，在成了荒漠的北格林威治區是顯著地標。這條雙向車道將他們從廢棄的工業景觀帶到地鐵和公車站旁的停車場。地鐵和公車站幾個星期前就關閉了，停車場卻停滿了車。戴著面罩的軍人擺著手指揮他們前進，麥克尼爾駛過一排救護車，到了巨蛋周圍插著的藍色招牌。這棟花了十億英鎊打造的千禧巨蛋在短暫作為演唱會表演場地後，終於有了用武之地。染疫和垂死的病患都被送到這裡。寬廣的場地用隔板隔開，成千上萬的病床被推進來以減緩市醫院的壓力。一隊救護車和醫療補給車沿著公車站停靠區排成一列。

麥克尼爾把車停在道路盡頭圓環前的中央分隔帶，兩人隨即匆匆走上斜坡，穿過廣告牌間的出入閘機。巨蛋周圍的紅線隨便停滿了車輛，戴著口罩的醫療人員進進出出，場面十分混亂。因為不會有人來，所以沒有告示牌引導來訪者。麥克尼爾和瑪莎不知道該從哪扇門進去，或者要問誰。這裡沒有警衛，而在他們走進這個寬敞、被白色塑膠布圍起宛如洞穴般的空間時，也沒人看他們一眼。

空氣中充斥的噪音十分混亂：上方供暖系統的轟鳴、大量的說話聲中夾雜了病患的哼聲，還有打噴嚏、咳嗽、呻吟及乾嘔聲。幾名身穿白色睡衣褲、臉色蒼白的看護推著一個病床過去，床上的年輕人已經死了，僅僅由沾上血跡和嘔吐物的床單蓋住，兩眼無神的睜著。麥克尼爾很想吐，他的兒子就身處這個地獄中，如果他要死，那他寧願帶他回家安度最後時光。他抓住一名護士的手臂，她轉過身問：「有事嗎？」他看得出暗藏在她神色下的疲倦。她的眼睛就像患了白內障一樣混濁，她累得要命，沒有耐性應付活人。

「我兒子在這裡，今天早上被送來的。」

她疲倦的面容閃過一絲理解。「沿著外面那條路去到C號門，新來的病患會從那裡進來。」她隨即走了，進入病房隔間。

麥克尼爾抓起瑪莎的手短暫逃到空氣新鮮的外頭，從垂死的呻吟聲中解脫。他們急匆匆地繞過巨蛋，沿途與一群工人發生推撞，對方氣憤地朝他們大吼。但他們現在急需找到自己的兒子。C號門的雙扇門大開，他們衝進去看到一個臨時接待處，送達的病患紀錄都會在這裡輸進電腦。一名戴著口罩的老護士坐在接待處後方謹慎地看著他們。「請問需要什麼嗎？」

「我們兒子今早被送過來，」麥克尼爾說：「他叫尚恩．麥克尼爾，八歲。」

「我們沒有訪客機制，抱歉。」但她的聲音聽起來毫無歉意。「我們有個緊急電話號碼，總機全天候服務。」

她旁邊的桌上擺著一個寫字板，上面印有樓層平面圖和用鉛筆寫下的名字。麥克尼爾並沒有馬上聯想到用鉛筆的原因是因為更容易換上其他名字；如果他有想到，也會因為高翻床率覺得合理。他反而本能地伸手抓起寫字板。

「嘿！」護士想搶回寫字板，但麥克尼爾拿在她手搆不到的位置。「我要報警了。」她說，聲音有些激動。

「我就是警察。」麥克尼爾說，目光迅速掃過平面圖。上面的名字多到他記不起來，整個場地被劃分成很多區，除下寫字板最上面那頁，下面還夾了六張紙。「我找不到他的名字。」他對瑪莎說，語氣頓時多了幾分驚慌。他翻著頁。

護士重重地嘆了口氣，輕輕地用手指按著電腦鍵盤，然後伸手把麥克尼爾手上的寫字板拿走，在第三頁找到尚恩的名字。「他在7B區。」她說：「跟著地上的箭頭走，第七區是黃色的。」

尚恩和其他三名孩童一起被分到劃分出來的第七區。他和另外兩人都在吊點滴。他臉色發白，只有雙頰發紅；他的床單全濕透了，纏在他飽受折磨的身體上。尚恩已陷入半昏迷狀態，似乎神志不清，偶爾會無法抑止地咳嗽。他們可聽見他呼吸時肺部和喉嚨參雜的水聲。一名身穿白大褂、戴著手套和口罩的醫生阻止他們靠近。「你們兩個在這裡幹嘛？」

「那是我們的兒子。」瑪莎說，聲音微弱到像是低語，只好清清嗓子重複一遍，放大音量。

醫生疲憊地看了眼尚恩後，聳肩道：「我很遺憾。」每個人總是說這句話。

「你對他做了什麼？」麥克尼爾問。

醫生把夾在尚恩床腳的寫字板拿下來，看了下表格，接著嘆了口氣。「我們幫他打了類固醇，他的症狀很一般，出現急性呼吸窘迫症候群。」

「那是什麼意思？」瑪莎抓住她分居丈夫的手臂。

但麥克尼爾知道那代表什麼。疫情爆發初期，所有警官都被告知此次流感幾乎不可避免的症狀及病程。正如其他流感一樣，一旦感染會先覺得身體痠痛、發燒、喉嚨痛、咳嗽，然後會很快惡化，逐漸出現不可逆的呼吸衰竭，稱作成人或急性呼吸窘迫症候群，也就是ARDS。症狀一開始很像肺炎，但對抗生素或抗病毒藥物沒有反應。他知道使用類固醇是不得已的，但即使如此也無法治癒漸進性發炎，從而導致蛋白漏出與纖維化，最終死亡。

「意思是妳的兒子能不能撐過去全看他身體有多強壯，」醫生說：「他的免疫系統如何有效抵抗病毒。」

麥克尼爾看著自己的兒子躺在床上痛苦不堪，他看起來似乎既幼小又脆弱。成年人會死於這次流感，強硬的大人彷彿風中的稻草般輕易被折斷。那麼一個孩子又談何希望？他閉上眼睛，無助感席捲他全身。老天，他是那孩子的爸爸！他本應該保護他，確保他安全，看著他長大成人。麥克尼爾因為聽見自己兒子激烈得咳個不停而抽搐，再次睜開眼睛，他感覺眼眶一濕。「還有多久？」

醫生聳了聳肩。他就跟男孩的爸爸一樣無能為力。「如果他可以撐過一個小時，」他說：「那他或許有機會活下來。」

III

到了外面，麥克尼爾將口罩拉開，呼吸著一月的冷冽空氣。他摟著瑪莎的肩，感覺她強忍著情緒渾身顫抖。他們呆愣地走著，與來來去去的人們擦身而過，對周遭的環境毫不在意。從大門出來回到千禧大道，馬路對面多了更多招牌，他們從空隙穿出去後，一個手繪標誌指向兩百哩遠的千禧汽車旅館，提供住宿和餐點。但他們只看見一間棄置的屋子，搖搖欲墜的磚砌房屋釘上木板，空地上到處都是碎屑殘骸，雜草從柏油路的裂縫中竄出來，一個路燈傾倒成不可思議的角度。舊軍械碼頭四周堆了大量積土，這裡曾是一個千年的夢想，卻經歷荒涼、廢棄、破產，宛如他們悲傷生活的倒影。婚姻破裂，兒子在生死間徘徊不定。

金絲雀碼頭的摩天大樓在河面形成倒影，從河彎另一邊穿出迷霧中。這是新時代繁榮與復興的預兆，或說是建築師所期望的，但就像建造它們的人一樣了無生氣，空蕩蕩的，瀰漫著恐懼。

一個呼嘯而過的聲音從水面傳來，迴盪在和緩、死氣沉沉的水流上。瑪莎抬起頭，像動物般在空氣中聞了聞，本能地開口問道。她並非真的想知道答案，只是找個話題罷了。「什麼聲音？」

「可能是槍聲吧。」

她蹙起眉頭。「誰開的槍？」

麥克尼爾機械式的回應。跟瑪莎一樣，他覺得必須說些什麼，找些話題填補空白，不然他們會開始胡思亂想。「道格斯島已經封鎖，現在島上沒人感染流感，而且有一群有槍和財政支援的人確保沒人把病毒帶進來。」

「這樣可以嗎？」瑪莎不太相信。她有一下子忘了他們來這裡的原因。

「當然。如果願意的話可以離開，但不能回來。雖然跟軍方有過對峙，但政府似乎敗下陣來。有時會發生交火，但我想那只是裝腔作勢。如果真的有人中彈，我猜他們大概會派軍隊來。」

又一聲呼嘯聲後，接著便安靜下來，只剩拖船拖著載有黃色貨櫃的木筏往下游開去的聲音。

他們慢慢地走了幾分鐘，沒有交談，然後麥克尼爾說：「我只做到今天。」

他感覺她把臉轉向他，但他不想對上她的視線。「什麼意思？」

「我已經辭職了，到明天早上七點為止。」

「我不懂。」他聽出她聲音隱含的不解。

「不懂什麼，我辭掉我的工作。」

「為什麼？」

「因為妳拿到尚恩的監護權，我知道如果我現在不抓緊時間看他長大，以後就永遠沒機會了。」

她好一會兒沒說話，然後才說：「可惜你沒早點這麼想。」

「別又開始了。」他的手從她肩膀滑落，一股熟悉的憤怒再次油然而生。每當他們起爭執時都是如此。「現在我不想說這件事，重要的是尚恩。」

她挽住他的手臂捏了捏。「你說得對，對不起，要是我們都能多為尚恩著想，而不是自己的話，事情就不會這樣了。」

對尚恩來說，情況當然有所不同，但他很懷疑他或瑪莎是否會因此過得更快樂。要不是懷了尚恩，他們的關係遲早會燃燒殆盡，兩人各自往前邁進。不知道有多少夫妻因為不小心懷孕而陷在無愛的婚姻當中？那對小孩來說有多不公平？尚恩想要的只有他們的愛。儘管他們愛他，卻從來不是無條件的。現在他躺在床上奄奄一息，他們唯一剩下的只有後悔和內疚，兩人都要負起責任。

「你接下來要做什麼？」瑪莎問：「我是說工作。」

麥克尼爾搖了搖頭，他一直在逃避這件事。「不知道。」

「或許，」她突然說：「如果尚恩——如果他能撐過去，或許我們可以為了他再試一次看看。」

麥克尼爾黯然地凝視寒冷冬天的陰霾，感覺有一種失重的感覺。「或許吧。」他不確定地說。

IV

艾咪把游標移到電腦桌面的下拉式選單，選擇發送即時訊息。她已經從通訊好友名單中選了薩姆。她迅速打字。

——薩姆，我想請他們在湯姆利用骨髓修復的組織中採集DNA樣本，怎麼樣？

她按下輸入鍵發送訊息，訊息便伴隨「嗚—呼——」一聲發了出去。她看著螢幕上與薩姆的聊天視窗，等待她回覆。她選了一張自己的大頭照當頭像，會隨著她的訊息一併出現在薩姆的螢幕中。薩姆則出於某個原因放了一張鸚鵡的彩色照片，艾咪一直想問她選這張照片的原因，但每次聊著聊著都會忘記——如果打字也能稱作聊天的話。即時訊息比發郵件還立即，但不像電話一樣較有聯繫。你隨時可以開著視窗離開，然後回來選擇要跟誰交談。當天她已經跟薩姆聊過很多次了，向這位退休的人類學家簡短說明在骨頭上檢測到的證據。

另一個「嗚—呼——」聲提醒她薩姆來了回覆。

——為什麼？另一頭傳來了回覆。

——為什麼採集DNA，還是為什麼問？

——DNA。

他們之間的對話常出現這種幼稚的鬥嘴，這是兩個只在網路虛擬空間認識的人表達真實情感的方式，但今天的薩姆似乎有點不耐煩。艾咪的手指敲打著鍵盤。

——有極小的可能她會在DNA資料庫裡。

——如果她像妳想的來自某個發展中國家，那就不可能。

——對，但如果有的話，我們會很懊惱。妳總叫我不要輕易否定顯而易見的線索。

——從骨髓採集到的含量可能非常少。

——我們可以從她的一個牙中提取牙髓。

——我以為頭骨在妳那。

——我有啊，那就從骨頭提取。我可以請湯姆削下一小片股骨，老實說，他可能就是這樣取得骨髓的。

電腦那頭停頓了好久。艾咪看著螢幕上的游標閃個不停，然後跑出一句話。

——或許值得一試。又是一個短暫停頓——湯姆還做了什麼檢測？

——不知道，或許做了毒理檢測。

——成效不大。那只能驗出質量而非定量。就算骨頭驗出含毒，也只會有微量反應，沒辦法測出有多少。

艾咪在螢幕前點頭，好像薩姆看得見她的動作。她知道薩姆說得對，而這很令人煩躁，因為她總覺得能從骨頭上得知關於一個人更多的訊息。

——好吧，謝啦，薩姆。下次聊。

艾咪越過房間看向她用石膏鑄出的琳恩的頭顱，即使沒有肉去強調，上頜骨的裂口仍看得出嚴重的變形，讓原本應該是一直線的牙齒移位。她抓住輪椅右扶手的搖桿，平穩地將輪椅開到靠窗的桌邊。她已經將頭骨打洞，黏好銷釘。現在膠水已經凝固，她可以開始建構肌肉層，賦予整張臉辨識度及個性。她著手準備橡皮泥條，那股煩躁感卻仍然存在。

她常常有這種感覺，並且常會因此陷入沮喪。這種感覺來自她對自己工作的無能為力，這個她長期接受培訓且漸漸熱愛的工作。雖然她的頭腦依舊清晰，雙手的技術仍在，但由於行動不便，讓她無法像以前作為法醫齒科鑑識師那樣充份發揮實力。有些事是坐輪椅的她無法辦到的，當然她也從事教學，但她根本無法從中得到樂趣。她討厭人們對她露出同情的眼神，這會削弱她說話的份量。

她寫論文，發表研究，為鑑識科學服務中心提供諮詢服務，倫敦以外的警員不只一次向她徵求意見。她甚至開始研究屍體和活人會出現的瘀血形狀，他們稱之為工具痕跡——在謀殺案中戒指留下的痕跡、強姦案中的皮帶扣挫傷，以及打鬥間導致的刺傷和銳器傷。分析的原理與咬痕相同，這一直是她的專長，也是坐輪椅能做的檢測。儘管如此，她身體受到的限制仍然讓人煩躁。

但她一直努力不要陷入自憐自哀的困境，那樣就太輕鬆了。所以她將這股煩躁拋諸腦後，把第一條橡皮泥條放在頭顱的顴骨位置，也就是在那時候，她的腦海才冒出一個念頭，不禁納悶她為什麼沒有早點想到。

她伸手去拿手機，撥打存在手機裡，湯姆家裡的電話，然後聽著另一頭傳來的回鈴音。

「幹嘛！」湯姆的聲音聽起來很不滿。

「湯姆？」

「該死，艾咪，我才剛睡著。剛上了很長的班，今晚七點又要輪班。」

「對不起，我沒想到，你現在方便嗎？」

湯姆用手遮住話筒，電話那頭傳來他跟另一名男性低聲交談的聲音。然後他把手拿開。

「現在不方便。」

「我晚點再打。」

但他緩和了語氣。「很重要嗎？」

「不急。」

她聽見他重重嘆了口氣。「噢，靠，艾咪，我現在醒了，妳還是說好了。」他的聲音變得融入背景，「我還在聽，只是要泡杯茶，頭骨重建得如何了？」

「很好。」

「臉出來了嗎？」

「嘿，拜託，我動作沒那麼快啦。那要好幾個小時，」她頓了會兒，「湯姆，你用骨髓做了什麼檢測？」

他弄掉某個瓷器時罵了聲：「媽的！」然後又傳來低聲的交談，才說：「其實最後我覺得我在浪費時間，艾咪，我是說所有毒理檢測最後得到的結果都沒有定論。」

「薩姆也是這麼想的。」

「妳一直跟薩姆討論？」

「對呀，沒問題吧？」

「大概吧。」

「我們覺得或許可以從骨髓採取 DNA 樣本。」

「是可以，但我不知道有沒有用，除非有比較案例。」

「然後我有另一個想法。」艾咪說：「我們可以檢驗病毒，做核酸檢測，看她是否得過流感。」

「這座城市有一半的人都得過流感！」湯姆的語氣聽起來對她的想法並不熱衷。

「對，但那可能是她的死因。」

「那為什麼有人要掩蓋這件事？」

艾咪逕自聳聳肩。「不知道，」她說：「只是我覺得我們應該調查清楚。我是說我們能從頭骨得知的資訊很有限，應該要竭盡所能取得線索。」

她聽見他又嘆了口氣，接著頓了會兒。「我說，妳何不打給柔伊請她幫妳這個忙？這會讓那小姑娘有事做，免得她整天待在門階上抽菸。」

V

風越來越大，從河口帶來潮濕的冷空氣，吹往位於上游的市中心。

麥克尼爾和瑪莎繞過巨蛋往回走。已經過了一個小時，麥克尼爾又多等十五分鐘。太快回去沒意義，但老實說，這只是為了他們不想聽的消息拖延時間，無知就代表希望。

一群軍人步槍緊貼胸膛小跑步經過他們，年輕的孩子露出驚恐的眼神，臉上戴著為伊拉克生物戰設計的軍用防毒面罩，由於從未找到毀滅性武器沒有派上用場。繞過巨蛋的圓弧曲線繼續向前，經過幾扇門後，他們看見一排未標識的黑色廂型車負責運送遺體前往官方遺體處理中心。整座城市的公營火葬場數量不勝枚舉，政府已建立緊急措施處理不斷增加的遺體，每天都有成千上萬具遺體待火化，卻沒有地方暫放。據知遺體未在二十四小時內火化會有健康疑慮。遺屬不可能有時間舉行葬禮，就連紀念性的宗教儀式都是禁止的，因為會有在公共聚會上傳播的危險。政府承諾之後會舉辦追思會，因此家屬一直無法表露他們的悲慟，逝者親朋好友間的痛苦幾乎不堪忍受。

C號的雙扇門仍大開，櫃台後面的護士換了人，但她正專心跟一群護理員講話，並沒有注意他們經過。麥克尼爾帶著瑪莎穿過錯綜複雜的隔間，跟著黃色箭頭抵達7B區。病床仍有人使用，四個小孩，但尚恩不在裡面。

瑪莎抓住麥克尼爾的手臂。「他人呢？」

麥克尼爾瞥見隔壁隔間有個醫生。他正在重新幫一個女孩吊點滴，那個人並非早先跟他們交談的年輕醫生。麥克尼爾抓住他。「7B區右手邊病床那個男孩去哪兒了？」

那位醫生把手抽回來，對麥克尼爾咄咄逼人的語氣感到惱怒。他朝兩區間的通道看去。

「黑頭髮的那個？」

「對。」

「他死了。」

第七章

麥克尼爾站在兒子的臥房裡，望向窗外後院草坪上他自行組裝的鞦韆。現在他仍聽得見尚恩開心的尖叫聲，在他將他越推越高時，心情既害怕又激動。不要停，爹地，不要停！

一列火車轟隆隆地駛過花園腳下，經過高高的木頭圍籬，隨之而來的振動使整棟屋子晃了起來。他們甚至不再注意這件事。

麥克尼爾放手讓窗簾滑落，轉身回到房間。牆上貼著兵工廠足球俱樂部球員的海報，床頭椅的椅背上掛著一條紅白雙色的圍巾，懸在天花板上的金屬線掛著許多三角旗。他聽見隔壁傳來瑪莎啜泣的聲音，突然煩躁地把尚恩的足球踢到對面牆上；那顆球反彈到抽屜櫃，將擺在上頭的全家福撞倒，玻璃框碎裂一地。麥克尼爾彎腰撿起相框，把上面破碎的玻璃抖掉。那張照片是用他們全家在布拉瓦海岸度假時拍的照片放大，三人蹲在沙灘上，身後是人潮擁擠的海灘，陽光照在藍得不可思議的海面上波光粼粼。他們請某某年輕女性用他們的相機為他們拍照，結果就成了他們三人一起拍過最棒的照片。一個永遠停留的幸福時刻，現在已一去不返。

他坐在尚恩的床沿，手中拿著照片，長久以來第一次想起自己的父母。失去孩子讓他跟父母的長期抗爭顯得沒意義又愚蠢。每個人一生只能活一次，人生苦短，實在不該浪費在生氣這種事上。

他不斷告訴自己這不是他的錯，但他知道他沒有做過任何維繫感情的事。他與父母從不親近，只偶爾從倫敦打電話回去。每當他打電話時，他們的語氣總是隱約帶刺。聽到他的聲音真好——這句話的言下之意就是他為什麼以前從不打來？他母親很擅長面帶微笑酸人。

當瑪莎告訴他懷孕的事後，他沒有第一時間告訴父母這個消息。他知道他們不會贊同，他們甚至不知道他跟別人同居。婚前性行為在他們的世界中是一種罪。而時間拖得越長，他越難啟齒，直到他決定結完婚後才告訴他們。他和瑪莎是在幾個朋友的見證下，於倫敦一家戶政事務所登記結婚。

當他終於把結婚的事告訴他們後，他爸媽感覺受到嚴重冒犯。不僅因為他沒有在上帝面前宣誓，而且他們也沒受邀參加婚禮。後來他們知道懷孕的事後，把所有事聯結在一起，便成了壓垮駱駝的最後一根稻草。

他只帶瑪莎和剛出生的兒子北上一次。他一直很怕帶他們回去，這並非毫無原因。當時的氣氛糟透了，雖然他爸媽對他們的孫子百般逗弄，卻對他很冷淡，對瑪莎很沒禮貌。在他們離開的前一天，瑪莎推著嬰兒車外出帶寶寶散步，麥克尼爾跟他們把事情說開。那是一次殘酷、痛苦、帶刺的衝突，沒說出口的話比說出來的還難聽，從那之後，他再也沒回去過。

現在當他坐在這張兒子再也睡不了的床上時，他第一次不帶任何憤怒的情緒想起他們。他憶起了他所忘記的事，關於兒時的記憶，那些歡聲笑語、溫柔及安全感。他跟父母在一起時總覺得很安心，沐浴真切的愛意中，即使嚴厲，也許並不溫暖。這就是蘇格蘭長老會家庭的風格——我們能感受愛，但不能彰顯出來。

他從外套口袋掏出手機，重新開機。電話發嗶嗶聲通知他有幾條訊息，但他並不想聽。他瀏覽存在手機裡的電話找他爸媽家的號碼。他本該知道他們的電話，但他不知道，這是造成他們疏遠的另一個因素——他離家後他們就搬家了，新住處從沒給過他家的感覺，他長大成人的房子才是家，他對他們賣了那棟房子感到小小的不滿。

他麻木地聽著電話鈴聲在快六百哩遠的房子響著。那是另一個時空，另一個世界。雖然他不知道為什麼他覺得必須通知他們一聲，但他還是撥通了電話。或許他只是想再次回到童年，蜷縮起身子，與現實隔絕，拋開責任。他父親接了電話，十分正確精準地背出他們家的號碼。

「爸，是我，傑克。」

電話那頭沉默了一陣子。「哈囉，傑克，什麼風把你吹來啦？」

「尚恩死了，爸。」

接著是很長一陣沈默，最後他聽見他父親深吸一口氣。「我讓你媽來聽。」他說，聲音放得很輕。

一分多鐘後電話才傳來他母親的聲音，他聽見她說話時聲音在顫抖。「噢，兒子……」她說。眼淚瞬間滑落麥克尼爾的臉頰。

他從臥房出來時，瑪莎正在走廊上。從她看他的樣子，他知道她看得出來他剛哭過。

「你在跟誰講電話？」

「我爸媽。」

他看見她愣了一下。「那他們有說什麼嗎？」

「不多。」

「他們沒有說這是上帝在懲罰我們？」

他移開視線。「沒有。」兩人站了很久，什麼也沒說。然後他開口：「我得走了。」

「去工作，對吧。」她的語氣帶有幾分責怪。

「有個小女孩遇害了。」

「你兒子死了，傑克。」

「我無法改變這件事，我甚至怪不了任何人。」

她雙手抱胸站著，幾乎控制不住自己，然後眼淚從早已紅透的眼眶湧出。「留下來。」她說。

「我不能。」

「是你不想。」

他搖搖頭。「我不能，瑪莎，我不知道這有什麼意義。」他從她身旁走過去到門口，停下腳步轉過身。「有嗎？」

她緊繃的身體一下洩了氣，顯得萎靡無力。「或許沒有。」

「把流感剋星吃了。」他說：「明天我要把藥交還回去。」

她從口袋掏出藥瓶看了一會兒，隨即大步地走向走廊盡頭的浴室。她打開浴室門，轉開瓶蓋把裡面的藥全倒進馬桶裡。她挑釁地看著麥克尼爾。「該死的流感剋星通通去死吧。」她說：「我希望我染病，我希望我會死。」隨即按下沖水把手，將任何救贖的盼望沖走。

第八章

I

耳廓——或說外耳——是艾咪為這個她取名為琳恩的孩子臉部重建時最後完成的特徵。

嘴部的重建耗費她最多時間。通常兩邊犬齒和第一臼齒間的交界處會決定嘴角的位置，每個人嘴唇的高度會跟上下門牙應對的琺瑯質相等。但此案例唇裂造成上頜骨嚴重扭曲，所以艾咪不得不用她的想像力搭配經驗進行重建，以還原上唇畸形的原貌。

她花了一個多小時重建嘴部，由於太過投入，等到她拉開距離以客觀的角度觀察這顆頭顱時，才對其醜陋的樣貌感到震驚。這太殘酷了。若說以前她對這孩子產生了共鳴，現在就是整顆心毫無保留地向著她。

她輕輕地捏出耳朵的軟組織，從頭骨找不到任何可能關於耳朵尺寸的線索，他們通常會以鼻子作為指標，決定耳朵的長度及位置，但也只能大略估算。想知道頭髮的長度和造型是不可能的，猜也猜不出來。艾咪知道琳恩的頭髮跟自己的髮型及髮色相似，但是長是短、綁雙馬尾還是單馬尾，他們可能永遠無從得知。

艾咪一直是留長髮，一頭亮麗的烏黑秀髮，而她為此感到很驕傲。直到她上醫學院時，在一次派對上，她因為喝醉變得大膽起來，心血來潮決定把頭髮剪成刺蝟般的短髮。她自己動的手。那簡直就是一場災難，她隔天醒來，雖然宿醉但頭腦清醒，看見鏡中的自己嚇壞了。她哭了差不多一個小時，才出門買一頂黑長假髮。但戴假髮的感覺很不一樣，最後她不得不等好幾個月讓頭髮自己長長。

那頂假髮仍被她收在樓下臥房的衣櫃深處，當她終於重建完耳朵後，便搭樓梯升降機去找。當她把假髮擱在腿上，控制輪椅離開臥房時，發現麥克尼爾就站在樓梯頂端。

起初她看見他時嚇了一跳，然後很快意識到最糟的情況發生了。

「噢，傑克，不……」

「別靠我太近，」他說：「我身上可能會有病毒，我只是……噢，我沒辦法打電話跟妳說這件事。」

「傑克，我不知道該說什麼。」他看起來非常無助，像個小男孩一樣。一個大男人因不幸而備受打擊。

「也沒什麼好說的。」

他說得對，沒有話能充分表達她的感覺。她想讓他知道她的感受，想擁抱他，這是她唯一能安慰他的方式。但從他的身體語言看起來，他明顯並不希望她接近他。

「你跟萊恩說了嗎？」

他搖了搖頭。「這三個小時來，他在我的語音信箱留了不少訊息。」他看了看手錶，「我真的該走了。」

「你不會是要回去工作吧？」她很震驚。

「我還能做什麼，艾咪？我需要有事情做，讓我不要胡思亂想，繼續下去的理由。」他瞄了樓上一眼，「妳重建完成了嗎？」

「初建完成了，我打算拿我的一頂舊假髮給她戴看看。」她拿起假髮，「想看看嗎？」

他站在閣樓間的另一頭，看著艾咪俯身將假髮戴到窗旁桌上她製作的頭顱上。她花了整整一分鐘調整和整理後，才終於滿意，接著輪椅的電動馬達發出嗡嗚，她退到一側，露出那孩子。

麥克尼爾一時間被上唇清楚的缺陷嚇了一跳，而後他把視線聚焦在那孩子的臉上。那張充滿天真與稚嫩，比艾咪的臉還圓，眉毛更平，或許是特殊人種亞型。艾咪在不知不覺中賦予她生命，從那堆骨頭中捕捉她的靈魂——天剛亮時，麥克尼爾在倫敦某公園一個皮革提袋中發現的骨頭。那個時候尚恩還活著，麥克尼爾仍有理由一步一步走下去。他知道現在的他想找出殺害這個小女孩的兇手，勝過世上任何事物。

他正準備離開時，電話響了。他瞄了眼手機螢幕，發現是菲爾打來的，那個在大主教公園工地將找到的地鐵票拿給他看的現場勘查員警。他接起電話。

「傑克，我打到警局，他們說你已有好幾個小時不在了。」

「什麼事，菲爾？」

「我們從磁條知道了日期，不知道有沒有用，日期是十月十五日，就在緊急情況發布前幾週。」

麥克尼爾想不到這日期與破案線索有何相關，抬頭發現艾咪在樓梯頂端看著他。「就這樣嗎？」

「呃，還有件事。我們設法把地鐵票正面發現的半枚指紋採集下來，如果有在系統裡，就足以找到匹配，現在我們正在自動指紋辨識系統進行比對。」問他從一張自工地現場回收、三個月前就停駛的地鐵票上恢復的半枚指紋能找到什麼線索，似乎太強人所難。但假如指紋的所有者資料有輸入電腦，那國家自動指紋辨識系統很快就能找到匹配。

麥克尼爾掛上電話後，把門拉開。「傑克。」艾咪的聲音使他從門口轉過身。她的臉因焦慮而眉頭深鎖。「現在把流感剋星吃了，不要等到有症狀才吃。」

他點點頭。「好。」隨即轉過身。

「傑克。」她的聲音很急迫，他再次回過身。「答應我。」

他深吸了一口氣，他不喜歡對她說謊。「我答應妳。」

出了門，他抬頭望向烏雲密布的天空，細微的雨滴落在他的臉上。他想起自己無助地站在走廊上看著瑪莎把藥倒到馬桶裡。研究顯示有四分之一的人口會得到流感，而有約七、八成的人會死。他直接暴露在外，情況並不樂觀。

II

艾咪控制著輪椅穿過閣樓寬敞的客廳，馬達嗡嗡的聲音打破充滿沮喪及遺憾的靜謐。要說有什麼區別的話，就是外面的雲層低垂，午後的天色似乎更暗了，但她沒辦法在耀眼的燈光下工作。

窗外灑進來的光線讓琳恩的臉上出現陰影，使它比起直接受到光照顯得更栩栩如生。女孩在陰影中凝視著她。從某個距離看來，她的頭髮很像是真的，只有淺灰色的橡皮泥揭露了這顆頭顱事實上是用無生命的材料雕塑而成的。艾咪覺得自己已經盡力了，她已完成這孩子的臉部重建，但無法還她一個身份，除此之外她無能為力。當其他人在追尋殺害她的兇手時，她卻困在輪椅上。

她在想她和麥克尼爾間的關係是否還會一樣，悲傷可能會改變一個人，造成無可挽回的疤痕，特別是當一個人失去了自己的孩子。而且他們其中之一，或兩個人可能都會染上流感病毒。關在這個過去空氣中充滿肉桂和丁香的象牙塔中，讓她很容易忘記在外面真實又健全的世界中，成千上萬的人們正在死去。

門鈴聲劃破一室寧靜，嚇了她一跳。她有一瞬間以為是麥克尼爾折返回來，可能忘了什麼東西。然後才想起來他有她家的鑰匙，不需要按門鈴。她控制輪椅到對講機前，拿起話筒。

「是誰？」

「湯姆。」他知道大廳外大門的密碼。

「上來吧。」

她按下對講機的開門鈕，等他開門進來。然後她聽見他走上樓梯，最後出現在往閣樓的樓梯口，看起來臉色蒼白且疲倦。

「怎麼了？」她關心地問。

「噢，老樣子。」

「因為哈利？」

「因為我現在值晚班，他似乎沒辦法一個人待在家。以前我會擔心他染上愛滋，現在我不知道他還會把帶什麼別的回家。」

「他去哪裡？」

「天曉得，他不跟我說。跟妳講完電話後，我們大吵一架，我也不可能再睡回籠覺了。」

「噢，對不起。」艾咪說，突然心懷愧疚。「是我不好，我不應該打到你家裡去的。」

湯姆輕蔑地擺擺手。「不滿已經累積好幾天了，早晚都會爆發。」他走向廚房，「我能泡杯茶喝嗎？」

「請自便。」

「要來一杯嗎？」

她搖搖頭。「不用，謝謝。」她注視著他一會兒，湯姆在詭異森然的沉默中為自己泡茶，手中拿著馬克杯，走到窗邊欣賞那顆頭顱。他站在原地，歪著頭盯著頭顱一段時間。最後開口：「天啊，她還真醜。」他說。

艾咪莫名的想反駁。「她才不醜，她有她漂亮的一面，幾乎安寧。如果他們願意花錢，就能幫她的嘴唇整形，或至少做些改善。你必須略過嘴唇看她的內在。」

湯姆好奇地看著她。「這是橡皮泥做的，」他說：「她不是真人。」

艾咪發現他的語氣帶著詭異的敵意。「曾經是。」

湯姆若有所思地喝著茶，眼睛一直跟著她，直到她對他的視線感到很不自在，才說：「所以他來這裡幹嘛？」

「誰？」

「噢，少裝了，妳知道我說的是誰，麥克尼爾，我剛看見他離開。」

艾咪感到臉一紅。「他來看頭顱。」

「噢？所以他也覺得她漂亮？」

「別亂說。」

「噢，所以是我在亂說話？從什麼時候開始警官會上門檢查臉部重建的成品了？」

她沒有回答。

「今天早上我就在想，妳似乎對他和他妻子分居的事很了解。」他頓了會兒，「怎麼回事，艾咪？」

她不想騙他。「不關你的事，湯姆。」

「艾咪，他是猿人！一個體型笨重、恐同的猿人。真不敢相信妳竟然跟他交往。」

「為什麼？」

「首先，因為妳從來沒告訴我，我以為我是妳最好的朋友。」

「你是呀。」

「顯然再也不是了。」

「你現在真的不講道理。」

「是嗎？」湯姆憤慨不已。「妳覺得我們要怎麼共存，艾咪，妳、我和猿人？」

「他根本不是你想的那樣。」艾咪知道這一切都將從她身邊溜走了。

湯姆爆出苦悶的笑聲。「噢，他當然不是啦！」

「他不是！他沒有恐同，他也不討厭你，他只是不了解你而已。他可能還有點怕你。」

「是啊，怕得雙腳打顫呢。」

艾咪也開始憤怒起來。「你總把性事掛在嘴上，湯姆，任何事你都可以扯上性。你是同性戀，為此很自豪，希望召告全世界，這是件好事沒錯。但你總當著別人的面大聊特聊，卻不知道這有多讓人害怕和尷尬，特別是在蘇格蘭高地出生，來自長老會家庭的鄉下男孩。」

湯姆滿臉怒氣地瞪著她。「妳騙了我。」他說，幾乎控制不住自己。

「我沒騙你，我只是沒跟你說而已。」

「四捨五入就是騙人，而朋友不會做這種事，朋友會跟彼此說實話。」

「那你贊成我們交往嘍？」

「當然不贊成。」

「也就是說，沒有你的允許我就不能跟任何人交往。」

「他是該死的猿人。妳到底看上他哪一點？更重要的是，他又看上妳哪裡了？」他衝動地脫口而出。

艾咪的臉色變得慘白，她的世界頓時一片鴉雀無聲，強烈的痛楚讓她花了點時間才找回自己的聲音。「你的意思是殘廢？他到底為什麼會看上一個殘廢？」她的聲音又輕又細。

湯姆的臉頓時脹紅起來。「不，」他安靜地說：「我不是這個意思。」

「我想你該走了。」

「艾咪……」

「走吧，湯姆，在我們吵起來前。」

他似乎意識到事情已無法回頭，至少現在沒辦法。橋樑被燒毀，他已無路可退。他把杯子放到桌上。「對不起，艾咪，」他說：「我不該來的。」

III

那晚他們相遇，或至少可說是這一切的起點，艾咪比任何人都對事情的走向感到意外。先前他們碰到過幾次，她知道他跟湯姆之間存在私怨，但不清楚原因。當時她剛開始接鑑識科學服務中心的案子，而麥克尼爾不過是另一名警官罷了。一個塊頭很大、沉默寡言的蘇格蘭人，總把她當不存在一樣對待。直到辦公室出去聚餐那晚。

說服她參加的人正是湯姆。當時有人要離職，他們便在蘇活區的一家酒吧訂了個包廂為那位同事餞別。他說服艾咪不要開車以便小酌幾杯，近年倫敦的計程車都備有斜坡板供輪椅上下車，她也沒理由不去。

艾咪個性害羞、怕生，在蘭貝斯路上工作才幾週，沒認識幾個人，所以那天晚上前半段她一直黏著湯姆。但湯姆一如往常大喝特喝，很快就攀上一個男人消失在茫茫深夜中，留下艾咪一個人自生自滅。最後她自己獨自坐在角落，護著一個空酒杯，也沒人想到要問她是否需要再來一杯。直到一個身材高大的影子籠罩在桌面上，她抬頭看見麥克尼爾往下看著她。「妳想再來一杯那個嗎？」

說真的，艾咪只想快點走人，但湯姆口中的猿人卻在這裡提出要請她喝酒，而且十分親切。她怎麼好意思拒絕？

他回來時帶了一杯灰皮諾給她，自己則是一杯威士忌，然後在她旁邊坐下來。「妳看起來玩得不開心。」

「你也是呀。」

「是啊。」

「那你為什麼來？」

他聳聳肩。「每個人都有一定的社會責任。」

她笑了起來。「這還是我第一次聽到警察談論社會責任。」

他露出苦笑。「是啊，最近他們希望我們說話咬文嚼字，妳知道什麼是可防範空間嗎？」

她一臉茫然地看著他。「不知道。」

「就是花園。」

她又笑了起來。「不會吧。」

他坐直身體，裝出一副嚴肅的樣子。「庭上，」他假裝莊嚴地對地方法官說：「我在南方鄉野步道朝西行駛時，看見被告人和其他身分不明的襲擊者現身於公路頂點的可防範空間。」隨即放鬆下來笑道：「他們讓我們去上外語課學習這種說話方式。」

「你說得滿好的。」

「我一直都對語言很擅長，我很擅長髒話。」

「我喜歡你的腔調。」

「是嗎？這裡大部分人都會開我腔調的玩笑。在蘇格蘭他們叫我鄉巴佬，就是來自高地的傻小子，供妳參考。」

「多虧你跟我解釋意思，那你是嗎？」

「什麼？」

「來自高地的傻小子。」

她看著他像是第一次認識他似的。他意外的坦率，說話毫無暗示或拐彎抹角，而且似乎不介意拿自己開玩笑。他身材高大，有一雙大手，她很確定若他用那雙手攻擊別人，可能會造成一些傷害，但他舉手投足卻有一種溫柔的吸引力。當她注視他的手時，發現手上的婚戒。

「你結婚多久了？」

「八年。」他毫不猶豫地說。

「有小孩嗎？」

他微微一笑，而她看出其中的愛意。「有，一個小毛頭。今年八歲，是個好孩子。」

「叫什麼名字？」

「尚恩，以他父親為名。」見她皺起眉頭，他解釋道：「尚恩在愛爾蘭語中是約翰的意思，但我喜歡別人叫我傑克。我父親叫尚恩，還有他父親，他父親的父親也是。我們家族裡有太多尚恩了，愛爾蘭人的根源可追溯到過去。我沒辦法逼自己打破傳統，而且是瑪莎先問尚恩這名字怎麼樣？我聽起來不錯。」

「瑪莎。你的妻子？」

「對。」

此時聚會結束了，一名毒理學家過來通知他們一大票人決定續攤去吃咖哩，問他們要不要加入。艾咪答道她該回家了，麥克尼爾也說了同樣的回答。「妳想的話，我可以幫妳叫計程車。」

「謝謝。」他幫她推輪椅到街上。街上擠滿從各酒吧走出來到溫暖夏夜的酒客。麥克尼爾把她推到角落，那裡有一群滿口斯拉夫語的不良少年聚在一起喝福斯特啤酒。其中一人看了眼艾咪後說了些話，引起其他人哈哈大笑。麥克尼爾抓住那人的領口，幾乎把他從地上提起來，嚇得他把手中啤酒罐掉到人行道上。「年輕人，你有話說就衝我來，還有他媽的給我說人話。」那群狐朋狗友嚇了一跳，立刻採取防禦姿態，但只是保持警戒，沒人敢靠近。

「不要這樣，傑克，拜託。」艾咪說，麥克尼爾不情願地放開那個年輕人，把他推向他朋友。

「抱歉。」他對她說，感到很難為情，於是推著她沿著沙夫茨伯里大街走著。

「為什麼這麼做？」

「我痛恨不公。」他視線緊盯著前方。

「你覺得他說了什麼？」

「一些不好聽的話，關於妳的。」

「你會習慣的。」她說：「我一直被人叫做『中國佬』，有時候是『瞇瞇眼』。現在更慘，他們會叫我『瞇瞇眼殘廢』。」此話一出，她便想起這段話聽起來有多心酸。而她不想充滿怨恨，她見過怨恨能讓一個人變成什麼樣子。

麥克尼爾在沙夫茨伯里大街上叫了輛計程車，司機抱歉地表示他的車沒有附斜坡板。

「我們可以等下一輛。」艾咪說。

「不需要。」麥克尼爾對她說，輕輕鬆鬆就把她從輪椅上抱起來，她像個小孩般窩在他有力的臂彎中，好像一點也不重似的，然後他把她放到計程車上，再把輪椅抬起來坐進去。「我跟妳回去，」他說：「這樣下車就不會有問題了。」

在車子穿越市區的路上，她說：「其實你真的不用這樣。」

「我也沒別的事做。」

「你妻子和小孩還在等你回家。」接著是一陣冗長的沉默，他看著車窗外的燈光流過，沒有回答。「不是嗎？」

他轉向她，在整排路燈轉瞬即逝的光線下，她看見他的眼神彷彿受傷的野獸。他無法忍受她的凝視。「不，」他最後說：「沒有。」

似乎過了很久，她才鼓起勇氣問道：「為什麼？」

「我們分開了。」他簡短地說，盯著自己放在腿上的手，不斷轉著手上的婚戒。她知道這次他不打算解釋，她也很清楚不要多問。

他們開過發出柔光的倫敦塔，越過塔橋前往南岸。計程車在甘斯佛街和泰晤士街的交界處讓他們下車。

「我看妳進門再走。」麥克尼爾把她從車上抱下來放到輪椅上時說。

「不用啦，真的，我是個大人了，我一直都天黑才回家。」

「我明白，但我會擔心，所以不行。放心，我不會要妳請我上去喝咖啡，我不喝那種東西。」他付錢給司機，艾咪在大門輸入進去的密碼。他把門推開後，他們便穿過庭院到通往她家前門的斜坡。

她皺了皺眉。「奇怪。」

「怎麼了？」

「門上的燈熄了，我出門的時候都會開燈。」

「告訴小偷這家人出去了？」

她瞪了他一眼。「我要有燈才能看路。」她打開鎖，推門進入樓梯間。整棟公寓一片漆黑，一旁的電燈開關剛好在坐輪椅按得到的地方，卻沒有亮。

「變電箱在哪？」麥克尼爾問。

「頂樓。」

麥克尼爾看著額外加裝的樓梯升降機。「停電的時候妳要怎麼辦？」

「以前從來沒停電過。」

他關上門，再次把她從輪椅上抱起來。她雙手環住他的脖子，想起小時候被爸爸抱上樓睡覺時感到很安心，他每晚都會抱著她邊走邊唱：帶著我、帶著我，環遊世界。

「妳最好把位置告訴我。」麥克尼爾說，抱著她在黑暗中爬了兩道樓梯到頂樓凌亂的閣樓間。路燈昏黃的光線透過窗戶灑進室內。他溫柔地把她放到頂樓的輪椅，並打開變電箱；他扳起一個開關，屋內的所有燈便亮了起來。他搖了搖頭說：「肯定是電流暴衝什麼的導致跳電。不想被困住的話，妳得為樓梯升降機準備備用電池之類的。」

「我可以打電話叫你來帶我上下樓呀。」

「我會用飛的過來。」

他說這句話的語氣讓她的心漏跳一拍，他似乎突然有些侷促不安。她的嘴巴發乾，不敢相信他竟然對她有興趣，還是那一方面。

後來，他告訴她之所以猶豫不前是因為他不知道該怎麼和坐輪椅的女生接吻。這解釋了為什麼他笨拙地朝她走了幾步後，停了下來，然後跪在她面前，用那雙大手輕柔地捧住她的臉吻她。

她永遠忘不了那個時候，讓她覺得上帝彷彿重新賦予她生命。

第九章

I

麥克尼爾把車停在警局外，位於肯寧頓路和米德路間，被蘇格蘭人稱為「gushet」的兩條路交會處。麥克尼爾剛到倫敦時，好幾次提起這個字，但似乎沒人聽得懂他在說什麼。他有次查了字典，找不到這個字。他找到最接近的字是「gusset」，意思是為了襯托而縫在衣服上的三角布料。他心想一定就是這個，這個字準確地描述肯寧頓警局的位置，就在兩條路以銳角相交形成的三角地帶。

他已回去伊斯林頓一趟洗澡、換衣服，感覺身體乾淨許多。他的一些同事可能會說他沒那麼「臭哄哄」了。這原本也是蘇格蘭人的用語，卻在不知不覺被英文吸收，成為時髦的倫敦俚語。

然而，萊恩總督察卻堅持說格拉斯哥的老派髒話。「你他媽的去哪兒了？」他在偵查辦公室對麥克尼爾大吼。「進來。」他怒氣沖沖地用手指著他的私人辦公室，其他人毫無反應，他們早就習慣萊恩的脾氣。

麥克尼爾站在這位總督察的辦公桌前。「我有些私事要處理，總督察。」

「做這工作沒有私事，小子，我還以為你該知道了。」

「我老實跟你說，萊恩先生，我根本不在乎你怎麼想，如果你對此有意見，隨時可以開除我。」他本想告訴總督察尚恩的事，但現在似乎時機不太對。

萊恩狠狠瞪著他。「如果你還想拿到你的退休金，麥克尼爾，我建議你好好說話。」他似乎不覺得自己的話是在諷刺，麥克尼爾把反駁的話吞了回去。「副總理辦公室有個白癡一直追著我要書面報告，要求說明為什麼我們有個探員叫停在大主教公園的工程，我甚至沒辦法給他們報告，因為我沒拿到。」

「明早我會交到你桌上。」

「今晚我離開辦公室前就要看到。」

麥克尼爾站在他的辦公桌前檢視堆在桌上的大量文件，報告、檔案、傳票，及無數張便條紙貼在他電腦四周和檯燈邊緣，字跡潦草的調查筆跡固定在他桌上置物盤裡的便條紙釘上形成一座塔。通常這時間辦公室裡會忙得不可開交，今天卻只有不到一半的警官和職員坐在桌前。由於人手不足，電話一直在響。

魯弗斯·道森警長把一張便條紙貼在麥克尼爾面前的螢幕上。他是個身材高大、留有一頭紅髮的愛爾蘭人，操著一口奇怪的混和腔調，全多虧他的愛爾蘭血統及在紐西蘭長大的經歷。他很愛說笑，隨時會準備小笑話，他的笑聲也極具感染性，但最近幾週他卻異常安靜。實在沒什麼值得開心的事。「菲爾從蘭貝斯路那兒打電話過來，提供一個姓名和地址。他們在地鐵票上找到的指紋有了匹配。他說他會把更多資訊傳真過來。」當他準備走開時，麥克尼爾的臉色讓他停下腳步。他仔細地看了他一下。「你還好嗎，夥計？」

「我很好，魯弗斯，謝了。」

他把電腦上的便條紙撕下來，看了看魯弗斯潦草的字跡。紙條上是一個名字羅納德．卡辛斯基，還有一個位於南蘭貝斯的地址。他站起來去看菲爾的傳真進來了沒，傳真就擱在置物盤裡。

卡辛斯基三十一歲，在那張模糊不清、展現男人相貌特徵的大頭照中，有著一頭稀疏的黑髮。他的顴骨很高，眼距較寬。過去兩年半裡，他一直在南部的火葬場擔任承辦助理。緊急狀態發布後不久，他被迫進入政府在南岸廢棄的巴特西發電站設置的官方焚化中心。他的指紋登錄在自動指紋辨識系統中，因為要重置他的警察紀錄。現在他並未處理偷來的贓物，而是負責處理屍體。麥克尼爾心想不知道他是否也要為在大主教公園裡的那具中國小女孩的屍骨負責，怪的是他的指紋碰巧出現在屍骨遺棄地點找到的一張舊地鐵票上。不管是不是偶然，麥克尼爾都不相信巧合。

他穿上外套，對道森喊道：「如果萊恩找我，你就跟他說我去找卡辛斯基談談。」

II

在中世紀，巴特西發電站的位址是一個被稱為巴特西曠野的地方，聚集了很多流浪漢及不良分子。十八世紀，這裡被用來射擊鴿子和舉辦農業展。威靈頓公爵和溫奇爾西爵士在這裡決鬥，最後兩人皆毫髮無傷地離開。這座有四個標誌性煙囪的發電站建於一九三〇年代，半個世紀以來飄出烏黑的濃煙籠罩在城市上方，並在一九八〇年代關閉。為了移走巨型渦輪機他們拆除了屋頂，讓這棟建築在三十年來歷經了風曬雨淋。某個私人財團想將此地改建為休閒飯店渡假村，並保留發電站外觀的遠大計畫暫時被政府擱置，大廳上方搭了個臨時屋頂，那四根煙囪再次冒出濃煙籠罩倫敦的天空，燒的卻不是駁船沿著河流運送的煤炭，而是人類屍體，死於流行病爆發的患者。濃煙就像幽靈的黑色長袍般，縈繞在河的南岸。

麥克尼爾沿途經過許多廣告看板，剛好擋住發電站的位址。開發商豎立這些看板時，大環境還算樂觀，於是便形成繪製的藍天下一片綠色田野及樹木的詭異屏障。看板上方發電站的紅磚建築直衝真正烏雲密佈的天空，高高的白煙囪位於四個角落，排放來自下方熔爐的滾滾濃煙。位於西南方，高大的吊車閒置在未完成的公寓樓上；在東北方，被稱為「倫敦儲藏室」的新柯芬園市集空蕩蕩的。巨大的海報沿著切爾西公園路貼滿空無一人的街上——「工業革命結束了」、「資訊時代已經終結」，以及「我思故我行」、「歡迎來到創意時代」。麥克尼爾瞄了眼裊繞上空的濃煙，心想歡迎來到地獄。

他轉進柯特陵街，開到門樓處，在漆成藍色的金屬柵門外停了下來。門對面停了一輛載有機槍的軍用吉普車，兩名軍人坐在車上透過口罩抽菸。身穿綠色制服的保全出現在門的另一邊，一樣戴著白色口罩並保持距離。麥克尼爾下車後，站在門前透過欄杆看他。「有通行證嗎？」男人喊道。

麥克尼爾拿出他的委任證。「警察，」他說：「我想跟你們一個叫羅納德．卡辛斯基的員工談談。」

「你等一下。」保全說。他回到警衛室，麥克尼爾透過欄杆看見一棟以奇形怪狀的塑膠和玻璃蓋成的低矮建築，包含開發商當初計畫建造的綜合大樓。但他們從沒想過會是這種情況。一旁的草地上有兩座超群脫俗的黃銅雕像。一個男人和一個抱著嬰兒的女人，兩人都擺出舉手致敬的姿勢。向什麼致敬誰也說不準。也許是對生活，麥克尼爾心想，如果是這樣的話，還真有點諷刺意味。但這兩座雕像搭配他先前看到的海報標語似乎相得益彰，有點類似史達林風格。

電子鎖解開後，柵門緩緩滑開。保全從警衛室門口叫道：「直接開到行政大樓找哈特森先生，他是負責人。」

麥克尼爾駛過舉手致敬的雕像，穿過另一道柵門開往一棟磚砌的辦公大樓，一半高過發電站外牆。在一片裂開的柏油地上，挖土機和吊車動也不動地待在那裡，就像很多恐龍及時被凍住一樣。未標識的黑色廂型車列隊排在大門前那塊寬敞的空地裡，等著運送駭人聽聞的貨件，之後返回十幾家醫院重新裝載再回來。像極了現今的擺渡人，不停地在冥河上來回飄蕩。

他把車停在辦公大樓外，推開雙扇門進入入口大廳。櫃台後面的女人抬起頭，臉上戴著口罩。他向她揮了揮委任證。「麥克尼爾督察。我要找哈特森先生，他在等我。」

哈特森的辦公室位於頂樓，其中一面是巨大的玻璃帷幕，可俯瞰這棟前發電站的主大廳。哈特森年約六十歲，身材高瘦，理著光頭，臉上堆著承辦員會有諂媚笑容。麥克尼爾不由得走到那片玻璃前，下方的景象令他難以想像。成千上萬具裸屍分成三列躺在木製貨盤上，一直延伸到視野所及之處，就像娃娃工廠中大量人體模型被堆成一堆，手腳交纏，泛著奇怪的光澤，幾乎不像人類。煙燻的霧氣模糊了視野，彷彿秋天清晨籠罩在泰晤士河上方的薄霧。穿著藍色防化服的詭異身影，戴著有色的防護面罩看不見臉，緩慢地移動在煙縷之間，彷彿太空人在月球漫步，從貨車上卸下屍體堆在更多的貨盤上。其中一個熔爐似乎被指定焚燒衣物和被單類的東西，屍體則連貨盤一起被堆高機推進其他三座熔爐中。偶爾熔爐門還沒關上時，可透過煙燻的霧氣看見火焰發出霧狀的橘光，而後巨大的鑄鐵門會再次關上，讓整棟建築物像是地震一般搖晃。

麥克尼爾的目光移到下方那堆屍體，心想尚恩是否也在那裡，正等著跟其他人一起焚燒。他無法忍受這個想法，轉身面向辦公室。

「很沉重的畫面，對不對，」哈特森說：「倘若不是上帝的恩典，躺在那兒的就是你我了。」他經過麥克尼爾去到窗邊，麥克尼爾看見他的口罩在火爐門打開送進更多屍體時閃過一抹橘光。「以前我很虔誠，」他說：「是個虔誠的天主教徒。」他轉身看向麥克尼爾。「現在我開始懷疑。」但他隨即從深思中回神。「你找羅尼有什麼事？」

「只是找他問一下話，你跟他很熟？」

「這裡的每個人我都很熟，死亡總能讓活著的人相聚，我們都很親近。」

「那你知道他有過犯罪紀錄？」

「噢，是啊，我們招人的時候，我就有拿到他的檔案，但我認為那是過去的事了。他在處理屍體方面的經驗佔有優勢。他是個親切的年輕人，工作很認真負責。」

「你不介意把他借給我半個小時吧？」

「一點也不會，督察，但他今天午夜才值班。」哈特森的笑容帶有時常需要告知他人噩耗的莊嚴。「我們這裡全天候無休，就像美國人常說的，一天二十四小時，一週七天。」

麥克尼爾回頭看著下方像是冥府的大廳，有一瞬間他以為自己看到了尚恩嬌小而扭曲的身軀，夾在一個胖女人和一個老先生中間。隨後眼前的影像不見了，永遠消失在白煙的漩渦中。

III

卡辛斯基和母親住在蘭貝斯南部的一棟一九六〇年代建造的公共大樓。這些高矮不均的公寓樓是為了吸引十九世紀工業化倫敦的那些住在貧民窟的居民，讓他們在新世界過上更好的生活。設計這些大樓的建築師可能是惡魔的使者，因為他們反而讓貧困的工人階級從實際的社區搬走，住進一個如今變得比本該逃離的地獄還慘的地方。

至少一半的公寓釘上木板，窗戶破碎，其他早已被燒毀。碎裂的水泥包層上留下一條條放火詐領保險造成的黑色焦痕，這對許多人來說是唯一的出路；柏油路面上滿是玻璃碎片，空啤酒罐隨處可見，途中時不時會看見燒毀的汽車，彷彿遍地都是野生動物的屍體。廢棄荒宅留下來的垃圾——舊床墊、不要的衣物和破損的家具——被沖到坡道和人行道上，彷彿暴風雨過後被沖上海灘的海草。路燈被砸碎，還有很多被整根拆掉。這個地方是夜晚的禁區，既漆黑又危險，這裡正是美麗新世界。

麥克尼爾把車停在街上，下了車透過敞開的大門看進去。難以置信這個地方還有人住。但沿著每層樓的走廊他還是能看見新漆的門，以及裝著乾淨、白色網眼窗簾的窗戶。就好像一張滿是蛀牙的嘴裡仍有幾顆好牙。馬路對面是一棟廢棄大樓，每個窗戶都釘上木板，一捲刺線網在四周圍了一圈。

當他走過兒童遊戲區時，玻璃在腳下嘎吱作響，在建築師描繪的藍圖中，來自不同文化的孩子會在這裡開心地踢著球。即便那曾經是現實，也早已不復存在。

在踏入卡辛斯基住的街區時，麥克尼爾有一種奇怪的預感，這裡完全沒有任何生活的痕跡。讓麥克尼爾有種船長對整艘船下了棄船命令，卻沒人告訴他的感覺。

樓梯間散發出尿味和啤酒發酵的氣味，還參雜了別的他聞不出來的味道。牆上幾乎都是塗鴉，他聽見自己的腳步聲一路迴蕩到七樓。他在二樓的時候，拐到大樓外的開放式走廊，可通往每戶獨立公寓。每隔一扇門都釘上木板，其他則用紅漆畫上簡陋的十字架，警告這家人得到了流感，有種詭異驚悚的時光倒退回到黑死病的時代。麥克尼爾心想，這些門後到底隱藏著什麼痛苦？

卡辛斯基住在二十三號，門才剛粉刷過，漆著郵筒的紅色。為了遮住流感的記號？還是為了防止流感病毒入侵？麥克尼爾不會知道，門上與頭同高的地方有個黃銅門環，他敲了三下。不一會兒，他看見左邊窗戶的蕾絲窗簾動了下。

「有何貴幹？」一個女人模糊的聲音從玻璃後方傳來。

「我是警察，卡辛斯基太太，我想跟妳兒子談談。」

「讓我看你的證件。」這個女人習於應付警察。

麥克尼爾拿出他的委任證貼在窗戶上。窗簾被拉到一側，在光線的照射下，麥克尼爾看見一個五十多歲的女人蒼白的臉，稜角分明且削瘦，是延續好幾代的貧窮造成的。窗簾滑到原來的位置。

「他不在。」

「別騙我了，卡辛斯基太太。」他知道她不會開門讓他進去，而申請搜索票並調派警員強行進入又太花時間。

「他今早出門工作了。」

「他今天午夜才值班。」

「不，他跟我說他是中午的班。」

「那是他騙妳的，卡辛斯基太太，我才從巴特西過來。」

「不可能，我的羅尼很乖。」

「他昨晚在家嗎，卡辛斯基太太，還是在工作？」

她猶豫了會兒，顯然不知道該怎麼回答才好。

「他今早什麼時候出門工作，卡辛斯基太太？」

「我不知道，很晚了，我是說早。五點，或六點，那時我在睡覺。他昨晚值五點的班，他們十二小時一班。」

「昨天他休假，這是發電站的人告訴我的。」

「不是！」他從她否認的話中聽出疑惑，語氣很受傷。她的兒子為什麼要騙她？麥克尼爾現在相信她說的是實話，卡辛斯基的確不在這裡，而她真的不知道若是他沒去工作是去哪。

「他做了什麼？」

「我不知道他做了什麼，卡辛斯基太太，我只是想跟他談談。」

「你們這些人從來不會只想談談。」他把她兒子欺騙她的憤怒和傷心轉而發洩在麥克尼爾身上。這種事對他來說很常見。當親人惹上麻煩時，錯的永遠是警察。

「妳可以跟他說我在找他。」麥克尼爾把他的委任證放進內袋裡，「妳可能也會想問問他，昨晚他告訴妳去工作時是去做什麼。」他把手插在口袋裡，回頭走下樓梯，一路上跟著卡辛斯基太太的謾罵聲。但無論如何，她還是不會開門，即使在他的背後破口大罵。

他離開樓梯走了幾步，便聽見一陣腳步聲，背後暗處傳來有人低語的聲音。他停下腳步，問道：「是誰？」

一個瘦瘦的年輕人走出走廊，頭髮用髮膠抓成了刺蝟狀，一條紅藍雙色的三角頭巾掩住口鼻，額頭長滿痘痘；他穿著一件連帽運動衫，在他身上看起來大了兩號，下身則是一件卡其色工裝褲，褲襠幾乎掉到膝蓋；他的每根手指都粗略地刺上字母，手裡抓著一根滿是刮痕的球棒晃來晃去。另外三名年輕人，其中一人是黑人，也從他身後走出來。他們都圍著頭巾，抓著球棒或鐵撬。

一個聲音從他身後傳來，他轉過身，看見另外兩名年輕人從一扇塗有紅漆的門口現身。他感覺他們盯著他的眼神中充滿敵意，便覺得大事不妙。他沿著走廊看去，即使他跳下去沒死，也會摔斷腿。

「你找羅尼要幹嘛？」額頭有痘痘的青年說。

「我們有點事要談。」麥克尼爾回答。但願羅尼跟這些人關係不錯，如果他們以為他跟這位前科犯是朋友的話就會放他一馬。

「最好是，」「痘痘」說：「你是該死的條子，對不對？臭條子。」麥克尼爾沒回答，痘痘朝麥克尼爾的口袋點了點頭。「你有帶，對不對？」

「帶什麼？」

「那該死的藥，條子。懂嗎？」

「我沒有藥。」

「你當然有，他們給了你，所有警察都有，不是嗎？他媽的流感剋星。」

「大概。」

「那就交出來。」他伸出手。

「如果你告訴我一些事，我就給你流感剋星。這樣很公平，不是嗎？」麥克尼爾努力保持聲音鎮定。

痘痘皺起眉頭。「你想知道什麼，條子？」

「我想知道羅尼休假時都去哪裡？」

痘痘一副他瘋了的樣子看著他。「什麼？」

「我想知道他都去哪混。」

「黑冰俱樂部，對不對？」那名黑人青年說。

「你他媽的閉嘴。」痘痘對他說。

麥克尼爾暫時忘了他被包圍的困境。「在蘇活區？那裡的俱樂部幾個星期前就關了。」

「那是你以為的，老兄。」痘痘瞇起眼，露出一抹冷笑。「不過你覺得怎樣不重要，不是嗎？」他再次伸手，「吐出來。」然後對自己的笑話哈哈大笑：「好笑吧？」

「抱歉，」麥克尼爾說：「我騙你的。」

「你說什麼？」痘痘一臉困惑。

「我身上沒有流感剋星。」說著，他便用左手朝痘痘臉上揍了一拳。他知道如果有機會，他必須先發制人，讓他們措手不及。他感覺骨頭和牙齒在他手指關節的衝擊下斷裂，隨即彎腰撿起從痘痘手中掉到地上的球棒。他雙手抓著棒子揮了一下，正中身後一名年輕人的頭部側面，對方就像一袋煤倒在地上。麥克尼爾右邊的門早已釘上膠合板，他盡全力踢開門，木板在黑暗中碎裂開來，揚起一片塵埃。麥克尼爾穿門而入，襲擊者的聲音痛苦及憤怒的在他背後響起。

他進到一條地板很早以前就被拆掉的長廊，他踩過一根根木椽，拐過彎跑到另一個門口。在這裡他可以很容易進行防禦，因為他們一次只能一人朝他攻擊。第一個人過來了，像個瘋子般的尖叫衝過走廊，將鐵撬插進他頭旁的水泥中。他甚至沒看到鐵撬過來。他揮舞球棒擊中那名黑人青年的嘴巴，他仰面摔到地上，血從裂開的唇瓣噴了出來。麥克尼爾靠著門框，等下一個人過來。但沒人出現。那個黑人小子仍在哀嚎，步履蹣跚地在黑暗中出去到走廊。他聽見稀疏的說話聲，然後有人大聲罵了句，接著便沉默下來。

麥克尼爾只聽見他自己在黑暗中沉重的呼吸聲，當他眼睛適應黑暗後，他開始環顧身後的房間。這裡的地板也被拆掉了，有一個破舊的床墊被堆在角落，還有一個生鏽的舊床架。連接走廊的窗戶被封了起來。麥克尼爾摸索他的手機，雖然他可以打電話叫增援來，但那太花時間了，而且他也不知道自己能撐多久。但他甚至連打電話的時間都沒有，走廊便傳來嘶嘶的聲音，令人伴隨著目眩的白光。一綑浸有汽油的破布燒了起來，麥克尼爾可聞到煙味，黑色的濃煙立刻逼得他退回房間。真是瘋了，他們根本不在乎燒掉整個街區。

他本能做出反應，驚慌失措地往窗戶一撞。整塊板子連著釘子剝落，他跟著木板一起越過窗框，膝蓋縮在胸前，在破窗時抱著自己的頭和肩膀。他落到其中一名襲擊者身上，板子就擋在他們中間，他聽見那名年輕人因為胸腔遭到擠壓，痛苦地發出乾嘔聲。麥克尼爾不想看是誰，他搖晃地站起身跑向樓梯間，途中幾乎軟腳。他在驚慌中丟了球棒，但這不重要。他現在正在下樓，一次踩三或五階。他聽見身後傳來充滿恨意與報復的尖叫聲。如果被他們抓到，他就死定了。

他可看見從樓梯口敞開的門口流進來的日光。還剩一半樓梯，一旦他出去後，就可以衝去他的車。

當他衝出門口到入口大廳時，吸了一口新鮮甜美的空氣後，便被一根球棒擊中，使剛吸進去的空氣全擠了出來。他的衝力帶著他往前好幾步，才摔在碎玻璃上，並感覺手掌和臉頰都刺進玻璃渣。他翻過身，看見一個身材高大的黑人青年，穿著窄管牛仔褲，頭巾被拉到頸部，低頭朝他咧嘴一笑。其他三人從他身後的樓梯間現身，停下腳步。痘痘把遮住口鼻的頭巾扔掉了，鼻子和嘴巴周圍都沾著乾掉的血，現在他手上拿著一根金屬棍，眼中流露出恨意及憤怒。

麥克尼爾躺在柏油路上，用一隻手肘撐起身體，仍努力喘著氣。他知道他沒辦法在他們之前到車那裡，這群年輕人就像抓狂、受傷的野獸，手中握有武器，而且想殺了他。

痘痘的話證實了他的意圖。「你他媽的給我去死吧，臭條子！」他舉起抓在手裡的金屬棍，朝他走近一步。然後他的胸膛突然爆開，濺出粉色的飛沫，還來不及驚訝，便一聲不吭地臉朝下倒在地上，金屬棒滾過石板路發出刺耳的聲響。

麥克尼爾驚愕地看著他。他不知道發生了什麼事，其他人則難以置信地愣在原地。

「搞什麼……？」用球棒重擊麥克尼爾胸口的黑人小子朝他倒下的朋友走去，而後他右半邊的頭瞬間消失，整個人轉了一圈，背部著地，完好無缺的那隻眼睛毫無焦距地盯著天空的雲。

「他媽的見鬼了，他中彈了！」麥克尼爾聽見其中一個人喊道：「有人他媽的有槍！」接著他聽見他們朝不同的方向一轟而散，宛如動物聽見獵人開槍後便四下奔逃。他們瞬間跑得無影無蹤，只剩麥克尼爾逕自躺在地上，和另外兩個死掉的孩子在他腳邊。他轉過身，很快地站了起來，仍蹲在原地，視線順著周遭公寓樓的天際線看過去，企圖找出槍手的所在地，心想他是否就是下個目標。但他什麼沒看見，也沒有第三顆子彈朝他飛來。他站起身，雙腳微微發抖，看著那兩名躺在血泊中的青年，胸口傳來的陣陣痛楚使他畏縮了下，猛地吸了一口氣。他把一隻手放在胸前，輕輕地壓了壓，肋骨應該沒斷，但他知道肯定會留下瘀青。

當他走回車上時，他的視線掃過四周聳立的半廢棄大樓，來自某個地方的某個人，從其中一棟廢棄大樓救了他的命。他不知道原因，直到後來他才覺得奇怪，因為他並未聽到任何槍聲。

他頹喪地坐在駕駛座上，拿出自己的手機。

第十章

當麥克尼爾坐在駕駛座時，品基正透過木板條間的空隙監視他。他可以看到他講電話時嘴唇在蠕動，也能想像那名警察在說什麼。品基心想，或許他甚至能讀出他的唇語。

他再次把槍管放到窗沿上，下巴安穩地靠著槍托透過瞄準鏡去看。他把十字準星對準麥克尼爾的嘴部，但他的臉有一半隱在陰影下。品基的手指扣著板機，只要輕輕地壓一下，看那張臉在他面前溶解就是多麼容易的事，就像那些橫屍街頭的男孩一樣。

但史密斯先生跟他說過若是調查命案的警官遭遇不測，只會引起不必要的注意。而且不管怎麼說，這樣是不對的。他們一起圍攻他，六個對一個，這不公平。品基總是支持勢力弱的一方，他喜歡看一個人克服困難戰勝一切。他目睹了走廊上發生的事，沒辦法開槍，等麥克尼爾身手矯健地逃下樓梯；當那些遊手好閒的傢伙出到外面，他們就成了待宰的羔羊。他特別享受他們的驚愕，然後是恐懼。至於麥克尼爾？他的表情令人賞心悅目，救人一命很好玩，就跟奪走他人性命一樣有趣。但最甜美的果實莫過於麥克尼爾困惑的表情，他完全不明白發生什麼事，他不知道自己是怎麼活下來的，或為什麼活了下來，而且永遠不會知道。

品基收回步槍，開始慢條斯理地拆卸槍枝，用沾油的布輕輕擦拭每一個零件，接著將零件放回毛氈內襯的槍盒中。有人說消音器有時候會因為距離降低命中率，但品基從來不這麼覺得。如果他覺得有失手的風險，就絕對不會開槍，而他從未射偏過。

既然要做就要做到最好。

他很感謝母親教會他這些常理，她擁有超越自身年齡的學識，唯一的錯出自於她的一段關係。不是每個來到他們家的男人都會對她好。他仍記得那天晚上聽到她在哭，她沒有看人的眼光，但品基一直傾向於幻想只是因為她很相信別人。她總是只看見人們好的一面，尤其是她的寶貝兒子。

他環顧這間十樓公寓的客廳，昏暗的光線投射在凌亂的地面形成長長的陰影。一地上的瓶瓶罐罐和菸蒂正是屋主窮困潦倒或染上毒癮的證據，一邊牆角堆著髒衣服，床墊就擺在地上。也許這些生存在陰影下的人們天黑後就會回來，品基可不想跟他們待在同一個屋簷下，誰曉得他們會把什麼病菌帶回來。品基有潔癖，他不喜歡任何形式的身體接觸，只是待在這個地方就讓他感到骯髒。可以的話，他會立刻洗澡更換衣物。

同時他也被困在這裡，麥克尼爾留在現場多久，他就得待多久。他啪的一聲把裝著步槍零件並擦得光亮的槍盒闔上，靜下心來等待。

大約過了二十分鐘，制服員警抵達現場，以及一輛救護車和未標識的廂型車，從車上下來兩個男人和一個女人，身上都穿著閃著奇怪光澤的白色防護衣。品基看著麥克尼爾跟他們交談，一群人圍在對街下面那兩名年輕人的屍體旁，而後朝麥克尼爾手指的方向看去。有一剎那功夫，品基以為自己暴露了，隨即反射性的從釘了木板的窗邊往後退，但當然他們什麼也沒看見。

路燈亮了起來，夜幕很快降臨。光線從僅有幾戶有住人的公寓發出來，嚇壞了的居民向外看向漸暗的天色，隨即放下窗簾，打開電視，將現實世界屏棄在外。

當品基再度往外看時，麥克尼爾正走回自己的車上。他心想，是時候該走了。他收拾好東西，匆忙走下空無一人的樓梯間。當他進入街區後方、原本設計作為住戶停車場的空地時，麥克尼爾的車已拐過街道盡頭，煞車燈在清冷的暮色中亮起。

品基把槍盒放進後車廂，發動史密斯先生那輛 BMW 的引擎。車子平穩地排氣，皮革座椅稍微起了皺痕。他將車越過減速丘開上社區後方那條路，先往左彎，然後再次左轉，在看見麥克尼爾的車出現他前面時鬆了口氣。幸運的話，那個警察會帶他去找卡辛斯基，而那兩個沒用的男孩也就死得其所了。

第十一章

肯寧頓路上一片漆黑，警局的燈光照到下方空蕩蕩的街上，映在對面店家和餐廳黑沉沉的窗上。

萊恩揮了下手，示意麥克尼爾坐下並關上門。現在偵查辦公室的人多了起來，就快七點了，每到換班時間，平時值班很少碰面的警官和職員就會短暫聚會。不久這座城市的宵禁就要開始了，這對大多數民眾而言是關門上鎖過夜，等待早晨到來的信號；對其他人來說，則是在夜晚掩護下從事洗劫破壞勾當的好時機。那個時候，並非每個人都想出門。

麥克尼爾才花了兩個小時寫報告，交代在大主教公園發現的屍骨和在蘭貝斯區南部住宅區被槍殺的兩名年輕人事發經過。萊恩剛看完報告，半月形的眼鏡仍掛在鼻尖。他搖了搖頭，「奇怪，」他說：「真他媽的怪。」

「什麼，長官？」

「那兩個被槍殺的孩子。這不是某個有槍的瘋子隨便開的槍，手法十分專業，用的是職業級武器，出自職業殺手。」他若有所思地看向麥克尼爾。「你覺得有關聯嗎？」

「你說卡辛斯基？」萊恩點點頭，麥克尼爾搖了搖頭。「我看不出來，沒人知道我去了那裡，或為什麼去。」期間他有幾個小時的時間思考這件事，感到十分驚恐。有人救了他的命，射殺那些孩子，阻止他們用鐵撬和球棒狠狠揍他一頓。要不是那個人，現在躺在湯姆．班奈特的屍檢臺上的人就會是麥克尼爾自己，而不是那兩個男孩了。他能想像如此一來班奈特會有多開心。

「所以就是有某個守護天使在看顧你嘍？」萊恩說。

麥克尼爾只能聳肩。那個槍手也很輕易就能射殺他，從對街的廢棄大樓某個空屋，他甚至在麥克尼爾還沒出現前便開始監視了。但他在監視什麼？他到底在那裡幹嘛？

正常情況下，整棟公寓樓會被封鎖，讓警方進入逐一調查，直到找到槍手進行狙擊的制高點，鑑識人員則抽絲剝繭找出遺留現場的證據；但他們根本沒有足夠人力，漸暗的天色和宵禁只會讓情況變得複雜。或許萊恩到早上會下令進行調查，但不管怎樣，那都不關麥克尼爾的事了。再過十二小時，他就不再是警察，而是前警官、前父親和前任丈夫。一切都將離他而去，未來剩下的只有滿滿的未知數。

萊恩伸出手。「現在我該把藥收回了，傑克。」

麥克尼爾許久才從思緒回到現實，意識到萊恩要的東西。他搖了搖頭。「抱歉，長官，我沒有藥。」

萊恩瞪著他。「你吃了？」

「不，長官，我弄丟了。」

萊恩用難以置信的眼神瞪著他。「那你他媽的最好把藥找回來，現在這東西就跟金砂一樣值錢，明天早上藥沒出現在我桌上，你就倒大楣了，孩子。」

麥克尼爾點了點頭，不然他們會怎樣？開槍射他嗎？「我需要一張進入蘇活區的宵禁通行證，萊恩先生，不知道你是否可以將我的資料輸入電腦。」

「你要幹嘛？」

「去黑冰俱樂部探查。」

萊恩眼神怪異地盯著他，彷彿他長了兩顆頭似的。「你是說你認為那兩個人說的是實話？」

「我不覺得他們想老實說，但你知道，那個黑人小孩不小心說溜了嘴。」

「如果那家俱樂部有在營業，那就是違法的。」

「我很懷疑他們有在四處宣傳，長官。」

「你最好拜訪一下當地警官，讓他們知道你去了他們管轄的地方。」

「好。」麥克尼爾站了起來，轉身朝門口走去。

「麥克尼爾。」他轉過身，萊恩正站起來朝他伸出一隻手，隨即又像被電到一般把手收回去。「抱歉，我忘了，不要握手，免得傳播病毒。」他尷尬地笑了笑，「我只想跟你說，祝你好運。雖然你是個他媽的白癡，麥克尼爾，但我不希望你出事。」

麥克尼爾淡淡地笑了笑。「謝謝，長官，我會永遠記得你最後的好意。」

萊恩露出微笑。「快滾吧。」

麥克尼爾走了快半個辦公室才發現東西的位置不太對。一束五顏六色的氣球飄在他的桌子上方，他大部分的同事在桌旁圍成一個半圓。有人端著一盤倒了滿滿的柳橙汁的杯子，所有人都在接獲暗號後傾身拿起一杯，開始唱起〈他是一個大好人〉（He's a Jolly Good Fellow）。

麥克尼爾站著，尷尬地愣在那裡，聽著他們混亂且由衷地唱到最後一句——大家都公認。

有人大喊：嗨、嗨！大聲的歡呼三聲後，大家隨即乾杯、喝柳橙汁。魯弗斯把一個杯子塞到他手上。「很抱歉我們不能喝烈一點的東西，老搭檔。」

「你不知道我們有多忌妒。」有人叫道。

「你走狗屎運了。」另一人說，其他人紛紛附和。

麥克尼爾轉身看見萊恩露出笨拙的微笑，站在他辦公室敞開的門前。

喬治．莫瑞警長將身體往桌後仰，拿出一個包著亮面包裝紙的盒子，上面畫有兒童小孩的笑臉。「我們湊了點錢，」他說：「但不知道要送什麼給擁有一切的男人。」大家都大笑起來。「所以我們就給你小孩買了禮物，《魔戒三部曲》的盒裝 DVD。」

「你家沒有DVD錄放影機的話，你就去幫他買一台，你這個小氣鬼。」魯弗斯說。

麥克尼爾盯著他們花大把工夫買來包好的禮物。他們怎麼會知道？他們怎麼可能知道？但這似乎很殘酷，就像在別人跌倒後狠踩他一腳。這個下午有那麼一會兒他滿腦子都是其他事，根本沒時間去想，而他以為自己能忘了這件事，然後想起來的時候又覺得愧疚不已。這種提醒方式實在很殘忍。

他只看到所有人面帶微笑，圍上前來看他的反應，等著他的臉堆出他們所熟悉的笑容，他卻只聽見尚恩興奮的叫道：不要停，爹地，不要停！

他突然感到一陣反胃，彷彿一陣冬日寒風襲來。整個偵查辦公室在他眼前燒熔，裝著柳橙汁的杯子自他手中落下。他感覺眼眶一熱，接著轉身匆匆離開房間。成年人不會哭，當然不會在同事面前。

他跑下樓梯，一個聲音從他身後朝樓梯間傳來，充滿關切和驚愕。「傑克，你還好嗎……？」

他跑過接待櫃檯，衝出前門到台階上，穿過門柱，抓住欄杆扶手。他乾嘔了好幾次，卻什麼也沒吐出來。眼淚滑落臉頰，模糊了眼前的街燈。他一屁股坐在最上層的台階上，將頭埋進自己的掌心中。

他聽見身後的門被推開，緊接著是萊恩生氣的聲音。「你到底在搞什麼，麥克尼爾？那些傢伙今晚為了你大費周章，對一些人來說聚到這裡已經很不容易……」在他看見自己的手下警探頹坐在上層台階時，聲音漸漸轉小。「天啊，你怎麼了，老兄？」他聲音蘊含的怒氣已然消失，現在聽起來只剩震驚。

麥克尼爾坐直身子，很快地抹去臉上的淚水。他不希望萊恩同情他，他無法面對這種場面。但他知道他不能不告訴他，他維持坐在上層台階的姿勢，盯著對街那間三鹿酒吧，以前他常為了不回家在那裡花太多時間；再過去的公園和帝國戰爭博物館似乎融入夜幕當中；對面的歲月飯店則空無一人，職員好幾個星期前就走光了。

「尚恩死了，」他說：「就在今天下午。」

他沒有轉頭看他的反應，萊恩毫無動靜，只是沉默了很長一段時間，而後慢慢在他身旁坐下，兩個人就這麼沿著隱沒在黑暗中的肯寧頓路看去。

「我們無法有孩子，」最後萊恩說：「伊莉莎白一直很喜歡小孩，她想要小孩，那是她存在的理由。一個活潑、聰明的女人，有很棒的事業，但她只想懷孕，在家相夫教子。」

麥克尼爾感覺他的上司稍微轉過來看他，隨即又移開視線。「我沒那麼熱衷，這對我來說不算重要，直到他們說我們沒辦法有小孩後，我就很想要有小孩，好笑吧？人總是在無法擁有時，才會想要得到。」他搔了搔頭，「然後再看看自己周遭，發現大部分被我們丟進牢裡的混蛋……大部分的人都有小孩。感覺好像人生中沒有比生小孩還簡單的事了，每個人都視作理所當然。」他頓了下，「沒有小孩一直是我生命中最遺憾的事情之一，我沒辦法想像有個孩子又失去他是什麼感覺。」

他稍微把手放在麥克尼爾的肩上，站了起來，而麥克尼爾很慶幸他並不覺得他在同情他，反倒是理解，甚至是同感。

「回家去吧，孩子，」萊恩說：「這裡的事不用你處理了。」

麥克尼爾搖了搖頭。他已經沒有能稱為家的去處了，他需要一件事讓他專心，能讓他熬過這個晚上。「某個人殺了那個小女孩，」他說：「除非找到他，不然我不會收手。」

第十二章

I

整個西區異常安靜，籠罩在昏白的路燈下，受到監視器的持續監控。麥克尼爾曾去其中一間監控室看過，看著鏡頭在一整排螢幕上不斷切換。除了軍人外，他們看見在動的東西就只有老鼠了。成千上萬隻的老鼠，小心翼翼地在昏暗的下水道中探險，繼承這座被人類拋棄的城市。牠們一定在想發生了什麼事，但沒多久便不去思考。牠們很快變得大膽，現在也加入打劫一夥，努力在夜晚整頓這座城市。

麥克尼爾往北開進乾草市場，他一直沒辦法習慣路上如此空曠，杳無人跡。在進入緊急狀態前，即使是三更半夜，路上也會看到計程車或民眾的私車，以及狂歡的人們從有營業執照的俱樂部和酒吧魚貫而出。但自從實施宵禁以來，就一點動靜也沒有；就算有，也可能會被射殺。

皮卡地理圓環的噴泉和安忒洛斯像仍用圍欄隔開，轉角那家 Gap 服飾上方巨大的三洋和東電化霓虹廣告板彷佛黑洞般的缺了一塊，這個曾經作為市中心鬧區的色彩和活力都銷聲匿跡。

角落的綠色報攤釘上木板鎖上了，最近根本沒人上門買觀光巴士券。拐角處一家大型連鎖商店的膠合板有燒焦的痕跡。那群搶匪只要沒辦法把木板撬開就會縱火，並在軍隊抵達前逃之夭夭。

他聽見遠方傳來消防車鳴笛的聲音，遠遠看見輕微的橘光映在仍籠罩倫敦上空的低雲。他將車往右，而非左轉，繞過圓環駛進沙夫茨伯里大街。這是實施宵禁的唯一好處，沒有紅綠燈管制，他就可以不管單行道和圓環的交通規則。倫敦市長一直試圖減少這座城市的車流量，但凡他想過這點的話，這樣做遠比收交通擁擠稅有效率多了。

很快前方就有兩輛卡車和一輛裝甲運兵車擋住他的去路。十幾名軍人三三兩兩聚在一起，摘掉防毒面罩各自抽菸，接著才戴上面罩回到隊伍裡。但麥克尼爾的車一離開皮卡地里圓環，他們立刻進入警戒狀態，把SA80突擊步槍對準麥克尼爾的方向，手指緊張地扣在板機上。其中一人走上前，舉起手來。麥克尼爾踩了煞車，停下了車。被步槍指著讓他渾身緊繃，但他相信只要他們用電腦查一下他的車牌號碼，事情就會輕鬆許多。他錯了。

有人從卡車那邊喊了什麼，領頭軍人往後瞥了一眼，另外五名軍人隨即上前來，圍在麥克尼爾車頭前方。他們顯然很緊張不安。

「下車把手舉起來，」領頭軍人吼道：「動作快！」

麥克尼爾不打算與他們爭論。他打開車門，慢慢地下車，雙手高舉頭頂。看不到軍人戴著面罩和護目鏡的臉讓他很不安，這樣的裝扮讓他們看起來不像人類，很難想像能跟他們進行任何形式的協商。「我是警察，」他說：「我有通行證。」

「電腦查不到你的資料。」

麥克尼爾暗罵了句，不是萊恩忘了幫他登記，就是系統出了點小錯。他們朝他靠近，將他團團圍住，步槍的槍管離他的臉只有幾吋的距離。「我有證件，我可以給你們看。」他開始慢慢把手伸向口袋，其中一名軍人揮了下步槍擊中他頭部側邊。他眼前閃過白光，跪了下去。

「該死。」他發出氣音。「我他媽的是警察。」

幾雙手粗魯地把他從地上拉起來，撞到他開的那輛車身上。某個人把他的臉壓在車頂，強迫他把手放到頸背，用腳讓他雙腳分開。「你敢動就死定了。」一個聲音在他耳邊低語。他的頭在抽痛，並感覺有手在搜他的身，伸進他的口袋。他的委任證被重重拍在他的臉旁。他看見路燈照在警徽的王冠和皇室徽章反射出的光芒。

「這你從哪偷來的？」

「我沒偷，媽的看一下照片！」

委任證從他的視野範圍移開，過了一會兒，「看起來跟他一點也不像。」他聽見一名軍人說道。他在心裡暗罵那天他決定去剪短髮。

「把他帶上車。」

他們開始拖著他過馬路。

「該死，你們可以打給我上司嗎？肯寧頓警局的萊恩總督察。他應該要幫我登記許可證的。」

幾個人粗魯地把他拽到卡車的下拉門旁，隨手把他扔到鑲嵌的金屬車板上。有人甩了他臉一掌，讓他撞到包著帆布的側板上，委任證頓時滑了出來。

「他媽的別動！」

他意識不清地看見坐在卡車後的一名年輕軍人帶著一個筆電和短波無線電。當男孩手在鍵盤上舞動時，螢幕的光映在他的臉上。但麥克尼爾還來不及反思自己的處境，一聲滔天巨響造成卡車劇烈搖晃。衝擊波將帆布往內推，彷彿遭受物理撞擊，接著又被往外吸；碎玻璃如雨瀑般的落在他們四周，一陣灼熱猛烈的白光使得夜空暫時發亮。

車外傳來驚惶失措的聲音，他聽見有人大吼是唐人街的銀行。「他們炸了銀行！」從他坐的地方，麥克尼爾可看到方才粗暴將他推上車的那群軍人，沿著街道向北朝唐人街走去。所有人都不再注意他。卡車後座那名年輕的通信兵對著無線電大喊，要求增援。麥克尼爾馬上作出決定，若他有時間思考就絕對不會做這樣做。他伸出手，拿起放在他旁邊長椅上的那把步槍。軍人從無線電轉過頭抓住步槍，但為時已晚。他發現他正被自己的槍指著，麥克尼爾則一臉冷酷堅決、膽戰心驚的握著槍。

「我是正當防衛，小子，我是警察，用電腦查我的資料。」他小心地彎腰取回他的委任證。

年輕軍人害怕且屈辱地僵在原地，搖了搖頭。

麥克尼爾把步槍的彈匣拔起來扔到路上，然後是步槍本身。「我要走了。」他說：「別跟來。」正當他轉身時，年輕軍人便採取行動。看來他並不想對其他人解釋他丟了槍和囚犯的經過，但他知道他的身形及力氣都比不上這位身材高大的蘇格蘭人。麥克尼爾抓住他的外套，扯掉他的面罩。「你想都別想，小子，不然我就對你呼氣。」

這個方法比人身威脅還有效，年輕軍人往後避開他的呼吸，麥克尼爾一把將他推回卡車，跳到路上，隨即跑向他的車。沒有人想到要把他的鑰匙從點火裝置拔出來，所以一下便發動了。麥克尼爾迅速把車掉頭朝皮卡地里圓環開去，甩尾轉向攝政街，然後開上空氣街，加速通過布魯爾街後轉到下約翰街，接著往北進入空無一人的黃金廣場。他知道把車停在這裡很冒險，但靠雙腳更能自由行動。

廣場另一邊的路燈沒有亮，形成一片黑暗，他把車開過去停好，下車站在車旁，聽見金屬熱漲冷縮的聲音，並仔細聽附近是否有人在。唐人街銀行的爆炸造成大火，照亮附近建築物上方的夜空。他可聽見警笛、槍響及嘶吼聲迴盪在沒人的街上，判斷現在移動很安全。

他在宛如蜘蛛網般向外延伸的巷弄中移動，橫穿蘇活區到沙夫茨伯里大街以北的馬勒巷、大普爾特尼街和彼得街。這裡的破壞情形非比尋常。偷來的贓車被扔在這裡放火燒了，幾乎每一棟建築，不論商店還是辦公室，都遭到洗劫；位於蘇活區巷弄販賣情趣用品的小店「性感姬─解放束縛遊戲、緊身胸衣、保險套和皮衣」被搜刮一空；膝上舞酒吧、刺青店和電影院也被掃蕩乾淨。滿地都是碎玻璃和廢棄的機械，門掛在歪斜的鉸鏈上，窗戶被砸出窟窿。他曾光顧的藍柱酒吧和辛蘇活餐廳幾乎變得面目全非。

迪恩街籠罩在一片黑暗中，大街上那家銀行的爆炸似乎影響了電源供應。一路上都沒有路燈，但唐人街大火的光線映在沒人的俱樂部和餐廳牆上，閃著詭異駭人的光芒。人行道上的碎玻璃像冰霜一樣發亮，一陣冷風夾雜著煙灰和橡膠的氣味吹來。拐角那家鋼琴酒吧米白色的牆壁被大火燒成了焦黑色。

麥克尼爾迅速穿過黑暗到迪恩街右側朝北去。走了五十碼路後，他到了黑冰俱樂部的鋼捲門外。捲門上明顯有企圖闖入的痕跡，但到目前為止，竊賊都被那道金屬格柵阻擋在外。麥克尼爾不確定他期望這裡能有什麼發現，如果這間俱樂部仍有營業，幾乎不可能進行宣傳。他靜靜地站著，聆聽裡頭的動靜。而他比起聽見，更像是感覺到輕微「砰、砰、砰」的聲響。這種單調循環的舞曲很符合現今年輕人的品味。他想也不是他那個年代就有不同，這完全取決於一個人成長的過程與環境。

他無法肯定音樂是從黑冰俱樂部傳來的，但如果有必要，他願意進去看看。他一定有別的方法可以進去。街區盡頭的文泰新華社對面有條小巷通向辦公室底下，進入一個鋪滿鵝卵石的庭院，那裡堆著垃圾滿出來的垃圾箱，已有好幾個月沒人清了。麥克尼爾小心地穿過漆黑的巷道進入後方庭院，老鼠驚慌地在他腳邊亂竄。那裡有漆成黑色的欄杆和加裝鋼條的窗戶，防火巷在磚砌的辦公大樓外曲折彎繞。鉛筆狀的光線從厚重的鋼門四周透出來。麥克尼爾越靠近門，就感覺音樂越來越大聲，而現在他確實聽到了，並非感覺。

在麥克尼爾看來，有人願意冒著被感染的風險，在宵禁後安全穿越非法、致命的街道外出聚會很不可思議，更別說這個行為是違法的。可他又想到一個生於躁動世代的小孩，精力充沛又揮霍無度，根本不會好好待在家裡跟爸媽一起看電視。他在想他們或許覺得這很好玩，過著站在懸崖邊的生活，比嗑藥好一點。但他可以打賭在這扇鋼門後面——黑冰俱樂部的老闆會是來自切爾西和南肯辛頓的富家子弟，特權家庭的孩子，口袋裡全是爸媽的錢，並非那種出身蘭貝斯南部貧民窟的火葬場員工經常光顧的場所。

他敲了敲門，後退一步等著。什麼也沒有發生。他又敲了一次，這次門上一個小小的活版門滑向一側。光線和音樂流進漆黑的庭院，一張臉懷疑地打量著麥克尼爾。「有事嗎？」

「我來喝酒。」

「我不認識你。」

「我是羅尼的朋友，羅尼．卡辛斯基。他跟我說想喝酒隨時可來這裡喝一杯，我快渴死了。」

「你是怎麼通過宵禁的？」

「其他人呢？」

「大部分人都是在宵禁前來，結束後離開。」

麥克尼爾聳了聳肩。「可能我運氣好吧。」

那名保鑣看了他好一會兒，又把活版門關上。半晌，當麥克尼爾覺得他不會開門的時候，便聽見金屬門栓往旁邊拉開的聲音，門打了開來。保鑣是個大塊頭，但沒有麥克尼爾壯。他理了個平頭，赤裸的胸膛套了件皮背心，啤酒肚垂在寬鬆的牛仔褲頭上。一個骯髒的白色外科口罩遮住他下半部的臉，他謹慎地觀察麥克尼爾，接著偏了偏頭示意他進門。

「謝了，老兄。」麥克尼爾說：「酒吧怎麼走？」

「在樓下。」

II

當他走下樓梯時，流入樓梯間的樂音便像物理攻擊般朝他直面襲來。音量大到令他腦袋麻木。彩色的燈光被黑色牆面吸收，當他進到舞池時，大約有兩百多人隨著原始的Trance音樂，在香汗淋漓的人群中起舞。這種音樂始於遙遠的原始部落，而非複雜的現代社會。所有人都戴著白色的醫療口罩，像是制服一樣。在頭頂紫外線排燈的照射下，口罩在黑暗中詭異的發光，好似一整片飄在空中、發著光的古怪海鷗。

舞池另一端有一個小型舞台，兩名穿著清涼的女子戴著尖頂的白色兜帽，眼睛剪開兩個洞，一邊扭腰擺臀，一邊緩慢地轉圈。吧檯沿著牆面往右延伸，兩名年輕的酒保戴著軍用防毒面罩忙著為排了滿滿三排的客人調酒。每個人都拉低口罩喝酒，再把口罩拉回原位；用過的玻璃杯放在圓形的架子上，推入大型洗碗機中消毒，準備再使用。蒸氣從吧檯後面升起形成濃霧，散佈在早已充斥著熱氣及汗水的空氣中，正是傳染病理想的傳染媒介。

麥克尼爾穿過喝酒狂歡的人到吧檯，任何擋住他的人都可能被他手肘撞到臉。人們抱怨的聲音被音樂淹沒，那名染了頭金髮、髮根已長出黑色的酒保警惕地看著麥克尼爾。麥克尼爾的年紀比常來的熟客還大，觀念也保守得多，儘管室內很熱，身上仍穿著外套。此外，他的臉上有瘀青，一邊臉頰還有在南蘭貝斯的公寓前院被玻璃碎片造成的割傷。「威士忌，」他喊道：「單一麥芽。有格蘭利威就來一杯，還有一點水。」他似乎好久沒喝一杯了，現在他對酒精的渴求幾乎讓人難以自拔。但只能喝一杯。他知道超過一杯就會削弱他的決心，讓他落入悲傷的漩渦。

一杯倒了半吋琥珀色液體的玻璃杯和一小壺水碰的一聲放到他面前的吧檯上。他付了五英鎊，沒有找零。他將威士忌加水一比一稀釋，喝了一小口。他轉向調酒師。「這不是格蘭利威！」

「你說有就來一杯，我沒有。」對方沒有道歉。

他又喝了一口，這只是杯毫無特色的混合酒。他對這杯酒的味道感到失望，但仍很享受酒通過喉嚨直達胃部帶來的暖意。他隨即仰頭將酒一乾而淨。他一直在想要再喝一杯，讓他可推遲回家的時間見到瑪莎。他一直在想等他回家時尚恩早就睡熟了，那些他遺失的時光，浪費的時間，他轉身朝調酒師大叫再來一杯。

當酒送來時，他一把抓住酒保的手腕，靠到吧檯上。「今晚羅尼在嗎？羅尼・卡辛斯基？」

酒保卻在音樂停下來時舉手要他安靜，突然一聲鼓聲響起，在整個俱樂部裡迴盪了幾秒。那片口罩海停止晃動，舞者和酒客全轉向舞台的方向，夾雜著零星的掌聲。從後方一扇門出來一個看似三十多歲的年輕人，肩上扛著一根長竿，竿上以花俏的手法綁著一捆白布，看起來很像卡通白鸛送子的包袱形象。一時間，他跟萊恩交談的回憶貫穿麥克尼爾的思緒。

戴尖帽的舞者已經退場，舞台中間卻留下一張小小的折疊桌。當男人把包袱放到桌上時，下方傳來些許歡呼聲。他穿了一身黑，就連口罩也是黑色的，幾乎要融入身後的黑牆背景中；上半部露出來白皙的臉在螢光燈下發光，似乎在桌上發光的包袱上方虛晃。他的頭髮細又薄，往後一攏貼在稀疏的頭皮上。他用麥克風說話，撐著那根長竿，他陰沉的嗓音從一致轉向他的頭上方發出來。

「藝術，」他說：「真正的藝術是活在刀口上，盡可能突破界線，走得更遠。活在別人設定的界線內的生活是什麼樣子？我們必須建立自己的界限，不斷擴展圈子，鼓勵他人與我們同行。我們並非我們的父母，也不是祖父母，我們就是我們。我們此時此刻正活著，未來就掌握在我們手裡，由我們親自創造。只有踏出生與死、好與壞，在接受與不可接受間，才能找到屬於我們生命的真正意義。」

他環顧那些安靜注視著他仰起的臉孔，他們知道他正準備做某個可怕的事。那正是大部分的人來這裡的目的——地下藝術，也就是這個俱樂部在緊急狀態前令大家崇拜的原因。麥克尼爾著迷地看著，意外地被表演散發的催眠作用吸引，對接下來發生的事毫無準備。

黑衣男子俯下身，誇張地拉起桌上包袱打結的一端，整塊布落到桌面打了開來，露出一個血淋淋的詭異形體，似乎沒有形狀。觀眾皆倒抽一口氣。男人的眼睛彷彿煤炭般閃耀，被一圈白色包覆的黑色烽火。他把口罩一邊耳帶拉掉，雙手捧起那團滴著水的東西，高舉過頭。

他同時提高音量。「這是生，」他說：「亦或死。」整個俱樂部陷入寂靜之中，只剩音響傳來的嗡嗡聲。「這孩子兩小時前仍在母親的子宮內，直到從臍帶撕開的瞬間，便沒了未來，也失去過去。墮胎，遺棄生命，這是我們這個世代的詛咒。」

麥克尼爾難以置信地瞪大雙眼，恐懼使他動彈不得。他聽見一個清晰的聲音低語道：「我的天啊！」

「我們只有在生命中才能找到死亡，也只能在死亡中發現生命。」黑衣男突然把手放下到自己的臉前。他頓了會兒，隨即用嘴撕咬那團血淋淋的東西，狼吞虎嚥地吃下肚。

觀眾之中有人吐了出來，還有幾個聲音表示噁心或抗議，其他就只剩台上男人吃著手裡捧著的東西發出吸吮吞嚥的聲音。正如開始那樣，他很快地吃完，把剩餘的殘渣扔在桌上那塊布上，嘴邊沾滿紅色的污漬。

「謝謝、謝謝。」他叫道，收好表演的器具後，便從他現身的那扇門隆重退場。

燈光立即打下來，音樂從剛才停止的地方重新響起，衝擊人們的身體及感官。口罩海在狂亂的暴風雨中起伏。

麥克尼爾感到很震驚，渾身顫抖不已，覺得想吐。他回過頭面向那杯等在吧檯上的威士忌，看見酒保在面罩後對他微笑。「很驚奇吧？」他吼道。他很享受麥克尼爾臉上顯露的反感。「你要找的是誰？」

麥克尼爾一口灌下威士忌，氣喘吁吁地把杯子用力放到吧檯上。「羅尼．卡辛斯基。」

酒保皺起眉來，半晌才想起來。「噢，你是說火化男？」

麥克尼爾花了點時間才意識到他說的火化指的就是火葬場。「對。」

「你可以問問胎兒男啊？」他吼道，把頭轉向舞台。「那兩人是好朋友。」

III

後臺走廊走到最底就是廁所，往俱樂部的門一關上，麥克尼爾就聞到了尿騷味。但同時也擋住音樂的大肆侵襲，讓他鬆了口氣。無光澤的油氈磚反射出黃光的排燈，麥克尼爾的手滑過掛在牆上著名表演藝術的黑白照片，這些照片使俱樂部因此得名。化妝室位於左邊的最後一扇門，上面有個牌子寫著私人勿入。麥克尼爾推開門，胎兒男從化妝桌的鏡子轉過身，仍拿著熱毛巾清理雙手和臉上的污漬。

「你看不懂字嗎？」

麥克尼爾大步跨過房間，抓住他的翻領將他猛地撞在牆上，把他肺裡的空氣全擠了出來。「我看得懂，而現在我要告知你的權利，你這混蛋。」他一隻手把他固定在牆上，另一隻手拿出委任證給他看。「晚點我好好想想怎麼定你的罪，盜屍、偷竊胎兒，或許還有謀殺。像你這樣噁心的人應該關在牢裡久一點。」

「嘿，」胎兒男為自己辯駁，笑出聲來。「拜託，老兄，你不會以為那是真的吧？我是說，你先放開我，我手快斷了。」他朝仍堆在化妝桌上那團血淋淋的東西點點頭，「那只是果醬和麵包捲，餐廳的食物很難吃，所以我帶了自己的午餐來。」

他從麥克尼爾鬆懈下來的束縛中掙脫。

「這只是表演，老兄，觀眾喜歡嚇人的東西。他們喜歡把它當作真的，但其實大家都知道這只是好玩。」

「你覺得這很好玩？」

「這叫挑戰極限，我在吸引觀眾，引發他們的情緒反應，讓他們產生疑問，擴大自己的界限。」

他又坐了下來，繼續擦著自己的臉，麥克尼爾看著鏡中男人的倒影，謹慎地注視著他。

「我要去哪拿胎兒啊，老兄？這個表演是我看一個中國人用真的胎兒的紀錄片來的。我是說用真的胎兒，那才叫噁心。我嘛？只是在享受三明治而已。」他清理完自己後，站起身來。「你還有別的事嗎？」

麥克尼爾看著他，充滿憤怒、藐視，及對他的表演引起極大的反感。他努力讓自己專注在來這裡的目的上。「我要找羅尼．卡辛斯基。」他說。

胎兒男聳了聳肩。「羅尼什麼？」

化妝室的門被打開，麥克尼爾看向胎兒男身後的鏡子，看見一個穿著皮夾克配牛仔褲的小夥子。來人並不高，設法用髮膠讓自己細嫩的黑髮服貼在頭骨，展現他小巧的頭型。有一會兒，麥克尼爾覺得自己認識他，他的高顴骨和寬眼距讓他覺得很熟悉。他的膚質很糟，一臉慘白，看起來像是好幾個月不見天日。他的腦海閃過一絲古怪的記憶。一個女人的臉出現在網眼窗簾後方，其面容透露出好幾代的貧窮。他想起自己在哪裡見過這個男人了，那個從傳真機影印出來模糊的影像——羅納德．卡辛斯基。

卡辛斯基杵在門口，看見麥克尼爾在鏡中的倒影回望他。他游移的目光對上胎兒男後，馬上就知道他有麻煩了。他轉身逃跑，像個瘋子般的在走廊上狂奔，運動鞋踩在油氈地板上嘎吱作響。麥克尼爾緩慢地追著他，龐大的身軀笨拙地在黃光下移動，直到到了盡頭那扇門，破門進入一片發光的口罩海和猛烈的音樂中。卡辛斯基已撞倒一堆人，去到遠處的樓梯間，麥克尼爾跟著他留下的一片狼籍，沿途推開擋住他的身體，到最後那片口罩海自動從他面前散開。

他一次兩步地上樓，當他抵達上層的走道時，那扇厚重的金屬門關上了。那名穿著皮背心的保鑣擋在他前面，他伸出一隻手阻止他。「你想去哪裡，哥兒們？」

麥克尼爾稍微動了下脖子，彷彿要親他似的將頭前傾。他感覺男人的鼻樑骨在他額頭下方裂開，那名保鑣踉蹌地往後退了幾步，眼裡滿是驚訝。他的後腦勺撞到牆，口罩的白色棉絮沾到血瞬間染紅。麥克尼爾把門推開，進入夜色中。他聽見垃圾桶翻倒的聲響，垃圾腐敗的臭味隨著冷風飄來。燈光從敞開的門流入庭院，他看見卡辛斯基開車沿著小巷逃往大街的身影。麥克尼爾追上去時，老鼠就在他腳邊倉皇逃竄，發出尖鳴。

當麥克尼爾從巷口出來時，卡辛斯基正往迪恩街中心開去，迅速被夜色吞沒。他就像一隻被麥克尼爾鬥牛犬追捕的野兔。麥克尼爾看見他轉進聖安妮巷，一條兩旁高樓聳立、狹窄的步行街，知道他就要追丟他了。但當他抵達街角時，看見巷子盡頭有些騷動。閃爍的火光、火焰燃燒的劈啪聲，接著又聽見大笑和嘲諷的聲音——打劫者。卡辛斯基把車停下來，回頭看向麥克尼爾，進退兩難。正當卡辛斯基猶豫哪邊勝算較大時，麥克尼爾幾乎可聽到車輪磨地的聲音，他發現了第三條路。一條往南的小路，與聖安妮巷直角相交，正對曾是蛋糕店的那扇破碎的喬治亞式窗戶。那條路寬不超過三呎，卡辛斯基拔腿狂奔，跑了差不多二十碼左右才發現另一頭往斐拉克曼巷已被翻倒的垃圾箱及辦公室遭竊從窗戶往外丟的雜物堵住。麥克尼爾聽見他在黑暗中唾罵，便慢下來用走的，試圖喘口氣。卡辛斯基已無路可逃，他轉進了死路，哪裡都去不了。

隨著麥克尼爾逼近，卡辛斯基慢慢後退，直到無路可退為止。「你媽以為你去工作了。」麥克尼爾說。

「你想怎樣？」

「你幹嘛逃？」

「我遠遠就能聞到警察的臭味。」

「是啊，是你怕得尿褲子的味道。」

「我有權利。」

「對，你有權悄悄流血，有權辦個像樣的葬禮。我不是說你最近就會死，但你遲早會知道的。」

卡辛斯基試圖突破重圍，壓低身體從麥克尼爾右側和牆面中間擠過去。但麥克尼爾的身形就跟小巷差不多寬，他往右一靠，將卡辛斯基推到牆上。而後他抓住他的後領，幾乎把他整個人舉起來，摔到巷子盡頭的障礙物上。卡辛斯基跌坐在一堆垃圾和瓦礫中間。

「告訴我那骨頭的事。」麥克尼爾說。

「什麼骨頭？」

麥克尼爾嘆了口氣。「我在你扔掉的地鐵票上找到你的拇指紋。你將被控謀殺罪，羅尼。」

「我沒有殺她！」卡辛斯基的聲音滿懷恐懼，「真的，我只是把那些骨頭丟掉而已。」

「你這工作做得不太好啊。」

「本來我應該把骨頭偷偷帶到巴特西丟進熔爐中。一開始他們要我把整個屍體扔進去，但我不可能帶著她通過安檢，所以我要他們給我骨頭，骨頭我就帶得進去。他們不想留下任何痕跡，懂嗎？一定要毀屍滅跡才行。」

「為什麼？」

「不知道，我跟這件事無關，真的。」
「那你為什麼沒把骨頭燒掉？」
「因為那個洞今天早上就要倒入水泥，這代表我不需要冒險，他們也不會知道。」
「他們是誰？」
「不知道。」
「胡扯！」
「我說真的，老兄，我只是收錢幫他們處理骨頭。」
麥克尼爾把頭湊向他。「羅尼，除非你告訴我他們是誰，不然就要替他們背鍋。」
「該死，老兄，我不知道他們的名字。有一天某個人在我下班後接近我，提供我一個無法拒絕的賺錢機會。」
麥克尼爾搖了搖頭。「你得給我更多情報，羅尼，你是在哪拿到骨頭的？」他聽見卡辛斯基在黑暗中深深嘆息。
「我不知道地址，那是個大房子，就是某個有錢老頭的家。」
「在哪裡？」
「靠近旺茲沃思公地，路特街還是路思街之類的。那天很黑，我不知道，他們用車接我過去。」

「在宵禁期間？」

「對，那似乎不成問題，沒人攔下我們。」

麥克尼爾居高臨下地看著他好一會兒。他需要更多情報，他很確定卡辛斯基還有事沒告訴他。「快點，起來。」他說。

卡辛斯基沒有動作。「你要做什麼？」

「因為你涉嫌謀殺，羅尼，我要逮捕你。」當他看見棍子從黑暗中伸出來時為時已晚。他聽見棍子打在他頭上發出鏗鏘一聲，跪倒在地。卡辛斯基將他在瓦礫堆找到的架管隨手一扔，滾過柏油路發出刺耳的聲響，他跳過俯臥在地上的麥克尼爾，朝來時的方向狂奔。

麥克尼爾彎下身去，喘著氣，眼前閃過白光。他怎麼會這麼不小心？他咒罵道，朝地上吐了口口水，從嘴裡嚐到血絲。過了整整一分鐘，才搖晃地站起身，單手扶著磚牆撐住自己到能站穩腳步。他的頭仍在嗡嗡作響，沒必要動作太快，反正卡辛斯基早就跑掉了。

幾分鐘後，他腳步蹣跚地回到聖安妮巷，看見一個黑色形體躺在向東幾碼遠的地方。他稍微思考了下那是什麼，五分鐘前那裡還是一片空曠。他走上前，看見那是一個男人臉朝下倒在地上，身下有一灘黑色液體。黏稠的血液，在冷風中吹拂下凝結。麥克尼爾跪在地上，感覺男人的身體仍有餘溫。他把屍體翻了過來，發現卡辛斯基瞪大雙眼盯著他。那身白襯衫沾滿了血，但麥克尼爾仍可看見三顆子彈射穿的位置，全聚集在心臟附近，人已經死了。

第十三章

I

麥克尼爾跌坐在地，背靠著牆。聖安妮巷西面盡頭某處仍著火，但那群劫犯已經離開，因為現在只能聽見火焰劈啪燃燒的聲音。

有人朝卡辛斯基的胸口開了三槍，那個人一直在巷弄中埋伏。麥克尼爾沒聽見槍聲，就算他腦袋嗡嗡響也不可能沒聽到。他想起關於那名在南蘭貝斯射殺那些孩子的狙擊手，萊恩判斷手法十分專業，用的是職業級武器，出自職業殺手。這次同樣集結了職業殺手的特徵：手法俐落高效、武器裝有消音器。有人不希望卡辛斯基跟麥克尼爾或任何人交談。他忽然想到或許這兩次專業手法都出自同一人，或許那天下午救了麥克尼爾的神射手等的正是卡辛斯基，如今被他逮個正著。

麥克尼爾輕輕將頭往後靠到磚牆上，深吸一口氣。他感覺一股很像是令他抓狂的情緒油然而生，就像裹屍布一樣。一切都失控了，他的人生、這座城市、他的工作以及這次調查。就好像一堆事件朝他席捲而來，而他無能為力。他覺得好累，昨晚他幾乎沒什麼睡，他目前已經工作將近十五個小時了。只要他現在閉上眼睛，絕對能夠睡著。就在這個人行道上，腳邊躺著一個男人的屍體。

但他內心充滿了憤怒，有個細小的聲音在他體內大叫怒吼，他知道自己永遠沒辦法安然入睡。他聽見遠處傳來槍響，以及飄蕩而來的怒吼，跟他腦裡的聲音不謀而合。他雙膝著地往前，戴上乳膠手套開始翻找卡辛斯基的口袋。找到一個皮夾，裡面有證件、一些紙鈔和零散的硬幣。褲子口袋裡有一串鑰匙，外套則是菸盒和打火機。沒什麼可用的訊息。

麥克尼爾又把皮夾檢查一遍，發現後面有個拉鏈袋。他用自己的粗手指打開袋子，裡面放了幾張先前的收據、餐廳帳單、一張酒吧的電子收據，以及一張起毛邊的名片。麥克尼爾傾斜那張卡，試著對到附近的光線，並用手指摸著卡上的紅色浮雕字。上面用花體印著一行字：強納森．福萊特，雕塑家。地址是一家位於南肯辛頓的畫廊。

麥克尼爾知道這個名字，去年各大報的藝術專欄都是他的報導，他的一些作品引起爭議，足以登上通俗小報，麥克尼爾就是通過那些小報讀到他的名字。他的專長是怪誕主題，特別開放的性感身體雕塑：無頭男性勃起的陰莖一半插在女性軀幹的肛門中、少了半隻手臂的女人用剩下那隻手握著遭割斷的乳房、微笑的臉部雕塑削去肉露出下方的牙齒和下顎。麥克尼爾無法想像有人願意買這樣的東西，或想在家裡擺設這種作品。但他的展覽吸引了成千上萬的人去看，作品售價也要上千萬。

不知道像卡辛斯基這樣的人在皮夾放福萊特的名片要幹嘛，他跟黑冰俱樂部又有什麼關係。這兩者唯一的關聯就是極限藝術，但卡辛斯基在麥克尼爾看來一點也不像鑑賞家或收藏家。他把名片塞進內袋中，將皮夾拉上拉鍊後放回卡辛斯基的夾克裡。他再次坐回牆邊，摘下手套。現在他的頭比較不暈了，但他抬手摸了摸側臉，感覺臉頰腫了起來，知道到了早上肯定會瘀青。

他坐了幾分鐘，決定做一件他之前從未想過的事情。他要把卡辛斯基留在這裡。他死了，他也無能為力，若是麥克尼爾通報了這件事，那剩下的時間都會用在處理繁文縟節上。再過八小時將會是他最後一次走出肯寧頓警局的大門，而如果那時候他還沒抓到殺害這個小女孩的兇手，他肯定絕對沒人抓得到。所以沒時間走程序了，調查此案已讓他越陷越深。他將越界進入一個未知領域，他不熟悉的世界，遊走在法律外。在那裡，他必須獨自一人面對一切，唯有內心憤慨的聲音作伴。

第十四章

品基沿著皮卡地里圓環往西朝海德公園角開去。他的眼睛持續盯著大道盡頭一閃而過的紅色尾燈，於他前方劃破黑暗。他把車前大燈關掉，路燈讓他可以清楚地看到路。若是被軍人攔下，他只要簡單回答不想引起注意就行了。每晚都有私車在路上遭到打劫。

他有種不安的感覺，情況不太妙，心想他可能猜得到麥克尼爾的目的地。雖然對他怎麼找到這個關聯仍一無所知，品基想像不出卡辛斯基會告訴他這件事。

可憐的卡辛斯基。要是他有照約定將骨頭燒掉，這一切就都不會發生了。品基會待在家，回到那個真實世界，那個媽媽為他煮晚餐的生活；卡辛斯基也不會死，那兩個南蘭貝斯的孩子也一樣，還有住在道格斯島上的老太太，全都因為那個白癡混帳沒有做到他該做的事。

品基搖了搖頭，真是不可思議。不過是個簡單的錯誤，一個人的脫稿演出，看看現在造成什麼後果，事情完全失控了。這就是沒好好盯著工作完成會發生的事。這一切究竟什麼時候才能結束？

放在副駕駛座上的手機響了起來，他手伸過去按下綠色的接聽鈕，把手機夾在耳邊。

「喂？」

「喂，品基，事情處理得如何？」史密斯先生的聲音是如此平靜，能讓品基聽一整天。即使他知道這只是假象，為了掩蓋下方的動盪。

「卡辛斯基死了，史密斯先生。」

他聽見史密斯先生愉悅的聲音。「做得好，品基，那事情該結束了。」

「但願如此，史密斯先生。」

然而史密斯明顯察覺到品基回答時的保留語氣。「怎麼說呢，品基？」

「因為那警察先找到了他，他們交頭接耳了一番。」品基知道這是成語，不知道史密斯先生聽了會不會對他改觀。「我不知道他們說了什麼，任何事都有可能。」

史密斯先生沉默了好一會兒。

「喂？史密斯先生？你還在嗎？」

「我還在，品基。你現在在做什麼？」

「我在跟蹤那條子，看來他正開往南肯辛頓的方向。」

接著又是一陣沉默。「你覺得他知道了嗎？」

「我不知道，史密斯先生。」他頓了下，「但有點奇怪。」

「什麼奇怪，品基？」

「他沒有通報卡辛斯基被殺的事，只是把他留在人行道上。」

「我覺得這位麥克尼爾先生可能有點失控了，品基，這可能會讓他變得很危險。」

「失控，什麼意思？他為什麼會失控？」

「今天是他在職的最後一天，品基，值完這班後他就辭職了。今天對他來說也很感傷，他失去了兒子。」

品基皺了皺眉。「失去兒子？」

「他死了，品基。因為流感，警察的小孩就跟其他人一樣可能染疫。」

「噢，靠。」品基專注地盯著遠方的紅燈，如今看起來只散發出悲痛的信號。「真可憐，史密斯先生。」他發自內心地說：「你要我怎麼做？」

「繼續跟著他，品基，做你覺得需要做的事，並定期通知我。」

史密斯先生掛了電話，品基感到無由來地悲痛。心想若是他小時候死於流感，他爸爸不知道會有什麼感覺，假使他爸爸知道他的存在的話，又或者他知道他爸爸是誰。但他知道他媽媽會很失落。

小孩不應該死，他們做的壞事不足以讓他們死去。那個可憐的小女孩又對誰造成了傷害？這些都不是她的錯，但史密斯先生把一切過錯都怪罪於她。她站錯了邊，跟史密斯先生作對的人都不會有好下場。

第十五章

艾咪坐在公寓後面的金屬陽臺上，俯瞰空無一人的大廳。外面天氣很冷，她把旅行用毯披在肩上保持暖和。但空氣清新，她把落地窗打開，讓風吹到頂樓。那顆頭骨仍然發出臭味，雖然她用了好幾層塑膠袋包在外面，空氣中依然留有難聞的味道。

她喜歡在夏日傍晚坐在這裡，她刻意讓自己種的紫藤往同一方向生長，擋住鄰居的窺視。在漫長、慵懶的夏日午後，這裡陽光充足，傍晚卻會吹起冷風。一個僻靜、能忘卻一切的地方。

現在那棵紫藤光禿禿的，蒼勁多節，毫無任何遮蔽效果，實在很難相信春天會發新芽，美麗的紫花像瀑布般傾瀉而下垂在欄杆上，引來當年第一批蜜蜂採蜜。今年是她車禍後的第二個冬天，第一年她就發現十一月到三月是最難熬的時期。寒冷的天氣想出門散步，冷風會迎面吹來，冰冷的雨滴打在臉上傳來刺痛；最後只好匆匆回家喝一碗熱湯，晚上放下窗簾後，蜷縮在沙發上，選一本好書配一杯紅酒。

她神情陰鬱地癱坐在輪椅上，又冷又沮喪，灰暗的想法悄然滋生，掩蓋她平日陽光的性格。她為麥克尼爾感到心痛，也為三十個月前那個不幸的夜晚，死在自己座車方向盤後的年輕男人哀悼。她本該與那個人結婚，而且還懷有他的孩子。

她做了測試確定懷孕後才過七天，在此之前他們早已決定結婚，所以不過是多了個慶祝的理由。兩人簡直欣喜若狂，或許這就是命運讓他們遭遇如此殘酷打擊的原因。他們竟敢如此幸福，比周遭任何人都還快樂，每個毛孔都散發出幸福感。快樂使她變得閃耀動人，她無法阻止嘴角上揚。在人類歷史上，有誰比她更快樂？

那天晚上大衛只喝礦泉水，他說他要開車，他就快當爸爸了，身負重責。艾咪也陪他喝水。她懷孕了，在小孩出生前，媽媽不能沾染任何酒精。小孩出生後，他們便可大肆慶祝，用香檳淋濕寶寶的頭。

諷刺的是，他們的車卻在路口被一個闖紅燈的酒駕司機攔腰撞上。專家經法院傳喚出庭作證，判斷他已經酒駕超過六十次了。更諷刺的是他在整場事故中毫髮無傷，再三年他就會出獄，前方仍有大半輩子等著他，四肢健全，身體健康。他會去爸爸的公司上班，家人也會寬恕他。

艾咪發現原諒是件很難的事，但她很努力不讓自己感到痛苦。她已經失去太多其他東西了，要是連讓她性格開朗的核心都失去的話，她將墜入黑暗深淵，沮喪而受傷，無法面對未來的挑戰。她需要所有勇氣、決心及樂觀精神面對挑戰。

但她不確定今晚自己能否打起精神來。她抓著扶手上的搖桿，把輪椅開回閣樓，關上落地窗後，把窗簾放下來。她想，是時候喝點酒讓自己振作起來了，她到廚房幫自己倒一杯酒，要是她現在能縮在沙發上看書就好了。

電動馬達在輪椅滾過地面時嗡嗡作響，她再一次凝視那張她重新塑造的小女孩的臉孔。她不太確定髮型。有個聲音——麥克尼爾在分析證據最討厭的直覺告訴她，琳恩適合短髮。不是鮑勃頭，而是更普通一點，參差不齊而俏麗的短髮。畢竟一個來自發展中國家的孩子不會去給髮型師剪頭髮。但她曾經待在倫敦，也許就住在這裡，不過時間肯定不長，還未能透過改變飲食影響她的牙齒生長。她的嘴唇也沒有手術修復的痕跡。

她是被領養的嗎？若是如此，她的養父母又是誰？他們有通報她失蹤嗎？一大堆問題整晚都在她腦裡響個不停，她發現這些問題試圖阻止她想別的事，但她沒有答案，只有異想天開、推測和假設。她現在掌握的資訊不比早上多。

電話響了，她穿過房間去接。

「艾咪，我是柔伊。」

「嗨，柔伊。」艾咪瞄了眼時間，已經十一點多了。「妳不會還在中心吧？」

「是呀。」

「妳該在宵禁前回家的。」

「對呀，現在我被困在這裡了，不是嗎？這都是妳的錯。」

艾咪氣憤地喘著氣。「我的錯！為什麼？」

「因為妳要我將班奈特醫生從那個小女孩的屍骨修復的骨髓做病毒檢測。」

「妳做 PCR 篩檢了？」

「不只如此。」她的聲音聽起來很愉悅。「我不只找到了病毒，還恢復 RNA 編碼。」

艾咪腦筋一下轉不過來。「什麼？妳是說她得了流感？」

「沒錯，我恢復的病毒絕對具有傳染性。我的意思是，單 RNA 就能進行傳染，但 RNA 跟蛋白質結合後，那簡直就是炸藥。」

「天啊，柔伊，」艾咪的聲音如臨大敵。「妳應該在三級生物實驗室檢驗那種傳染性物質的。」

「應該吧。」電話另一頭傳來打呵欠的聲音。

「那裡沒有三級實驗室的設備。」

「對。」

「但妳有做三級實驗室的防護措施吧？」

「呃，不完全啦。」

「柔伊！」艾咪感到很震驚，「妳這大白癡！」

「嘿，別生氣，艾咪。沒事啦，真的。我知道我在做什麼，我本來要在我家廚房做的。」

艾咪很生氣。「班奈特醫生在嗎？」

「他在幫幾具屍體做屍檢。」

「那等他有空時盡快回電給我。」

「噢，拜託，艾咪，妳會害我被罵啦。」

「妳是該罵一罵，柔伊，妳可能會害自己被感染，然後傳染給中心的每個人。」

「說實話，這裡全被封鎖了，非常安全。」她頓了會兒，逕自對艾咪的氣憤感到不滿。

「所以妳不想知道我的其他發現嘍？」

「什麼意思？」

「哈，妳有興趣了，對不對？」

「柔伊……」艾咪的聲音充滿警告。

「那不是真的。」

艾咪聽到她說的話，但不懂什麼意思。「妳說不是真的是什麼意思？」

「流感病毒呀，造成人們死亡的不是**H5N1**的突變體，而是基因改造的病毒。」

艾咪不太了解柔伊在說什麼。「妳怎麼知道的？」

「基因全是編碼嘛？當我們把病毒煮沸回到基本樣貌，任何病毒都會變成一串字母，也就是編碼。而有人在編碼上留下不該出現的東西。例如說，合成的脊髓灰質炎病毒會出現 Stu I AGGCT 和 Sma CCCGG 的編碼，妳知道這些編碼會產生限制酶切位點，很容易就能用一連串限制酶複製病毒 RNA 的 DNA 辨識。」

「哇塞！天啊，柔伊，等一下！說中文。」

「我在說中文呀。」

「好吧，想想笨蛋的分子遺傳學。」

她聽見柔伊在電話那頭嘆氣。「人們一直以來都在收集禽流感的數據系列庫，我將所有數據建檔後，用筆電花幾分鐘的時間比對我們在那女孩身上找到的病毒 RNA 和數據。插入的限制位十分明顯，我的意思是，那女孩得的不是常見的流感，而是基因改造的超強病毒。」

艾咪坐了一會兒，腦袋重複播放柔伊跟她說的話。這些都沒有任何意義。「那是她的死因嗎？」她問。「這個人造流感病毒？」

柔伊在電話另一頭嘆了口氣。「我不知道。」

第十六章

I

麥克尼爾將車開過空無一人的南肯辛頓站後轉往舊布朗普頓路，那家藍寶堅尼倫敦加盟店老早就被洗劫一空。展間的櫥窗被砸得稀巴爛，曾擺放全世界最貴車款的區域一輛車也沒有，並遭受風吹雨打。隔壁的蘇格蘭皇家銀行門窗全釘上木板，銀行本身已將金庫清空，轉移到更安全的處所。試圖闖入對打劫者沒有意義，所以寫上一些粗俗字眼的塗鴉表示他們的不滿。

位於交叉路口草坪的長椅上，常常坐著喝得醉醺醺的醉漢互相傾訴自身悲慘的生活，喝著紙袋裡的罐裝啤酒，一邊吞吐香菸，一邊發出乾笑。麥克尼爾覺得很丟臉，因為他幾乎每次都能在那些人中聽見蘇格蘭口音。但那些人早就銷聲匿跡，施膳處關了，長年喝酒的人容易H5N1病毒上身。

與市區相比，這裡明顯較少遭到破壞的痕跡，也沒什麼被搶的證據。舊布朗普頓路上大部分都是住宅，沿街開了幾間小店：薄餅餐廳、郵箱快遞和水石書店，跟市區的大型商店比起來偷不到什麼好東西，連沒有自尊的搶劫犯都寧死也不願去偷書店。但多數的店家仍釘上木板，上方公寓和辦公室幾乎沒有亮光。

麥克尼爾把排檔桿打到二檔，放慢速度，沿街尋找門牌號。他發現福萊特的畫廊就開在克蘭利廣場轉角處，隔壁是拉下鐵門的拉澤茲咖啡。畫廊的窗戶已釘上木板，貼上好幾層表面被撕得面目全非的海報，廣告內容從郵購藝術品到不知地點的地下音樂會都有。位於拐角的門上有某個飾章，而克蘭利廣場本身就是進入畫廊上方公寓的入口。

麥克尼爾轉進克蘭利廣場，找了個位置停車。一整排漆成白色、純樸的聯排別墅在夜色中延伸，門前的柱子支撐著黑色的鍛鐵陽臺。這裡有幾間飯店和賓館，當然都沒人住，但大多數都是私人住宅，佈局凌亂的大房子被分間隔開成豪華公寓。麥克尼爾住得起的森林山兩房排屋跟這種高檔豪宅差遠了。對街的騎士橋鋼琴專賣店裝設擋板的窗戶上有個巨大看板「張貼海報者檢舉」，下方被某個幽默的街頭藝術噴了一句：「比爾波斯特是無辜的！」

福萊特的畫廊前有一道不鏽鋼格柵，以防紅綠色裝飾門楣下方的玻璃遭到破壞。電子門鎖上有兩個按鈕，一個寫著工作室，另一個則是福萊特。麥克尼爾往後退仰起頭，二樓工作室的燈是亮的，上面的公寓一片漆黑。他上前按下工作室按鈕，不一會兒，牆上的擴音器發出一個男人的聲音，夾雜著刺耳的電子雜音。「喂？」

「福萊特先生？」

另一頭頓了一會兒，隨即一個狐疑的聲音傳來。「你是哪位？」

「我是傑克・麥克尼爾督察，福萊特先生，我在調查今晚在蘇活區發現的一場謀殺案。」

「我整晚都待在工作室，督察。」福萊特答得很快。

「我相信你所言屬實，先生，我知道不是你殺的，但你可能認識他，我能上去嗎？」

「他叫什麼名字？」

「卡辛斯基，福萊特先生，」麥克尼爾說：「羅納德・卡辛斯基。」接著是一陣很長的沉默，麥克尼爾又說道：「我能上去嗎，先生？」他重複問一遍。

「你有得到流感嗎？」

「沒有，但我有防護。」麥克尼爾撒了謊。

「如果你有口罩就把口罩戴上，沒有我會給你。還有請戴上手套，我不希望你碰到我工作室裡任何東西。」

「沒問題，先生。」

電鈴響了一聲，麥克尼爾把門推開。一個鋪著地毯的樓梯通往二樓走廊，一扇標示「工作室」的門映入眼簾。門上開了一個窗口，福萊特出現在窗口另一邊，他的臉幾乎被兩層口罩遮得掩實。即使從門這邊看過去，麥克尼爾仍可看出福萊特身材高大。他面容古怪憔悴，留著灰白的鬍渣，藍色的眼睛透過玻璃懷疑地眨了眨。「讓我看你的手。」福萊特說，麥克尼爾舉起自己戴了乳膠手套的手。「還有你的證件。」麥克尼爾耐心地拿出他的委任證，打開放到玻璃前。福萊特仔細查看後，才打開門鎖讓他進去。「最近實在不能不小心，」他說：「還有請你保持距離。」

麥克尼爾走進福萊特的工作室，曾經光滑的木地板現在滿是汙漬刮痕，到處散發出藝術家的痕跡。工作室很寬敞，燈光明亮，空間剛好跟下方畫廊一樣大。位於各種製作階段的作品就擺在地板或工作臺上。奇形怪狀的頭顱、交纏的雙手，以及有女性胸部和男性生殖器扭曲的軀幹；牆上掛滿素描，有一個陶藝轉盤、還有一整排高格櫃，裡面放了很多藝術材料——油漆、墨水、染料、雕刻刀和描圖紙。中間擺著福萊特的工作桌和他正在雕刻的作品。手指上舉著一條手臂，只有半部有肉，另外半部露出肌腱和骨骼，腋下伸出半顆頭來，中間是裸露的大腦，露出所有皺褶、顏色和內部紋理。麥克尼爾不知道這東西是如何保持站立，直到他看見穿過上臂的支撐釘。儘管這個雕塑存在很多不自然的變形，卻具有令人噁心逼真的特徵，福萊特所有作品皆是如此。

麥克尼爾的厭惡在福萊特看來一定很明顯。他眯起眼睛，高傲而優越。「你不喜歡我的作品嗎，督察？」

「我更喜歡可以掛在我家牆上的好畫。」

「例如說？」

麥克尼爾聳聳肩說：「維區亞諾（Vettriano）。」

「噢，」福萊特說：「《唱歌的男管家》（The Singing Butler），我常在想誰會買那種東西。」他轉向製作到一半的作品。「你不覺得大腦是很有趣的主題嗎？當然你得對大腦有點了解，橋臂、上丘等。」他指著雕刻大腦的腦葉，「這是很棒的工程，人人都有這樣的構造實在很不可思議。當然每個大腦的模型都不同，從勞斯萊斯到寶馬迷你都有。」

「那你的是什麼，福萊特先生？」

「我喜歡設想我大概落在 BMW 檔次。你呢，警探？」

「噢，大概是福特 Granada 吧。」麥克尼爾說：「堅固、可靠，不需要常常維修，可以持續跑到終點。關於羅納德．卡辛斯基，你知道什麼？」

「恐怕沒有。」福萊特開始繞著他的雕塑走，若有所思地看著它的曲線及平面。麥克尼爾現在看出他的身高的確很高，大概有六呎六吋，而且很瘦，有著女人般的纖長手指。他穿著一件長及小腿的圍裙，像是醫生手術袍。只是上面沾的是黏土和油漆，而不是血漬。「我沒聽過他。」

「他聽過你。」

福萊特看了他一眼。「是嗎？他跟你說的？」

「沒有，福萊特先生。他死了，你想知道他怎麼死的嗎？」

「那跟我沒關係。」

「他胸口中了三槍。」

「真可憐啊。」

「他的皮夾裡有你的名片。」

「是嗎？你知道，這個世界上大概有好幾千人有我的名片。」

「那些人大部分可能對藝術有興趣。」

「卡辛斯基先生沒有嗎？」

「他是個火葬場職員，福萊特先生，住在泰晤士河南岸的貧民窟裡。」

「那我懂你的意思了。」

麥克尼爾環顧整間工作室，目光掃過一個個主題淫穢的雕塑，然後說：「當然他也可能是在黑冰俱樂部拿到你的名片，你知道那裡嗎？」

「當然，我有聽過。前衛的表演藝術，為驚嚇而驚嚇。」

「我認為是你熟悉的領域。」福萊特輕蔑地看了他一眼，麥克尼爾說：「那你沒去過那裡嘍？」

「天啊，督察，把我想得有品味一點。」

「我有啊，」麥克尼爾說：「不多。」他環顧工作室。「大部分都很差。」

福萊特開始對他失去耐性。「如果沒其他的事了，督察，希望你不介意我繼續工作。」他朝那條手臂和頭示意，「夜晚是我創作靈感的來源。」

「我不意外。」麥克尼爾說。這位屍體雕刻家散發的不只夜晚的氣息，還讓麥克尼爾感到毛骨悚然。「感謝合作，先生。」

II

品基看著麥克尼爾回到車上，駛回舊布朗普頓路轉向南肯辛頓站的方向。等他的車尾燈消失後，他便下車慢步跨越馬路走向福萊特公寓前那道綠色柵門。他杵在門前左顧右盼，克蘭利廣場另一邊的中庭溫室正亮著，但他沒看見有人的蹤跡。街上其他房屋的窗戶都是暗的，窗簾防護般的拉下來檔住外面恐怖的世界。品基討厭戴口罩，但口罩有一個好處，就是遮住臉也沒人覺得奇怪。任何目擊者遭警察盤問至少都會確認一件事：他戴了口罩，警官。

他按下工作室的按鈕，過了一會兒，福萊特生氣的聲音從擴音器傳來：「又怎麼了？」

「我是品基。」對講機那頭沉默了好一會兒，接著警鈴響了一聲，電子鎖便打開了。品基走進去後，把門栓往上轉，讓門在關上時不會鎖上。他不喜歡被關住的感覺。他記得他媽媽有客人時，都會把他關在樓梯下方的櫥櫃裡。她不想讓客人知道屋裡有小孩，但她幫他布置得很舒服，有燈、一些繪畫書和玩具，還有一個床墊讓他睡覺。那是他的小窩，秘密又安全。他從不在意被關在那裡，直到他聽見她尖叫的那晚。

福萊特從工作室透過玻璃往外窺看，品基戴著口罩微笑，揮了揮他戴著手套的手。福萊特把門打開。「你想幹嘛？」他小心地與他保持一段距離。

「有人來找你，強納森。」

「一個沒禮貌的警察。」

品基朝他搖了搖手指。「別那麼挑惕，強納森，可憐的麥克尼爾今天剛失去他的兒子。」

福萊特面不改色地說：「或許那就是他沒禮貌的原因。」

「他找你什麼事？」

「他想知道我認不認識羅納德。」

「那你怎麼說？」

「我當然說我沒聽過這個人啦。」

「他相信嗎？」

「為什麼要懷疑？」

「他為什麼覺得你認識羅納德？」

「顯然是因為羅納德皮夾裡有我的名片。」

「啊……」那就說得通了。品基走過工作室，帶著毫不掩飾的好奇心戳了戳半部暴露在外的大腦。「這是真的嗎？」

「不要碰！」福萊特斥責道，然後又說：「羅納德是你殺的嗎？」

品基微微一笑。「我想喝一杯，強納森。」

「我在工作。」

「我想喝一杯，強納森。」品基重複了一遍，就像是第一次提出這個要求。

此舉讓福萊特有些動搖，他似乎很緊張。「想喝酒要去樓上。」

從福萊特公寓的客廳可俯瞰整條舊布朗普頓路，其擺設就是設計雜誌稱為極簡主義的風格。經過拋光打蠟的地板，沒有裝飾的奶油色牆面。窗邊擺著一張有六個鉻合金腳的玻璃桌和幾張皮椅，兩張有腳凳的紅皮躺椅，一個矮長形的餐邊櫃，鉻金架上擺了一台很薄的電漿電視螢幕。整個房間的藝術品包含福萊特自己的雕塑，以高大的底座支撐。品基面露厭惡地看著那些藝術品。「不知道你怎麼能忍受把這些東西放在家裡。」

福萊特沒有回應他的評語。「威士忌？」他打開位於餐邊櫃中的酒櫃。

「干邑白蘭地。」

「我只有雅瑪邑。」福萊特的聲音聽來很惱怒。「這酒很貴。」

「那好吧。」

福萊特在白蘭地杯裡倒了適當的量。

「你不喝嗎？」

「我工作時不喝酒。」

「破例一下。」品基走到窗邊，俯瞰下方的街道。他聽見福萊特嘆了口氣，開始倒第二杯酒。街上響起汽車引擎不尋常的聲響，頭前燈斜斜地照在對街拉下鐵門的店家，一輛車在畫廊外停了下來。品基把臉貼近窗戶看是誰，然後匆匆退後。麥克尼爾從車上下來踏到人行道上，品基很快地轉向福萊特，後者驚訝地抬起頭，手中的雅瑪邑白蘭地仍靠在酒杯杯緣。

「怎麼了？」

品基露出微笑，這是他最享受的部分。「是時候讓你成為自己的雕塑之一了，強納森。」

III

麥克尼爾仰起頭，發現此時工作室和公寓的燈都亮了起來。他繞了一下進入布蘭利廣場，按下對講機上的兩個按鈕。沒有反應。他等了快三十秒，又試了一次，還是沒有反應。麥克尼爾有些不耐煩。他在把車開到國王路時才想起一件事，這個念頭極其嚇人，幾乎讓人意想不到。但他忍不住不去思考，所以他覺得必須回來一趟，解決他滿腦的疑問。而現在福萊特在跟他玩把戲，他抬手用力敲了敲門，吼道：「拜託，福萊特，開門！」他的怒吼在空曠的街上迴盪，那扇門在他拳頭的敲擊下開了。麥克尼爾愣在原地，手臂仍舉在半空中，驚訝頓時轉為疑慮。他走的時候門確實鎖上了，是他親手關的門。他緊張地用手指推開門扉，門向裡面晃開來。他走進門廊，看見門栓被人拉了出來。他偏過頭朝樓梯上看去，二樓走廊仍亮著燈。

「福萊特？福萊特先生？」麥克尼爾的聲音被地毯吸收沒有回音。他慢慢走上樓到二樓走廊，工作室的光線從門上窗口透出來。麥克尼爾往裡面看，沒看見福萊特的蹤影。他把門推開走進去，那個手臂和頭的藝術品看起來跟十五分鐘前一樣，沒什麼變化。福萊特似乎沒有繼續完成他的作品。麥克尼爾重新環顧工作室內其他作品，後面有一扇門似乎是通往另一個房間。麥克尼爾穿過工作室打開門，發現那扇門後方其實是一間沒有窗戶的大型儲藏室。裡面有一張長形的木製工作桌，桌面都是刮痕和汙漬，一個大型桌上型虎鉗，牆上的釘子則掛著各式各樣的工具：小刀、鋸子、幾把不同重量的小斧頭，那種會在屠宰場看到的刀具。工作桌上一個托盤裡放著各種尺寸的解剖刀，後面的牆前擺了一台滅菌釜，旁邊則是擺鋸和一排裝著漂白水的罐子。這裡溫度很低，空氣中瀰漫著消毒劑刺鼻的酸味，參雜其他麥克尼爾聞不出來的味道。

貼著「噴漆」標籤的架上擺著好幾個不透明的容器。

麥克尼爾感覺這個地方很不對勁，就好像被冰冷的手指抓住頸背一樣。他打了個冷顫，彷彿自己身處某個險惡之地。一陣奇怪的顫動傳來，空氣中充斥著響亮的電子雜訊和玻璃撞擊的聲音。他轉過身，發現門後面有一台幾乎快高到天花板的冰箱。冰箱分成上下兩層。他打開上半層的門，光線流了出來，露出架上滿滿帶有玻璃塞的瓶子。瓶子裡裝著各種顏色的液體，冰箱裡還有一股不愉快的氣味，給他一種奇怪的熟悉感。麥克尼爾把其中一個瓶子轉過來，上面貼著寫有福馬林的標籤，麥克尼爾當下便知道為什麼會覺得熟悉。這是驗屍室會有的味道——甲醛，用在醫學實驗和太平間的防腐劑。肉盤中一個玻璃碟裡放了三個香腸形的物體，麥克尼爾一拿起那東西幾乎就要扔掉。「哇靠！」反感讓他不自覺脫口而出髒話，他的聲音在這個密閉空間中聽起來異常響亮。放在碟子中那三個香腸形的物體是手指，人的手指。他迅速地把東西放回隔板，關上冰箱門。他渾身顫抖，稍微鎮定一下情緒，調整呼吸，才打開下半層的冰箱門，看到四個很深的冷凍槽。他不用打開就知道裡面放了什麼。

但他打開第一個冷凍槽時仍嚇得往後退。一個男人的頭顱正盯著他，眼睛睜得老大，皮膚呈現白色，上面還結了一層薄薄的霜。麥克尼爾不得不強迫自己打開其他冷凍槽，發現人的四肢、手、腳，下方冷凍槽則是一整個軀體——一個女人。

麥克尼爾用力關上冰箱門，站在原地急促的喘氣，努力抑制想吐的感覺。這比胎兒人的果醬及麵包三明治更讓人噁心透頂。這才是真的。他踉蹌地走出工作室，視線掃過福萊特所「雕塑」的每一個身體部位。他大步穿過工作室，抓起以支撐釘固定的作品，舉過頭頂狠狠往桌沿一摔。那半顆頭頓時跟手臂分離，滾到地板上，手臂暴露的區塊整個裂開；接著傳來像是槍響的聲音，他手裡抓著的手臂裂成兩半，骨頭完整斷開。他現在知道那根骨頭其實是人骨。福萊特根本不是什麼雕塑家，他所做的不過是剽竊大自然，將人體部位製作成他個人扭曲的設計，進行消毒、防腐、塑化和噴漆之類的事情。

此時的麥克尼爾也知道福萊特隱瞞了他認識卡辛斯基的事，卡辛斯基肯定從去火葬場工作開始便與福萊特合作，負責供應屍體部位給這位著名的雕刻家。他像是被燙到般的扔下手臂，幾乎無法控制自己的憤怒和厭惡。那個小女孩就是在這裡被肢解的嗎？把她的肉從骨頭削下來，再將骨頭堆成一堆。他回頭看向擺著留有汙漬的工作桌和一整盤切割工具的儲存室，感覺一陣反胃。

「福萊特！」他發出怒吼，回應他的卻是一陣沉默。

他跑出去到了走廊上，一步兩階地爬上第二段階梯。他再次大叫福萊特的名字，依然沒有回應。短短的走廊上有三扇門，他依次打開門。第一間是浴室，鋪著藍色磁磚，還有一個玻璃的淋浴間；獨立式的洗手盆設置在桃花心木臺上。麥克尼爾看見自己的倒影，從牆上一大面鏡子盯著他看，瞪大了雙眼。他的臉滿是瘀青和割傷，讓他差點認不出自己來。

第二扇門是一間臥室，床上鋪著黑絲床單，地板則是奶油色的地毯，空氣中飄著腳臭和淡淡的香水味。

第三間是一間擺設簡樸、寬敞的客廳。福萊特坐在一張紅皮躺椅上，一隻腳翹著腳凳，手臂掛在右邊的扶手上；他身上仍穿著那件手術袍，只是現在沾滿了血，從胸口那三個鮮明的彈孔汩汩流出。福萊特的灰白平頭往前傾。麥克尼爾慢慢地走向他，感覺他頸部的脈搏。沒有跳動，他的身體早已變冷。但麥克尼爾知道他的死亡時間就在幾分鐘前。

他轉過身，突然意識到自己的脆弱。這裡沒有別人，整棟房屋鴉雀無聲。

麥克尼爾瞄向那個黑漆餐邊櫃。酒櫃的門是打開的，上面放了兩個玻璃杯，旁邊還有一瓶雅馬邑白蘭地。其中一杯裝了半吋的深棕色液體，另一杯則是空的。

麥克尼爾坐到另一張躺椅上，將頭埋進手裡，摩搓著剪得短翹的黑髮。這棟屋裡沒別人，他很確定，但就在他開車到國王路並折返期間，有人來到這裡殺了福萊特。因為餐邊櫃上有兩個杯子，一個裝了酒，另一個則是空的。假使福萊特酒倒到一半被打斷，一杯是他自己的，另一杯就是給那位兇手的。

打擾他們的人會是麥克尼爾自己嗎？他進來的時候殺死弗萊特的兇手還在屋裡嗎？他覺得那名兇手很有可能趁他在工作室時，偷偷下樓逃跑，像幽靈一樣無聲無息的溜走。一個跟著麥克尼爾陰魂不散的亡靈，將每個與他有接觸的人殺死：那兩個在南蘭貝斯住宅區的孩子和卡辛斯基，現在又多了一個福萊特。他看向那位雕刻家，頭往前倚在胸口，想著他死了對世界毫無損失。他知道他必須通報這件事，但他不想牽扯進去。只要用福萊特的私人手機打匿名電話報警，就能通知當地警方，雖然他們可能會在宵禁結束後才出發。他們在這裡發現的東西有很大程度是一目瞭然的。

麥克尼爾站起來，走到餐邊櫃旁，打開所有抽屜，小心避開任何對警方調查有用的證據。他找到福萊特作品展的傳單、素描、字跡潦草的筆記、一疊時常使用的塔羅牌、簽字筆及鉛筆、收據和一些零錢。房間裡沒有其他可稱為私人的物品，麥克尼爾不禁納悶起來福萊特個人生活的軌跡在哪裡；或者因為他蒐集的是別人的人生，將他們的身體部位保存下來流傳後世，導致他幾乎沒有自己的東西。

臥房裡，麥克尼爾在他的床邊發現這棟公寓中唯一看起來不像從斯堪地那維亞郵購目錄購買的家具。那是一張古董掀蓋寫字桌，或許是伴隨他長大的家傳桌子。麥克尼爾掀開桌面，看見一堆文件和帳目紀錄：帳單、收據和發票，帳本裡寫滿福萊特小巧撩亂的字跡。有一個黃銅架塞滿信件，跟信封一起，其中幾封是私人信件，但大部分都是已付及未付的帳單。

最後麥克尼爾發現了寶藏。寫字桌的淺抽屜裡，福萊特的通訊錄就包在綠色的毛氈中。裡面夾滿名片以及寫有地址折起來的紙片，福萊特的朋友與熟人的聯絡方式絕對都集中在這裡，包含私人和工作方面，雖然麥克尼爾覺得這兩者的界線並不明顯。

他開始謹慎地翻過字母表，但上面有許多名字，而因為不知道要找誰的資訊，麥克尼爾很快放棄並翻到「ㄎ」那頁。他找到卡辛斯基的電話號碼，但沒有地址。這根本是多此一舉，因為福萊特絕對不會去那種地方，就連做夢時也一樣。

在他準備翻到其他頁時，麥克尼爾看到一張方形紙片，折了兩次，就夾在書脊上。所以他翻開「ㄎ」那頁，壓平書脊，小心翼翼把紙片抽出來。他打開紙片，上面寫了一個名字，或許是綽號之類的：品基。下方是一個電話號碼，麥克尼爾從數字可看出是手機號碼，數字下方是一個地址，但中間畫了一條線，似乎為了將兩者分開，麥克尼爾頓時對這兩者不一定配對感到印象深刻。雖然可能在某方面有關聯。然後他愣住了，他腦海浮現卡辛斯基說過的話：我不知道地址，那是個大房子，就是某個有錢老頭的家，靠近旺茲沃思公地，路特街還是路思街之類的。麥克尼爾的目光注視著手上那張紙，地址是旺茲沃思公地羅思路。

麥克尼爾坐在床沿，手指微微顫抖地抓著那張紙，盯著上面的名字、電話和地址直到視線模糊。他又餓又累，很可能處於驚嚇中，現在很難專注精神，然後他腦海冒出一個想法。他手伸去拿床頭的電話，撥通紙片上的電話。

品基坐在距離五十碼的車裡，看著從福萊特公寓窗戶透出來的燈光，心想不知道麥克尼爾在那裡做什麼，他發現什麼好玩的，又找到什麼秘密。他太專注在位於福萊特家二樓的恐怖之屋，讓品基輕輕鬆鬆就能溜到前門，進入夜色中。他試著想像麥克尼爾上樓後，發現福萊特就坐在那裡等他時有多麼驚訝。品基抵抗不了誘惑，讓那位雕刻家坐在他那張昂貴的皮椅上，擺出歡迎的姿勢。如果麥克尼爾直接上樓，那他就只能朝他開槍，即使那樣會冒著激怒史密斯先生的風險。煩的是，福萊特的頭一直往前垂，不肯好好配合，品基最後為了不讓事跡敗露，不得不在滿意前離開。

他的手機在副駕駛座上震動。他拿起來看了看螢幕：強納森．福萊特，他隨即把電話放下，彷彿上面沾到病菌似的。電話不可能是福萊特打的，他才剛殺了他，他感覺渾身雞皮疙瘩冒了起來，接著硬逼自己理性思考。不可能是福萊特打的，但是有人用福萊特的手機打給他，所以一定是麥克尼爾，他到底從哪得知他的電話號碼？福萊特肯定有將他的電話記在通訊錄上，或是手機裡，可麥克尼爾怎麼會知道要打這個電話？品基被嚇到了。

他暫且拿起手機，按下綠色按鈕接通電話。他把手機拿到耳邊聽，沒有說話。「喂？」他聽見麥克尼爾的聲音，「喂？」品基卻依然不說話。接著他咧開了嘴，現在該換麥克尼爾嚇一跳了。

麥克尼爾聽著電話那頭的靜默，可以聽到呼吸的聲音，有人接了電話卻沒出聲，幾乎就像對方知道打電話的人是誰。他想掛掉電話，切斷存在如此強烈的沉默。但他又感到這陣沈默讓人難以抗拒，於是他坐在那兒整整一分鐘，不發一語，只是豎耳傾聽。對方的沉默讓他感到很不舒服，他越聽，傳來的壓迫感就越重，直到最後他再也忍受不了，猛地把話筒掛上。他身體顫抖不已，感覺口乾舌燥。他有種不安的感覺，剛才跟他通話的正是一直糾纏他的亡靈，也是殺害那些人的兇手，或許他還殺了那個兔唇的中國小女孩。而且他也有種感覺，那個亡靈就在不遠的地方。

〈蘇格蘭勇士〉的副歌忽然響了起來，差點讓麥克尼爾的心臟跳了出來。他在口袋裡摸索他的手機，看見艾咪的名字出現在螢幕上。

「嘿，艾咪。」他說，盡可能讓聲音聽起來正常。

「怎麼了？」

「什麼意思？」

「你聽起來怪怪的。」

「我只是累了，艾咪，」他看了一下手錶，現在已是午夜時分。「妳應該去睡了。」

「我睡不著，真希望我沒把那顆頭骨帶回來。感覺就像她在我家——那個小女孩，揮散不去，我沒辦法不去想她的臉。」

此時麥克尼爾心想，今晚還有別的揮散不去。

「調查還好嗎？」

他知道他不能跟她說實話，或許有一天吧，但不是現在。「我掌握了幾條線索，」他說：「我認為她可能是在旺茲沃思公地附近一棟房子遭到殺害。」

「我的天，那已經不只是幾條線索了，你怎麼查到的？」

「說來話長，妳呢？有什麼新發現嗎？鑑識科學服務中心查出什麼了嗎？」

「老實說，的確有。真的很怪，我也不知道這重不重要，但她得了流感。」

麥克尼爾大吃一驚。「她死於流感嗎？」

「很難說，但她要嘛痊癒，要嘛就是受流感症狀折磨到死。」

麥克尼爾陷入思考，他也不知道這件事算不算重要線索。

然後艾咪說：「奇怪的是她得的不是 H5N1 病毒的人類變體。」

麥克尼爾蹙起眉頭。「我不懂。」

「使她喪命的是 H5N1 病毒的另一種變體，人造的病毒。」

第十七章

I

艾咪掛上電話，盯著那顆在閣樓客廳昏暗的光線下凝視著她的頭。她的視線又一次被她裂開的上唇吸引，就好像那孩子被漁夫的魚鉤勾到後，在臉上留下永久的缺陷，又被扔回海裡，不斷地逆流而游。

這件事有很高的可能會發生在艾咪身上，遺傳密碼出了點小差錯將會決定我們的人生，將聰明和愚笨、美與醜區別開來。艾咪既聰明又漂亮，決定她人生的不是基因的問題，而是酒後駕車造成那五秒的瘋狂之舉。

艾咪和琳恩卻有著其他的共通點——種族遺傳，或許還帶有文化的成分。生於中國窮人家的女孩很少有機會飛黃騰達，艾咪對此再了解不過了。她在英國出生，不是中國；她的家庭相對富裕，並不貧困，但她的父母依舊難以逃脫數千年來偏愛兒子而非女兒的文化。她是家中的老大，她弟弟出生後卻佔據了家中重要的地位。

假使她生在中國貧窮的農村，很有可能會跟其他眾多孩子，被父母遺棄在警察局的門階上，最後去孤兒院。這樣他們就可因此再試著拚一個兒子。中國政府的一胎化政策代表他們沒有第二次機會，除非住在城市裡、身家富裕並且清楚怎麼做可以繞過政策。

自古以來，中國傳統社會的兒子娶妻後會帶著妻子與父母一起同住。當父母老邁時，照顧他們就成了兒子及兒媳的責任。但假如生的是女兒，她將離家去照顧丈夫的雙親，而她的父母年邁時就必須自己照顧自己，所以中國家庭重視兒子而非女兒就不奇怪了。

艾咪在想琳恩的命運是否注定不被愛、不被需要，被遺棄在孤兒院，就算沒有孩子的西方夫婦很想收養她，其畸形的面容仍對她不利。然而，她現在——或說曾經住在倫敦，這座西方富裕與特權的堡壘，命運卻比在孤兒院時還悲慘，遭人殺害，割下肉，而後扔進洞裡。

一聲「嗚—呼——」響起，艾咪把頭轉向電腦，她跟薩姆聊天的視窗還沒關掉，而剛剛薩姆傳來一個新訊息。艾咪遙控輪椅到桌邊看她說了什麼。

——艾咪，妳還在嗎？

游標不停閃爍，等著艾咪的回覆。

——嗨，薩姆，我還沒睡，很晚了。

——我滿腦子都是妳的小女孩睡不著。

——我也是，她一直盯著我看。

——幫某個人重建臉部，卻無法給予名字或過去，實在是件可怕的事情。但願我也能看看她的樣子。

——我能拍張照片寄過去。

——早上吧。游標閃了一會兒，然後——傑克怎麼樣了？

——不知道，上次我跟他通話時，他聲音聽起來很怪。我想他把自己投入調查中，讓自己不去想那些事。

——妳說怪是什麼意思？

——不知道，就是有點……失神，我猜啦。

——調查進行得如何？

——似乎有了進展，他好像知道她被殺的地點。

這次游標閃了更久的時間。

——他到底怎麼知道的？

——不知道。

——他覺得在哪？

——他說什麼旺茲沃思公地附近的房子。

——那不是很具體。

他們的對話停了下來，游標持續閃爍。過了兩、三分鐘兩人都沒有再交談。艾咪的視線再次穿過房間往那孩子的頭顱看去。那個女孩正在看她，幾乎像是在沉默中譴責她。為什麼艾咪不能再多做一點？找出殺害她的兇手有多難？

然後「嗚—呼——」一聲再次傳來。

——艾咪，妳後來有要他們檢取DNA樣本嗎？

——有，薩姆，但可能要一、兩天結果才會出爐。

——我覺得妳不要抱太大期望會找到匹配。

——我沒有。然後艾咪想起柔伊跟她說的事。

——但我有請人幫我做PCR檢測，看她是否得了流感。

又是一陣漫長的等待。

——為什麼？

——妳一直跟我說任何細節都有助於將謎團拼湊起來。

游標依舊閃個不停。

——那有結果嗎？

——有，我們中心有個分子遺傳學的實習研究生，叫做柔伊。雖然她個性有點豪放，但她的確很聰明。成長後她就會大放異彩，但她這個笨蛋花很長的時間做測試，做到忘了宵禁時間，整晚都困在裡面。湯姆會很高興啦，因為他受不了她！

——她發現什麼了？

——那小女孩的確染上流感。

——那對調查沒什麼幫助吧？游標短暫的閃爍後，薩姆回覆。

——應該吧，但有件事很奇怪，柔伊說她感染的不是H5N1，至少不是造成這次大流行的病毒。

——她怎麼知道？

——她說她恢復了病毒和RNA編碼，我其實聽不太懂，跟限制位和編碼有關的東西不該出現，反正她說這種病毒是基因工程的。

他們的對話停了好長一段時間，長到艾咪以為薩姆離開了電腦前。

——哈囉，薩姆，妳還在嗎？

——我還在，艾咪。

——那妳有什麼想法？艾咪看著催眠般閃爍的游標。

——我認為這將改變一切。

11

品基看著一整排單調的深黃色公有公寓從兩旁流過，在空曠的城市開車是很有趣的體驗。沒有車流和交通號誌，四處閒晃就容易得多，而且他一次都沒被攔下來。他在接近檢查哨時，會放慢速度，在他們的相機將他的牌照輸入電腦幾秒鐘後，便揮手讓他通過。因為這輛車屬於VIP等級，不需要任何接觸，大家都很滿意。

麥克尼爾開到克拉珀姆公地時右轉，品基很確定他不知道自己被跟蹤了。在沒有燈光的夜晚是不可能發現位於三百碼外的車，只要品基能看到麥克尼爾些微的尾燈就不會跟丟他。至少在他堅持走主要道路時不會，如果他走了偏道，在品基看不見的地方轉彎就危險了。到時候他就必須開近一點，那會使他處境變得危險。

放在副駕駛座上的手機在安靜的車內震動，品基瞄了眼螢幕，然後接起來。

「喂，史密斯先生。」

「喂，品基，你在哪？」

「我們在巴特西高地，史密斯先生，正往旺茲沃思公地前進。我想麥克尼爾先生正前往羅思路的方向。」

「恐怕是的，品基。」

「那我們就慘了。」

「比你想得還慘，那個白癡殘障請人對骨頭做了PCR檢測。」

「那很糟嗎？」

「很糟糕，品基，他們找到病毒了。」

品基搖搖頭，那個該死的小混蛋——羅納德．卡辛斯基，讓他們全惹上麻煩。品基甚至有點希望自己沒殺他，就可讓他看見他的行為造成的後果。「你要我怎麼做，史密斯先生？」

「我覺得我們先暫時不要管麥克尼爾先生，我們得做點別的準備。」

III

羅思路位於好幾條統稱為「吐司架」的街道盡頭。這個說法並非沒道理。因為旺茲沃思公地前面的那條巴斯克維爾路加上其間往右的五條街形似吐司架。但這樣的道路脈絡也可簡單被稱為「梳子」。旺茲沃思監獄座落在不遠的地方，就在三一路的另一頭。

前英國首相大衛．勞合．喬治曾住在羅思路上的第三棟房子。這裡全是三層樓高的獨棟和半獨立式的紅磚聯排豪華別墅，隱沒在圍牆和欄杆後方，被具有千年歷史的樹木和花園圍籬所遮蔽。路邊的護路方磚旁停滿了BMW、Volvo和賓士車。

麥克尼爾把車停在三一路，步行前往那張紙片上的地址。房子襯著夜色佇立在黑色的鍛鐵欄杆後方。所有住家都沒有開燈，卻只有這棟房子充斥著悲傷的疏離感。小小的前院雜草叢生，疏於照顧；翻倒的垃圾箱旁全是垃圾；大部分的窗戶都拉下窗簾或百葉窗。眼前景象跟這條路上其他戶人家修剪整齊的花園和整潔的外牆形成強烈對比，在白天會顯得很突出、十分顯眼，就像笑得燦爛卻露出一顆爛牙。

房子的左側並未與其他房屋相連，但跟鄰居家中間建有一個二戰時期的磚造防空洞，代表沒有路能繞到屋子後方，除非穿過屋子本身。麥克尼爾站在從路燈灑下的黃光中，仔細觀察那棟房子，目前看來無人居住，欄杆門在他推開時發出刺耳的聲響，他走了幾步路到通往前門的台階。此時他可清楚看見那是一扇普通的門，最近才恢復它昔日的輝煌。周遭的彩色玻璃在天氣放晴時會將彩色的光映在門廊的地板上。房子本身不像花園那樣荒蕪，門上沒有名牌。左側有一個門鈴，麥克尼爾按住門鈴一段時間，聽見門內某處傳來老式的鈴聲，但沒有任何回應。除了從樹後的路燈透過彩色玻璃透進去的微弱光線，房子裡幾乎一片漆黑，麥克尼爾什麼也看不到。他掀起黃銅信箱的翻蓋，蹲下去看看裡面有沒有東西，信箱散發出一種難聞的味道，潮濕帶有霉味，宛如口臭，證實麥克尼爾起初認為屋裡沒住人的印象。

他回頭走下門階，沿著房子前面走過去。鄰居似乎將他們那半邊防空洞改成走入式的棚子，前端是一扇漆成藍色的門。麥克尼爾將手越過籬笆試著抓住門把，門沒鎖，但突然間花園亮了起來——明亮而炫目的鹵素燈。麥克尼爾的動作引發了鄰居的警戒照明，他不由自主地往後退，絆到灌木叢，踩在長長的草地上，整個人完全暴露在鹵素燈的照射下。隔壁房屋二樓的窗戶往上推開，一名穿著淡藍色睡袍、上了年紀的禿頭男人俯身，獵槍舉到肩膀，直接對準麥克尼爾。「給我離開花園！」他吼道：「滾！」

麥克尼爾站起來，拍了拍外套上的泥土，用手放在眼睛上方遮光。「不然你會怎樣，開槍打我嗎？」

「我在警告你。」

「你有獵槍執照嗎？」

「我要報警了。」

「太遲了，警察已經來了。」

男人讓獵槍從肩上稍微滑下來，透過歐洲山梨光禿禿的枝椏俯瞰站在隔壁花園的人影。

「你是警察？」

「對。」

「讓我看你的證件。」

「你在那裡看不清楚，先生。」

「跨過籬笆到前門來，那裡有個監控攝影機，把東西放到鏡頭前。」

麥克尼爾照做了，爬過籬笆時外套不慎被刮破，聽見身後傳來布料撕裂的聲音。他靠近監控攝影機，就設在支撐門廊拱門的兩根柱子上方。他把他的委任證打開拿到鏡頭前。拿槍的男人消失在窗前，但他的聲音此時從門廊附近的擴音器傳出來。「好，督察，你在凌晨一點在我家附近鬼鬼祟祟做什麼？」

「我的目標是你隔壁這棟房子，拿索斯先生。」他的姓氏就寫在門上的名牌。

「那裡沒住人。」

「我發現了，先前的住戶是誰？」

他聽出拿索斯聲音中的煩躁。「那是間出租屋，好幾年來已住過許多人。」

「但最近呢？」

「一對外國夫妻，但我很少見到那位妻子，他們只住在這裡大約六個月，放任花園雜草叢生。那人說是短期租約，要在別的地方建立新的生產線，但我不知道他是做什麼的，他不是很健談。」

站在門階上向某個不知名的聲音問話的感覺很怪。「他們什麼時候離開的？」

「這件事很奇怪。一直到差不多一天前，這裡一直有人來來去去，雖然可能是仲介。這房子現在似乎沒住人了，但我不知道他們搬去哪。當然不會回家啦，因為現在沒人能離開倫敦。」

「他們家在哪？」

「我不確定，可能是法國，但他英文很好，很難說。」

「那名妻子呢？」

「我沒跟她說過話，她似乎不曾出門。他們領養了一個小女孩，今年九月才在當地學校上學。」

麥克尼爾皺起眉頭。「你怎麼知道她是被領養的？他們跟你說的嗎？」

「不用說我也知道，督察，因為她是華人，那對夫婦不是。那孩子得到流感後，我就沒見過她了，但她爸媽似乎並未感染。」

「她活下來了嗎？」

「不知道，」然後頓了下，「但她命運乖舛。」

「為什麼這麼說？」

「她臉部有很嚴重的畸形，麥克尼爾督察，我從未見過這麼可怕的兔唇。」

第十八章

I

品基快步行走於高聳的倉庫間，狹窄的金屬天橋以奇怪的角度自高空延伸，腳下則是鵝卵石。經過左側的瑪姬布蕾克之訴，以及右側一整排釘上木板的高檔精品店。在這些倉庫改建的房屋中，富人安然無恙的睡在有欄杆的窗戶後，這座疫病流行的城市不過是鍍金的牢籠。曾經帶原的老鼠從停在這裡的船流出，現在叫做沙德泰晤士的河畔街道空無一人，一片死寂，被另一種瘟疫清空。

品基沿著路穿過爪哇碼頭，直到找到他在找的地方——巴特勒與殖民碼頭公寓。他輕鬆地爬上電動門，跨過柵門上的尖刺跳了下來。庭院中的矮柱燈帶著他繞到後方，他看見通往艾咪家門前的斜坡。他逕自笑了笑，他幾乎沒花什麼時間就找到了。

艾咪覺得很不安，現在已經將近凌晨兩點了，而她一點都不睏，當然她累壞了，但就是睡不著。薩姆最後的話讓她感到很不舒服——我認為這將改變一切。薩姆是什麼意思？雖然她試著發問，但一直沒辦法從她的老師那兒得到回應。他們對話的視窗仍然開著，游標在她好幾次嘗試跟對方溝通的對話後方閃爍。

——薩姆，妳還在嗎？哈囉？薩姆？回答我！

沒有回應。顯然對方已經不在電腦前了，或許她去睡了，但為什麼會突然間用這麼神秘的話結束他們的談話？

艾咪喝完了一整瓶紅酒，感覺有一點醉。她花了差不多半小時跟琳恩說話，告訴她關於她弟弟的事，跟她說李對她的成功很不滿，包括艾咪優異的學業成績和在學校獲得的殊榮；然後被醫學院錄取，以學級第一名的成績畢業；接著她在法醫口腔學領域取得巨大成功，並跟大衛訂婚。這都是因為小時候父母的溺愛，導致她為李犧牲一切，艾咪不得不學會照顧自己。但自己的姊姊如此成功而不是他這件事讓李的自尊大受打擊。他的學習成績很爛，在高考前輟學，並在唐人街一家餐廳擔任第二大廚，負責切蔬菜。而艾咪因為自身的成就送給爸媽的每個小禮物，都讓他充滿忌妒和怨恨。

所以當艾咪出意外後，他表現得喜形於色，雖然他說了些關心與同情的話，但艾咪感覺得到他的幸災樂禍——他的姊姊下半身不遂，只好坐輪椅。而現在他會成為照顧家人、買禮物，並在餐桌上坐在父親旁邊的人。

但他沒有料到艾咪的毅力能戰勝身體的不便，當她獲得一百萬的賠償金後，他覺得自己應該分一杯羹，他們全家人都一樣。畢竟，艾咪有今日的成就難道不該歸功於家人的犧牲嗎？這是艾咪人生中第一次與他正面交鋒。她需要那筆錢讓自己重新站起來，即使非字面上的意義。他到底知不知道一個殘疾人士試著過正常人的生活要花多少錢？

這件事讓她和家人之間產生裂痕，艾咪從中國人的社區搬出來，隻身住進這間位於伯蒙德賽的老舊香料倉庫改建的房屋。她的家人曾來找過她一次，羨慕的心理讓他們對眼前的一切都感到不滿，之後他們再也沒來過。艾咪的獨善其身頓時變成不那麼美好的孤單，直至傑克．麥克尼爾闖進她的生活中。

可憐的傑克。她想到他在外面夜色中，專注調查他不太可能解決的謀殺案，努力不去想一直以來被他忽略的兒子，因為等他意識到已經太遲了，而現在再也改變不了。

她拱起背部活動一下肌肉，稍微改變坐姿。輪椅坐太久，壓到的地方開始痛了。她需要躺下來讓身體休息，但她無法忍受在麥克尼爾仍在外面奮鬥時去休息的念頭。她想在他需要她時陪著他，在他七點最後一次打卡下班時，陪在他身邊。她覺得或許洗澡可讓她身體放鬆，減輕疼痛，至少能幫助她保持清醒和警覺。

品基先聽見升降梯的聲音才看見艾咪。他已經搜過她的房間，確信如果升降梯啟動了，他會有足夠的預警時間。他聽見她的聲音從閣樓飄下來，起初還以為有人跟她在一起，但他仔細聽了聽，聽不出來他們在說什麼，才意識到只有一個人的聲音。她可能在跟別人講電話，他不會知道她正在跟他親眼目睹史密斯先生削下肉的小女孩說話。

現在他躲在有抽屜的外套衣櫃裡，把臉貼在門縫上，第一次清楚地看見她的臉，幾乎讓他忘了呼吸。她很漂亮，身材嬌小，五官精緻，那雙毫無用處的腿讓她變得脆弱。她閉著眼睛側坐在升降梯上，雙手交疊在腿上。她的沉靜深深吸引品基，迫使他感到心痛。她以一種奇特的方式喚醒他對母親的記憶，他母親一直是個沉靜自若的人，禪學的宿命論讓她接受任何關於她被人生捨棄的譴責。他還記得那晚他被關在樓梯下方的碗櫥中，第一次聽見她的尖叫。伴隨記憶而來的是熟悉的顫抖，關在衣櫃中的黑暗及恐懼開始讓品基喘不過氣來，他必須努力控制呼吸，不然艾咪就會聽見他的聲音。他現在還不想殺她。

他看著她撐起自己坐到位於樓梯腳的輪椅上，聽著輪椅的電動馬達發出嗡嗡聲，推著她前往浴室。

品基當時是在母親連續叫了三、四聲後，才開始害怕起來，讓他有力氣推開門。那時他才十歲，個頭不算特別大。他們在廚房，他媽媽仰躺在地上，那個男人俯身壓在她上面，雙手掐著她的脖子，邊罵邊叫她閉嘴；他揍了她兩、三拳，讓她的嘴唇破了一個洞，痛得臉孔扭曲，滿嘴都是血；她的衣服被撕破，露出肚皮，一邊乳房從胸罩跑出來。除了這個男人在傷害他媽媽，品基並不知道發生了何事。接下來發生的事並非預謀，他本能地撲向那個男人，拼命扯著他的頭髮，大叫要他放開媽媽。

男人嚇了一跳，驚愕地轉身把背上的男孩撞下來。他很驚訝屋內竟然還有其他人。品基掉了下來，頭撞到了門的邊緣，頓時嚇傻了，眼前閃過一陣白光。他聽見媽媽的尖叫聲，這時聽起來更加瘋狂。男人大吼一聲，掐住她的脖子阻止她大叫。他看見她雙腳瘋狂亂踢，掙扎著想呼吸，赤裸的腳掌撞在地板上。他在恍惚中站起身來，在抓住流理臺時發現了刀架。一直到現在，每當他醒著的時候，總會後悔自己為什麼沒有早一點行動，為什麼不在三十秒前就從地上爬起來，不然他媽媽就不會死了。當他把麵包刀深深插進男人的肩胛骨中間時，他母親已經死了，他的人生也無可挽回的起了變化。

品基在漆黑的衣櫃中沿著牆面滑坐在地，雙臂環抱膝蓋，將膝蓋貼緊胸口。他討厭想起這件事時的模樣，這是他想埋藏起來的記憶，但總會在夜深人靜時回想起來。他努力讓自己停止啜泣，但滾燙的眼淚仍滑落臉頰。他想閉上眼睛，將這個夢境拋諸腦後，回到那個每晚他上床睡覺時，媽媽仍會溫柔地親吻他額頭，輕聲說：「小傢伙，睡個好覺」的平行世界。

當他終於鎮定下來，控制呼吸，把臉上的淚水擦乾時，他聽見浴室傳來水聲。他再次背貼著牆站起身，深吸一口氣。她現在在洗澡，會是動手的最佳時機。

他慢慢將門打開，悄聲無息地走到走道上。浴室門半掩著，他可看見蒸氣瀰漫在冷冷的燈光下，彷彿冬日清早的晨霧。他穿過走廊走到門邊，慢慢地從門縫探頭進去。

她用某種裝置在淋浴時支撐自己，讓她幾乎站直了身體。透過蒸氣和從玻璃上流下來的水流，他能看見她渾身赤裸，皮膚在熱水的沖刷下泛紅，還有她粉棕色的乳暈，以及腿間的黑色三角地帶，他尷尬地迅速別過臉去。他看過一次他媽媽裸體站在蓮蓬頭下的樣子。當時他不小心走進浴室，站在那兒沒被發現，看著她差不多一分鐘。直到她抓到他在偷看，對他大吼指責他偷窺，小小年紀心思如此骯髒。這是她少數幾次提高音量對他說話，自此以後他看到女人裸體就會心生罪惡感。

他轉過身，匆匆沿著走廊回去，小心地快步上樓到三樓。當他踏上樓梯頂層時，目光很快地環視閣樓寬敞的客廳，最後停在她電腦的螢幕上。螢幕保護程式閃過一張又一張照片，涼爽、蒼翠濃密的熱帶雨林，霧氣繚繞又潮濕。他在桌前坐下移動她的滑鼠，螢幕保護程式瞬間消失，出現艾咪和薩姆的聊天視窗、不斷閃爍的游標和艾咪最後的訊息：**薩姆，妳還在嗎？哈囉？薩姆？回答我！**品基不覺莞爾，隨即瞥見螢幕下方工具列的通訊錄圖示。他點了開來，艾咪的通訊錄在他眼前展開。他輸入班奈特後，資訊立刻跑了出來：湯姆．班奈特，富勒姆區帕弗里街一號十三樓A室。運氣還真好，湯姆．班奈特或哈利可就沒這麼好運了。

品基關掉通訊錄，將畫面恢復最開始的樣子，觸發螢幕保護程式，艾咪才不會知道他來過。

然後他看到了她，從房間的另一頭凝視著他，使他渾身起雞皮疙瘩。「媽呀。」他低語道。那顆頭跟她像得不得了，她的嘴部令人厭惡，彷彿栩栩如生。他們怎麼可能從她的頭骨就知道她的長相？

他頓時忘記自己身在何處，穿過房間看仔細一點。他搖搖頭，對那位正在淋浴的華裔齒科鑑識師感到敬佩。倘若她不是看著照片捏臉，不可能那麼像那孩子。艾咪只有一個地方搞錯了，這讓他很生氣。

艾咪在淋浴間用毛巾把身體擦乾，並遙控輪椅進到臥房。她在穿上睡袍或乾淨衣服間掙扎了一下，決定選擇後者，躺到床上在乾淨的內衣褲外套上牛仔褲和運動衫。然後她讓自己坐起身，俯身把運動鞋套在腳上。穿衣服對她來說很累，但醫生說這是很好的運動，對於維持她身體的機能非常重要。

當升降梯平緩地將她帶至閣樓時，她覺得昏昏欲睡並閉上眼睛，知道自己如果在沙發躺下，不到幾分鐘就會睡著。當她從樓梯間進入閣樓空間時，才感覺事情有些不對勁。很難說是什麼讓她有所警覺，或許是空氣中瀰漫著些許異味，或者是有人在，亦或感覺有人來過，彷彿鬼魂或亡靈。潛意識中的知覺能起什麼作用難以得知，但不管是什麼，都讓她瞬間覺得不安。

她坐上輪椅到書桌旁。薩姆來訊息了嗎？她移動滑鼠消除螢幕保護程式，看到她和薩姆的聊天視窗仍跟她離開前一樣。**薩姆，妳還在嗎？哈囉？薩姆？回答我！**

她穿過閣樓到一半便看到那顆頭顱，不禁發出尖叫。恐懼宛如小小的隱形長矛侵入她體內，她驚恐地環顧整個房間，一個人也沒有。她坐著一動也不動，豎耳傾聽，沒有任何聲音，而後她硬逼自己再次看向那孩子的頭，她戴的假髮被剪成參差不齊的短髮，就跟她早先想像的一樣。她強迫自己抓住輪椅搖桿朝頭顱移動。

桌上堆滿一團團拳頭大小的黑色髮絲，一把剪刀就躺在碎髮中。

琳恩凝視著她，髮型變了讓她的臉徹底改變。有一會兒她心想自己是否幫頭顱剪了頭髮，然後忘了，但雖然她這麼想過，但還是打消這個念頭。她非常確定有人在她洗澡時潛入屋內，剪短這孩子的頭髮。

不管看起來有多瘋狂，但證據就在她眼前。這讓她嚇壞了，做這件事的人很有可能還在屋裡。她的手不可抑止地顫抖著拿起電話，又掉到地上。她艱難地伸手去搆電話，顫抖地撥了麥克尼爾的手機。她聽見回鈴音一直響，電話隨即進入了語音信箱。正當她絕望地準備掛上電話時，還是決定留言。

她覺得自己說話的聲音怪怪的，努力控制自己的情緒。「傑克，有別人在我家，請快點過來，我很害怕。」然後她掛上電話，把手機緊緊抓在胸前，心想她這一生中從未如此怕過。

第十九章

I

麥克尼爾等著總機替他轉接，而後道森的聲音便傳了過來。「道森警長。」

「魯弗斯，我是傑克。」

「嗨，傑克，調查還好嗎？」

「我想我找到那孩子住哪了，就在旺茲沃思公地羅思路上的住宅。一棟出租屋。據鄰居說，過去六個月這裡住了一家人，大概是法國人，姓史密斯。」

「說得倒像真的。」

「他們領養了一個有兔唇的華人小孩，我很確定她就是我們要找的孩子。但這對夫婦是歐洲人，我們得查出這棟房子登記在誰名下，鄰居覺得是代理機構負責承辦。你查一下仲介是誰，聯絡他們，我想知道目前或上一個租客是誰。」

「我正在查。」

「很好。」麥克尼爾把完整的地址給他。

「傑克……」道森頓了下，明顯有話想說。「關於晚上的事……」

「魯弗斯，我很抱歉。」麥克尼爾打斷他的話。

「不，我才要說抱歉，傑克，我們都是。發生那種事已夠難過的了……」他的聲音越來越小，

「靠，我們都覺得很難過。」

「你不必道歉，你們不知道，我其實很謝謝你們，真的，幫我跟其他人說謝謝。」

他掛上電話，坐在漆黑的車裡，沿著通往監獄的三一路看去。聽說流感已像野火般延燒至監獄，大自然親自實施的死刑，肆意執行，所有上訴的可能性都被斷絕。那地方毫無動靜，萬籟俱寂，沒有貓和狗的吠叫聲，也沒有車輛出入。他幾乎就要以為全世界只剩下自己還活著，感覺就是如此。

〈蘇格蘭勇士〉聲響起，打破了寂靜，他瞄了眼手機螢幕，是語音訊息的通知。有一通留言。他猶豫了一會兒，然後決定不聽留言。不管是什麼事都可以等，現在他有更急迫的事要做。

他沿著羅思路走回去，凝視那棟房子。她就是在這裡度過她生命中最後六個月，極有可能也是她死的地方，她曾揹著小書包走過這些街道，每天上下學，或許會避免與路人視線相接。她在學校遭受到怎樣的戲弄和虐待？即使是老師也很難不去注意她臉上的缺陷。她的性格、才智、特點和氣質因為單一的生理缺陷受影響有多麼悲哀，這麼多的特質都由外表而非內在評

斷又是多麼可悲。

他穿過大門進到拿索斯家的花園。他警告拿索斯如果不想睡眠一直受到干擾的話，今晚最好關掉警戒照明。古老防空洞的藍門打開後是一片漆黑，麥克尼爾憑感覺走進去，眼睛慢慢適應從身後馬路流進來的光線。裡面放著園藝工具、澆水壺和盆栽；防空洞裡瀰漫著濕泥土的氣味，冷冽的空氣透過他身上的厚外套直沁入肌膚。盡頭有一扇通往後院的門，這裡變得更暗了，因為前面的光無法滲透進來。後院一道高聳的磚牆將兩棟房子的後院隔開，麥克尼爾沿著頂部摸索著牆查看是否有玻璃，但他只摸到軟軟的、像是海綿的青苔。他撐起身子往上跳，墊起腳尖，直到一隻腳攀上了牆，稍微跨在牆上一會兒，才跳到另一邊，進入三十三號住家的花園。他蹲在位於房子後方的現代溫室旁那條鋪著石子的窄巷中，他仔細聆聽是否有鄰居被他吵醒。拿索斯聽從他的建議，關掉了警戒照明，鄰棟的房屋沒有絲毫動靜。

他打算做的事是違法的，但根據現在的情況，在大半夜要拿到搜索票根本是天方夜譚，他甚至不可能叫一個地方法官起床。如果他在屋裡找到了證據，那麼隨時有人可以帶著文件回來進行合法搜索。麥克尼爾不準備等，他出奇地鍥而不捨，不僅是因為再過五個小時他就不是警察，還是出於一種強烈的急迫感，有種時間就是一切的感覺。在蘭貝斯區公寓樓被殺害的那兩名青年、在蘇活區遭人處決的卡辛斯基，以及在南肯辛頓被人精心佈置的強納森．福萊特的屍身。他每到一個地方總有人會死，有人急於要他們閉嘴。兇手的急迫逐漸感染到麥克尼爾身上，所以他現在決定要不顧一切堅持下去。

遮住夜空的雲層的後方，接近滿月的月亮試圖讓光線穿透過來。但只有些微月光瀰漫在雨層雲中的黑色皺褶。整個庭院長長的枯草隨著冰冷的風吹來沙沙作響，使常綠灌木叢的樹葉搖晃，變得雜亂不堪。

麥克尼爾把臉貼在溫室的玻璃上，企圖往裡面窺看。但溫室裡一片漆黑，什麼也看不清。他繞過溫室，小腿踢到沉重的大理石花盆，不禁低聲咒罵。

就在此時，他聽見草叢中傳來動靜，比風吹過草葉的聲音還大，也比任何家畜或生活在郊外的狐狸的步伐重。他動也不動站在原地，豎耳傾聽。有人在那裡。他感覺到有人，幾乎可以肯定聽見有人在呼吸，並保持靜止不動，或許在等麥克尼爾的下一步動作。雖然他看不見草叢中的身影，但不管是誰可能都看見了他。他決定採取主動。「誰在那裡？」他叫道，心想這也太蠢了吧。彷彿那個人會回答他似的！

他的話卻讓藏在矮樹叢中的身影往他左側移動，他聽見腳踩著枯草狂奔的聲音，一個人影飛快地衝向後籬笆。他幾乎看不到那名侵入者，只看見一個淡淡的人影，身材比他嬌小得多。麥克尼爾追了過去，穿過雜草叢生的後花園，放棄隱藏身影。他在後院的木頭圍籬旁，抓到感覺像是粗花呢的布料，他和那名侵入者雙雙重摔在一堆廢棄的塑膠花盆上，旁邊是破舊的盆栽棚，兩人的體重壓在盆栽上發出碎裂的聲音。他抓到的那人在他身體下扭動，在黑暗中發出細小的恐慌聲。然後一道光突然照到他臉上，使他看不見東西——手電筒。他抓住拿著手電筒的手，光束頓時照向夜空；另一隻手則抓向他的臉直到被他制伏，他隨即把手電筒照向那名侵入者的臉。

映入眼簾的是一個滿頭灰白短髮的中年婦女，她臉色蒼白，一臉驚嚇的表情，幾乎讓他嚇了一跳。但即使她那雙黑眸滿是驚恐，卻帶著堅毅的神色。她往兩邊扭來扭去，拼命想把手腕從麥克尼爾緊握的手中掙脫。她的手電筒滾落草地，燈光射向兩人的後方，將他們糾結的影子映照在籬笆上。

「我要叫了！」她的聲音因為害怕變得纖細，幾乎無法穿透黑暗。

麥克尼爾氣喘吁吁地說：「如果妳叫，我也會跟著叫。」

他的聲音讓她停止掙扎，她躺在他身體下方的地面，不住喘氣，好似一個穿著花呢外套搭配襯衫短裙，脖子上還戴著珍珠項鍊的奇怪生物。「你到底是誰？」她喘著氣道。

「傑克．麥克尼爾督察，妳又是誰？」

他看見她不再慌亂。「我的名字是莎拉．卡斯泰利。」她的口音毫無疑問來自北美洲。

「我是 **HPA** 的調查員。」

「**HPA** 是什麼？」

「健康保護局，想看我的證件嗎？」

麥克尼爾鬆開她的手腕，但仍跨坐她的腰間，把她牢牢地固定在地上。他伸手拿起她的手電筒照向她的臉。

「請不要用光照我的臉。」她嚴厲地說，他把光束移開跟著她的手進入口袋，拉出一個連著鏈子的 HPA 護貝證件。上面有她的照片以及全名：莎拉．伊莉莎白．卡斯泰利，然後是她的出生年月日。麥克尼爾很快地計算了下，她已經將近六十歲了，他突然對這麼粗魯地對待她感到抱歉。他滾到一邊很快地站起身，朝她伸手要拉她起來。但她沒接受他的幫助，自己從地上爬起來，把黏在外套和裙子上的塑膠碎片、泥土及枯葉拍掉。「都髒了，」她說：「你根本不懂怎麼溫柔對待女生，麥克尼爾先生。」

「顯然是的，」麥克尼爾說：「妳在這裡做什麼，卡斯泰利小姐？」

「叫我女士。」她糾正他：「卡斯泰利是我丈夫的姓，但你可以稱我為醫生。」

「醫生，妳還沒回答我的問題。」

她持續拍著自己的衣服，試圖不與他視線交會。「如果你給我看你的證件的話，我或許會考慮告訴你。你可能是任何假扮警察的人。」

麥克尼爾把他的委任證拿給她看。「這樣呢？」

「我正在找尋此次流感爆發的源頭，麥克尼爾先生。這是我的工作，追尋疾病的感染源，並提出建議如何控制傳播。」

「妳是美國人？」

「加拿大人，雖然我已經住在美國二十年了，嫁給卡斯泰利先生後，還取得了公民身分。如果我事先知道他不是美國人而是西西里人就不會招惹他了。你聽過《烏龍密探擺黑幫》（Married the Mob）那部電影嗎，麥克尼爾督察？那說的就是我。事實證明卡斯泰利家族掌管紐約大部分的地區，我在那裡擔任衛生顧問時，跟當地的執法機關關係不錯。」她挑釁地瞪著他，「你還有什麼想知道的嗎？」

「我想知道妳為什麼認為這次疫情爆發是從旺茲沃思公地的某棟住宅後院開始的，卡斯泰利醫生。」

「我當然沒那麼想，我只是覺得住在這裡的某個人可能是帶原者，或說是第一感染者。」

「這裡現在沒住人。」

「我知道。」

「那妳打算怎麼進去？」

「這問題很不切實際，麥克尼爾先生，既然現在你在這兒了，你可以帶我進去。」她頓了一下，挑起一邊眉毛。「反正這本來就是你的打算，不是嗎？」

「妳為什麼會覺得我要進去？」

「不然你還會因為什麼原因在半夜偷偷潛入某人家的後院？」這時換他避開她的視線，她繼續乘勝追擊。「你也還沒告訴我你為什麼會在這裡，麥克尼爾先生？」

麥克尼爾看著這個頭髮灰白、毛躁，身材嬌小，一身花呢套裝的女人，從剛才就一直喋喋不休地挑釁他，決定坦白一切。「我在調查一個十歲孩子的謀殺案，」他說：「一個女孩，我認為她先前住在這裡。」

卡斯泰利醫生臉色一沉。「喬伊？」

「我不知道她的名字。」

「據我所知，只有一個小女孩住在這裡，她叫喬伊．史密斯。」

II

當玻璃向內碎裂時，他的手套保護了他的手，參差不齊的碎片掉到窗戶下方的地毯上。他把手伸進去打開窗扇往上推。

「你很熟練嘛，麥克尼爾先生，」卡斯泰利醫生低聲說：「這是你在警隊學到的技能嗎？」

麥克尼爾瞪了她一眼，伸手幫她翻過窗臺進到房裡。他們剛才爬上交錯的屋椽進入廚房上方的斜頂，再滑下屋頂來到這個二樓的窗戶。

他們現在的所在位置明顯是書房之類的房間，麥克尼爾用卡斯泰利的手電筒照亮四周，照到一張堆滿紙張、放著一台電腦、計算機和兩台電話的書桌。麥克尼爾稍微看了下那些紙：水電帳單、一封用法文書寫的信，寄件者是一個叫做歐米伽八號的公司，上面的地址來自薩塞克斯郡，桌上還有許多印有同樣信箋的信封。然後是科學論文之類的文件，一樣寫的是法文。

房裡有一個書櫃，塞滿了皮革裝訂的經典英國作家選集，或許這些書是原屋主的遺產；一大幅裱框的倫敦中世紀地圖複本；地上散落更多紙張，很像是因為憤怒灑落一地。出了門往下走兩階就到位於樓梯平臺的浴室，接著走更多階樓梯到一個較大的平臺，還有兩扇臥房門。麥克尼爾靠在木頭欄杆上，看向位於樓下走廊的樓梯，從外頭路燈透進來的光線穿過門框的彩色玻璃碎成無數個彩色碎塊，散落在鑲木地板上。他接著抬頭看向上方二十呎的閣樓走廊，有更多通往浴室和臥房的門。對一個三人家庭而言，這房子實在很大。

喬伊的臥房位於二樓靠後的位置，從書房過去要爬一半樓梯。角落擺著一張單人床，窗邊則放了張小書桌，一個書包靠在桌腳。桌上放了本攤開的作業簿，彩色蠟筆寫著大大拙劣的中文字。麥克尼爾把手電筒照向作業簿，想起他在警局看到所有陳列在桌上的人骨，小小骨頭拼湊成的稚嫩手指握著蠟筆寫下這些中文字。那是多久以前的事了？可能就在不久前。他環顧這個籠罩悲傷氣息的房間，牆上沒有掛畫、照片或她的塗鴉，地上也沒有玩具，他回想尚恩亂成一團的房間，滿滿都是孩童活動的痕跡。

卡斯泰利醫生拉開嵌在牆內的衣櫃門，喬伊的衣服掛在鋼絲衣架上，整齊的排成一列。大部分衣服看起來都是新買的：襯衫和裙子，下方擺了一排小巧的鞋子。他們在一個抽屜裡發現深灰色毛衣、學校的領帶、女性內褲和襪子。完全沒有任何T恤或牛仔褲，沒有亮色系的衣服展現孩子活潑的個性。他們發現的所有衣物都很沉悶，她在這裡過的是什麼詭異斯巴達的生活？

「天啊，我去過的晚期兒童癌症病房都比這個房間有趣。」卡斯泰利醫生說。她從抽屜裡抽出一件灰色毛衣，拿到面前看了看。「可憐的孩子。」

麥克尼爾看向她。「那樣不會有感染的危險嗎？」

「流感？」她聳了聳肩。「我倒是很懷疑，我早就接觸過很多傳染性疾病，麥克尼爾先生。我體內已經有太多抗體，只要幾品脫我的血大概就能讓整個倫敦的居民免疫。」她搖搖頭說：「去年我大部分時間都在越南，追蹤感染禽流感的案例，試著找出是否有人傳人的情況。什麼都沒發現，但我跟大部分患者都有接觸，我們決定對一些患者的親戚驗血，而後在幾名案例的血液中找到抗體。就好像他們得了流感，卻沒有產生任何症狀。這個發現給了我們希望，或許這個病毒並非我們所害怕的殺人兇手。當然我們錯了，但後來我驗了血，發現我也有抗體，怪吧？」

「妳說你們沒找到任何人傳人的案例。」

「我沒找到，但其他人有。第一個被廣泛認可的案例在泰國。在甘烹碧的一個家族聚落，那裡到曼谷大概要五個小時。他們對傳染情況的影響做了粗略的建模。他們花了二十一天到那裡後，已經增加到六百個案例；那之後又過了十天，就會變成六千例。這也是我們如此擔心的原因，麥克尼爾先生，因為傳染率高，加上有七成到八成的死亡率，全球的死亡人數將難以估計。你有聽過西班牙流感吧？」

麥克尼爾點點頭。

「人類史上最嚴重的傳染病大流行，在一九一八年，總共超過五千萬人喪命，而它的死亡率不到百分之二。」

「我還以為鼠疫比西班牙流感嚴重。」麥克尼爾說。

「鼠疫的死亡人數的確比較多，但期間花了數百年。西班牙流感只在短短數月便造成如此嚴重的傷亡。」

他們離開喬伊的房間，走進前面的臥房。

「重點是，」她說：「我們確定禽流感會成為下次傳染病爆發的病源，會從東南亞開始迅速傳播至全球。所以我們才拼命在那裡進行研究。當然最後觸角會延伸至倫敦，但沒人想過這裡會是個開端。」

前面的臥房是一個大房間，有一個面向街道的凸窗，百葉窗拉了下來遮住光線及偷窺的目光。房裡擺了一張自上次睡過就沒整理的加大雙人床，左側的枕頭仍維持原狀，彷彿只有一個人使用。抽屜和衣櫃裡只有男用的衣服，房間的浴室沒有任何香水、梳子或化妝用品。如果史密斯先生的妻子曾住過這裡，顯然她前段時間就已離開。

卡斯泰利醫生看著麥克尼爾有條不紊地搜索房間。「比起政府當局公布的人數，」她說：「天啊！糟糕多了。」

「有多糟？」

「大倫敦地區的人口約有七百萬吧？你算算看，共有四分之一的人口會感染，那就是一百七十五萬人，然後其中有四分之三會死亡，那就超過一百三十萬人了。死亡，不可挽回，永遠離開。」

麥克尼爾轉過身，透過手電筒昏暗的黃光看著她，顯然她很仰賴數據的統計。「數字不代表人，卡斯泰利醫生，人也不能以數字衡量。」但他知道尚恩也變成數據的一部分。一個數字，另一個姓名不詳的受害者，遭熔爐吞噬。

他的語氣讓她好奇地看向他。「是你的親人嗎？」過一會兒，她問。

「我兒子。」

「我很遺憾。」

「嗯。」他轉向門口，「我們下樓吧。」

廚房中黑色及米白色的壁櫥大部分都是空的，麥克尼爾只找到幾個罐頭、幾包乾貨：白麵條、義大利麵條和糖；冰箱裡有半罐調味醬、橄欖油和蛋黃醬，還有一盒剩差不多一點點的牛奶。麥克尼爾拿起來聞了聞，散發出的酸味讓他把頭別開。他看了一下賞味期限，離打開到現在已有兩個星期了。廚房有一個凸窗可看向後院，窗邊有一張小早餐桌和兩把椅子，或許史密斯夫婦沒有跟他們女兒一起吃早餐的習慣；一扇通往大溫室的玻璃門，裡面有一張大餐桌，搭配裝有軟墊的鍛鐵椅；還有一面連接客廳的落地窗。

「你在找什麼，麥克尼爾先生？」卡斯泰利醫生問。

他聳了聳肩。「不知道，妳呢？妳覺得妳會在這裡發現什麼？」

「噢，跟你一樣，我看到大概就會知道，任何能讓我知道她在哪裡得到流感的東西。」

麥克尼爾走進溫室，她也跟進去。他用手電筒照過桌面，桌上到處都是紙張、文件和信。全部都是法文。當他拿起一封信查看時，一張紙飄到了地上，但距離他法語普通考試不及格已經很久了。那是張上面印有歐米伽八號的信箋，跟在書房看到的一樣。

卡斯泰利醫生彎腰把紙撿起來。「你最好看一下這個。」她站起來說，麥克尼爾轉過去用手電筒照在上面。紙上是護照照片，一共三張，第三張被剪了下來，大概是用來辦護照。剩下兩張都是一個嘴唇嚴重變形的華人小女孩，努力對著鏡頭微笑。她的頭髮看起來像是用鋸齒剪刀剪的一樣，還戴了一副很醜的玳瑁眼鏡。第一張她的視線沒有對準鏡頭，一臉困惑的表情，跟相機外的人說話。所以她就是喬伊，十九小時前他被警局召回，前往西敏區附近的施工現場查看的那堆白骨。這就是艾咪在她的倉庫閣樓重建的頭顱，而她塑造的很像。

「是她嗎？」卡斯泰利醫生問。

「可能吧。」

「為什麼你不確定？」

「因為我們只找到一堆骨頭，卡斯泰利醫生。她的肉全被削得乾乾淨淨，除了用她的頭骨重建臉部，我們其實並不知道她真正的長相。」他再次看向紙上的照片，那個唇裂症狀不會有錯。「但這是個很好的猜測。」

他把護照照片放入證物袋中，再將袋子放進內袋裡收好，兩人隨即回到走廊上。

信箱下方的地板上躺了好幾天的信，一沓未拆信件隨意地放在門邊的櫃子上。卡斯泰利醫生翻了翻，發出一聲呻吟。「有一半都是我寄來的，甚至連拆都沒拆，難怪我都收不到回信。」

「妳寄信幹嘛？」麥克尼爾說：「又是怎麼找到這裡來的？」

卡斯泰利醫生疲憊地長嘆一口氣，聽起來像是放棄了。「我幾乎可以確定此次感染病爆發地始於肯特郡的倫敦學校校外活動中心。就在去年十月的期中假期，位於斯普林特水上戶外中心。成千上萬的孩子由老師帶隊從倫敦去到那兒度假。那是一個住宿點，你知道就是那種地方，他們有帆船、獨木舟和攀岩場，有團康活動，一些學生還參加愛丁堡公爵獎計畫。他們會花時間露營，進行營火晚會。這些孩子唯一的共通點就是團體行動，彼此相互扶持，不論是在宿舍、餐廳和坐公車出去玩，是很好的疾病滋生地。」

她若無其事地拆開她寫的一封信，邊看邊搖頭。

「我們設法確認首先感染流感的家庭都有孩子在十月份來到這個戶外中心。如果我們能更快想到這一點的話，或許就能快一點走到這一步了吧。但過好幾個星期才有人意識到是怎麼回事，到那時流感已經失去控制，我們只能回頭去看數據。我們設法追蹤所有在那裡的孩童，再一一排除他們為源頭的可能性。我們在尋找任何跟東南亞有關的連結，其中能想到最好的連結就是喬伊。我們知道她是中國籍，被一對法國夫婦收養，但不知道她是在多久前離開中國的，或是她跟東方有沒有任何關聯。據我們所知，她可能在法國出生，但她也是我們唯一無法取得訊息的目標，她的父母完全沒回信或接電話。」

卡斯泰利醫生把她的信扔回門邊的櫃子上，用她那雙黑眸認真地看著麥克尼爾。

「麥克尼爾先生，通過排除的過程，而在缺乏相反證據的情況下，我們不得不假設喬伊可能就是這場傳染病爆發的來源。」

第二十章

帕弗里街上的公寓位於查令十字醫院對面，品基知道那家醫院在截肢和變性手術享有盛譽，但不一定以此為手術順序就是了。在傳染病爆發前，那附近的住戶時常開玩笑不知道從那家醫院出來的人是男是女。品基認為，這裡對他打算拜訪的那對伴侶而言是理想之地。

湯姆和哈利的十三樓A室公寓就在一家花店咖啡館的正上方，隔壁是一家二十四小時營業的雜貨店，全天販售用藍色塑膠袋裝的酒精飲料。在傳染病爆發前，經常有穿著睡衣褲的病患在街上來回遊蕩，他們空手而去，回來時則人手一個藍色塑膠袋。

現在大部分病房都用來收容屍體和垂死的病患，正常的業務被延後，那家二十四小時營業的商店也一週關閉七天，花店咖啡館也一樣，以及湯姆和哈利晚上不想煮飯時常去光顧的披薩連鎖店也是。

品基駛過一條小巷，避開醫院的燈光和來來去去的救護車。這些日子幾乎聽不到救護車的聲音，路上鮮少車流讓鳴笛變得多餘。他找到停車位後，隨即走回一號公寓門外。他從外套裡掏出一根鐵撬把門撬開，鎖一裂開，木頭立刻破裂分離。低調的時間結束了。他迅速爬上樓梯，抵達頂層十三樓A室的門，看了眼門上的名牌：湯姆・班奈特、哈利・施瓦茨。他把鐵撬楔形那端插進門板和門框中間，強行把門撬開，更多木頭裂開的聲音在樓梯平臺和公寓走廊間迴盪。他把門推開，隨即關上身後的門，在黑暗中豎耳傾聽。他聽見床單摩擦的聲音，一聲呻吟後，一個睡意濃厚的聲音傳來。「天啊，湯姆，是你嗎？你在幹嘛？」

品基轉身打開臥房門，看見哈利俯臥在被褥上的身影，撐起一隻手肘。

「我以為你今天輪大夜班。」

「我提早下班了，」品基說：「因為我想把某個東西放進你嘴裡。」

哈利立刻把手伸向床頭燈打開，嚇了一跳，看著站在門口的品基。「你他媽的是誰啊？」

品基用打量的眼光看著哈利，看得出來湯姆為什麼喜歡他。他絕對是那種居統治地位的男性。他身材修長、體格不錯，留著一頭濃密的棕色頭髮，有點讓品基想起喬治克隆尼。他絕對有那種電影明星的感覺，難怪奇貨可居。品基微微一笑，在床沿坐下，「我是湯姆的一個朋友，」他說：「他跟我說你可能會很高興見到我，」他垂下視線看了眼羽絨被，「但我還沒感覺到。」

哈利坐直身子遠離他，品基覺得自己並沒有展現很大的威脅。哈利看起來為什麼那麼害怕？是時候告訴他真正的恐懼了。他把槍從夾克下掏出來，對準哈利的頭。哈利的眼睛瞬間睜大。

「天啊！拜託不要。」

「不要什麼？我不會傷害你。」品基把消音器移到離哈利嘴巴不到一吋的地方，輕輕動了下。「來吧，張嘴，我說過我要把某個東西放進你嘴裡。」

「我的天啊。」哈利低喃道，品基把消音器從他嘴唇間的縫隙伸進去，感覺撞到他的牙齒。哈利渾身僵硬，幾乎不敢動或者呼吸。

「好了，」品基安撫地說：「沒有很糟嘛？」他很享受人們的恐懼，但有時候沒有時間醞釀，有時候必須直接扣下板機結束工作。他還記得把刀插進攻擊他母親的男人肩胛骨的感覺，刀刺穿了骨頭，他的手臂傳來一種噁心、震撼的感覺，才進入心臟。那男人在品基將他從她身上推開前就死了，在意識到他死了前，根本沒機會觀察他的痛苦和恐懼。所以他喜歡品嚐這種滋味，但過不了太久，因為時間不多了。「我要你幫我做一件事，哈利。我需要把槍從你嘴巴移開，所以我希望你乖乖的，聽懂了嗎？」

哈利很快地點頭。

第二十一章

I

麥克尼爾用手電筒照著樓梯底下那間狹小的浴室，看見右側有一扇門。他握住門把推開門，露出黑暗的內室。手電筒的光線照在狹窄的木頭階梯上，陡峭地往下進入地窖。

「妳最好在這裡等。」他說。

「不要，麥克尼爾先生，」卡斯泰利醫生堅持道：「我要跟著你。」

「那就小心點，樓梯很陡。」

「放心，我這雙鞋很好穿，專門闖空門用的。」

麥克尼爾必須側著身體才能將腳穩妥地踩在階梯上，讓他魁梧的身體慢慢下到潮濕冰冷的地下室。這裡空間狹小，有一堵磚牆將其隔開。路燈昏暗的黃光從狹窄的輸煤管灑進來，管口有金屬柵欄防止動物誤闖。距煤礦工人把最後一袋煤滑進這個管道已經好多年了，但下方有一堆切碎的松木，就在一小台燒柴爐旁。低氣壓迫使煤灰的味道從連接煙囱的黑色金屬管流回來，像是腐敗的培根發出的酸味。地下室很冷，麥克尼爾上身不住發抖。他感覺得到從地板往上飄的寒氣，沁入他的鞋子，包覆他的雙腳及腳踝。

他將手電筒晃過光禿禿的牆面，這裡幾乎沒什麼擺設：一個空酒架、裝滿空酒瓶的濕紙箱，和一塊捲起來的地毯，來自樓上某間臥房裁掉多餘的部分，白色粉狀的潮濕物從老舊的磚牆滲出。麥克尼爾必須彎下腰才能進到另一個隔間，漆成白色的水泥樑支撐著低矮的天花板，牆上是空空的酒架。

「一定有人口很渴，」卡斯泰利醫生說，她的聲音在這個幽閉的空間中聽起來死氣沉沉。後面靠牆的地方有一個水槽，以及一個很大的白瓷浴缸，以前這戶人家可能在這裡洗衣服。上方的牆壁固定著一個冷水水龍頭，下方則是一個大煤氣筒，堅固的金屬櫃上還有一個工業用瓦斯爐，旁邊放著一個桶狀容器，上面覆蓋著毛巾。房間中央擺了一張堅硬的木桌，彷彿一個巨大的切割板，這極有可能就是它過去的用途，上面佈滿切痕和刮痕，一邊被磨成深深的凹陷，而且有漂白的痕跡。麥克尼爾聞了聞，可以聞到一股氣味瀰漫在空氣中。

卡斯泰利醫生也聞到了。「漂白水。」她說。

他用手電筒照過房間，直到光線落在嵌在牆面的一扇生鏽金屬門上。門約高兩英尺、寬一英尺。麥克尼爾試著開門，但門沒有動靜，要不是生鏽卡住，就是鎖住了。

「這個或許能派上用場。」

他轉頭看見卡斯泰利醫生拿著一把約六呎長的鐵鑰匙。「妳從哪拿到這個的？」

「沒什麼啦，鑰匙就掛在牆上。」在他接過鑰匙轉身嘗試開鎖時，她說：「你覺得這是什麼？某種保險櫃？」

「可能是舊式的銀器保險櫃，原屋主住在這樣的豪宅裡一定很有錢。他們會用銀製餐具用餐，或許還有下午茶用的銀器。傭人可能會在收拾過後把餐具收在銀器保險櫃中。」

當他把鑰匙插進去順時針轉時，鑰匙發出陣陣抗議。但鎖的確開始轉動，沉重的門晃了開來，生鏽的鉸鏈呻吟一聲。後方的空間只有一片木架。手電筒的光束照在架上整齊排列的刀具上朝他們反射。這些工具跟他在福萊特公寓發現的切割用具沒什麼兩樣。

他退縮了一下，彷彿保險櫃朝他的臉呼出死亡的氣息。裡面沒有銀器，而是十分鋒利的不鏽鋼，他很確定自己找到了用來割掉喬伊皮肉的工具。他拿起一把大切肉刀，小心地用戴著手套的手指捏著。刀鋒很乾淨，將手電筒的光反射至牆上，但當麥克尼爾拿起刀靠近查看後，發現鋼刃連接木柄的地方有一條深色的粗線，沿著木緣乾涸。

他把手電筒交給卡斯泰利醫生。「幫我拿一下。」隨即把刀帶到桌邊，小心翼翼地將刀平放在木頭桌面上，然後掏出筆記本，撕下一張乾淨的紙頁。他把紙放在桌上，打開一把袖珍折疊刀，謹慎地沿著切肉刀刀柄和刀刃間連接的縫隙劃過去，一塊暗色生鏽的棕色塵屑便落到那張筆記紙上。

「血？」卡斯泰利醫生說。

「很有可能。」

「喬伊的？」

他沉重地點點頭。「我想幾乎可以肯定這裡就是兇案現場，醫生。我不知道他們是不是在這裡殺了她，但我覺得他們很有可能把她的屍體放在那張桌上，割掉她的肉。這裡先前肯定到處都是血。」

「那就一定會有痕跡，」她說：「不管他們之後多麼認真清洗。」

麥克尼爾把那張白紙折起來封住棕色粉末，接著裝進證物袋中。「就像這個。」

「你覺得他們把肉和器官怎麼樣了？」

「可能燒了吧，用那邊那個爐子。」他朝外面那半隔間偏了偏頭，「煙灰裡應該會有殘跡。」他跨過房間到水槽邊，彎腰檢查瓦斯爐，接著把旁邊的毛巾掀開，露出一個兩呎左右的巨大銅鍋。他們心情好的時候，可能會用這鍋子做果醬。「我猜他們用這個來煮骨頭。」他用指節敲了敲鍋子，發出沉悶的聲響。他希望他們殺她的時候仁慈一點，不拖泥帶水，因為隨之而來的恐懼難以想像。

「那你要通知鑑識小組過來。」卡斯泰利醫生說。

麥克尼爾站起身，嘆了口氣。「不行。」

「為什麼？」

「因為我們是非法闖進這棟房子，所有找到的證據在法庭上都不能當作證據。」

「真荒謬！」

「這就是法律，必須有人帶搜索票回來，重新合法搜索這地方一遍。我們從未來過這裡，醫生。」

「我整晚都在家，督察。」

麥克尼爾淡淡地笑了笑。「妳學得很快。」

「我一直很快，這讓我很受男生歡迎。」

麥克尼爾接過手電筒，把刀放回原位，鎖上保險櫃，將鑰匙掛回牆上的釘子上。他環顧這個狹窄的殺戮室，打了個冷顫。只是這次，不是因為冷。

回到大廳，彩色的光班透過前門周圍的彩色玻璃灑在他們身上。麥克尼爾掏出他的手機，螢幕朝他閃爍，提醒他還有一通留言沒聽。他無視它，撥通蘭貝斯路上鑑識科學服務中心的電話找湯姆．班奈特醫生。

湯姆的聲音聽起來疲倦，彷彿剛才在睡覺似的，門關著，癱坐在辦公桌後面，度過夜晚時間到宵禁結束，然後才終於可以回家。「班奈特醫生。」

「湯姆，我是傑克．麥克尼爾。」

電話那頭沉默了一會兒，麥克尼爾幾乎可以感覺到對方的敵意。「什麼事？」他最終開口，聲音冷冰冰的。

「湯姆，我需要你的幫忙。」麥克尼爾說，不奢望他會了解。「我有個樣本覺得是乾掉的血，我認為是那個有唇裂的中國女孩的血，需要跟那女孩的骨頭DNA做比對。」

「這根本不算幫忙，麥克尼爾督察，如果你正式提出要求，就會有人去做，根本不需要問。」

「我知道，但我需要私下進行。」

又是一陣沉默，然後他說：「為什麼？」

麥克尼爾嘆了口氣，除了老實說，他沒時間編造藉口了。「因為這個樣本是違法取得的。」

「那我就會變成犯罪同謀。」

「我試著要抓住兇手，湯姆，我已經沒有時間了。」

「什麼時間？當英雄嗎？」

「我在拜託你。」

「那你幹嘛不去拜託你的朋友……艾咪？我想她會很樂意幫你。」

麥克尼爾立刻明白他知道了他和艾咪的事，讓他充滿敵意，渾身帶刺，正如艾咪一直害怕的那樣。她一直都很了解他。他聽見背景湯姆的辦公室傳來另一聲鈴響，這給了他一個完美藉口結束他們的對話。

「抱歉，我有別的電話，我得掛了。」他的聲音聽起來一點都不覺得抱歉，電話就掛斷了。

II

哈利現在穿著整齊坐在床沿，他的臉色慘白，幾乎在黑暗中泛著光。品基坐在他身旁，裝著消音器的槍管溫柔地頂著哈利的脖子。哈利顫抖地將手機貼在耳畔，聽著那一頭的回鈴音。然後湯姆清脆、公事公辦的聲音傳來，使他產生一種反胃的感覺，像是尖銳的木樁，直直刺入他的胃。倘若湯姆沒接電話，或許對他們兩個都好。

「班奈特醫生。」

「湯姆，我是哈利。」

品基湊近哈利的電話以聽見他們的對話，他只聽見湯姆愉悅的聲音。

「嘿，」湯姆說：「這代表我們和好了嗎？」

品基點了點頭，哈利開口：「大概吧，」他顫抖地深吸一口氣，「天啊，湯姆！」

品基將槍管用力壓進哈利脖子的軟肉，他便發出尖叫。

「怎麼了？」湯姆的聲音頓時擔憂起來。「哈利，你還好嗎？」

品基從哈利手中接過電話。「哈利很好，湯姆。」他說。

「你他媽的是誰？」

「這不重要，」品基語氣緩和地說：「你只需要知道，只要你照我說的做，哈利就會沒事，我不會傷他一根寒毛。」

III

艾咪關掉所有的燈，坐在一片漆黑中。她知道公寓裡很暖和，但卻覺得渾身發冷，皮膚冷得難以觸摸。她手裡緊握著一把菜刀放在大腿上，盯著樓梯口。光線從下方的樓梯平臺透上來，映在正上方的天花板形成一個扭曲的長方形。如果有任何人從樓梯上來，她就能馬上看見對方的影子，具有嚇得對方措手不及和制高的優勢。但從她打給麥克尼爾後已經過了一個多小時，整棟屋子沒有半點聲響，毫無任何動靜。

這應該能讓她相信剪斷琳恩頭髮的人早就離開了，但她發現自已難以接受。那個人丟下她在這裡坐立難安，完全不成道理，而每當她想起對方在她毫不知情的脫光淋浴時進入屋內，就想縮成一團與世隔絕。如果能假裝這一切都不曾發生，過了一會兒她會翻身醒來，看著床頭鬧鐘上顯示的數字，陽光從窗簾的縫隙灑進來。

但她知道事情沒那麼簡單，所以她又冷又不安的坐著，渾身僵硬地等待。

在房間另一頭，那顆被剪去頭髮的頭顱在黑暗中凝視著她，眼神近乎輕蔑，彷彿在說，艾咪不知道什麼叫恐懼，艾咪還活著，艾咪擁有希望，艾咪還有未來。

電話響起使她嚇了一跳，差點尖叫出聲。她抓起話筒。終於打來了！

「傑克！」

「抱歉讓妳失望了，是我，湯姆。」她是很失望，剛剛升起的放鬆瞬間消失殆盡，讓她感到緊張不安。儘管湯姆試圖輕描淡寫的開口，她仍然感覺他的語氣怪怪的。

「有事嗎，湯姆？」她並非刻意如此生硬的說話。

「我要妳到中心來一趟。」他淡淡地說。

「為什麼？」

「我不想在電話裡說，我需要妳現在過來一趟，越快越好。」

「湯姆，你知道現在幾點了嗎？」

「快三點了吧。」

「你怎麼可能在凌晨三點有事要我過去？」

「我需要妳把頭顱和骨頭帶過來。」

艾咪的危機感頓時讓她喪失勇氣，心裡驚恐不已。「我不明白。」

「妳不明白沒關係，艾咪。」湯姆已接近失控邊緣，聲音聽起來變得暴躁。「拜託妳過來一趟。」

「湯姆……」

「艾咪！」他近乎吼道：「照做就對了。」

她嚇得幾乎在話筒那端縮了一下頭。這些年來他們有吵過架，但湯姆從未像這樣對她大吼，而他似乎馬上便後悔了。

「艾咪，對不起。」他用哀求的語氣說：「我不是要吼妳，只是……這真的很重要，拜託妳過來一趟。」他頓了一下，「相信我。」

相信我。她怎麼可能不相信？他們當了那麼久的朋友，不論發生何事他都一直陪著她。這句話最能喚起她欠他的友誼與感激。相信我，她當然會相信他。儘管心存疑慮，她也無法拒絕他。

「我要四十或五十分鐘才會到。」

他的聲音幾乎鬆了一口氣。「謝謝妳，艾咪。」

這通電話打消了公寓中迫在眉睫的危機感，她開始懷疑其中有幾分是出於自己的想像力。

她再次打開燈，開著輪椅去桌邊拿起那孩子的頭顱。她先摘掉假髮，小心翼翼地用柔軟的填充棉包起來，放進她用來轉移頭顱的老舊帽盒。她把假髮放到頭上面後，蓋上盒蓋。

當升降機慢慢降到一樓時，那股強烈的脆弱感又回來了。艾咪的手仍抓著那把菜刀放在帽盒上，但她沒看見任何人，沒人在她的臥房或浴室，或在她重新披上厚厚的冬季大衣時，躲在她的衣櫃中。

最後一段階梯旁的狹小門廳空無一人，在路燈刺眼的黃光照射下顯得冷清，頭骨的氣味穿過層層塑膠包覆飄了上來，提醒她這孩子已經死了，他們仍在尋找殺害她的兇手。

她打開門，晚間冷冽的空氣朝她的臉撲來。她把門在身後關上，遙控輪椅滑下坡道進入鋪著鵝卵石的廣場。頭頂上的雲層突然裂開，銀白的光輝短暫灑在庭院中，很快又消失了。街上一個人也沒有，艾咪不禁心想她是否有過更孤獨的時候。她遙控輪椅轉向朝甘斯佛街和立體停車場前進。

第二十二章

I

有時候幾乎可以相信曾經住在這座大城市好幾百萬的人只是打包行李搬走了。在一片漆黑的凌晨時分，路上沒有行車，開車經過兩旁寂靜的房子窗戶也沒有任何亮光，感覺就像被世界遺棄，迷失方向。

卡斯泰利醫生把她的車留在旺茲沃思公地，選擇跟麥克尼爾一起行動，站在與法律相悖的那邊。對麥克尼爾而言，他很高興有人作伴。副駕駛座上坐著這位性情古怪、身材嬌小的女士，穿著那雙舒適的闖空門專用鞋以及花呢套裝，以奇特的方式給他安慰。與人接觸，多了個人說話，可以壓過他腦海裡的聲音。

而卡斯泰利醫生的確喜歡說話，也許是有點緊張吧。她需要驅逐自己的心魔。現在她正說到H5N1病毒。「你當然有聽過抗原移型？」她說，口吻就像在討論日常的話題。

「沒。」

「這就是我們說的甲型流感病毒突然產生的主要變體。雖然不常發生，但一旦發生，就會產生一種新的甲型流感亞型，產生新的血球凝集素和神經氨酸酶蛋白傳染給人類。我們大多數人對它們沒什麼抗體。」

「那H5N1是一種甲型病毒嘍？」

「是的，而且可能已經存在很長一段時間，以不同的形式。」

「在進行移型前？」

「沒錯。當它開始移型時，就會產生致命性，不只對鳥類，甚至人類也一樣。當然，病毒依然要找一種有效的方法進行人與人之間的傳播，同時保留足以使我們致死的巨大傾向。它們會這麼做，你知道，我是說病毒，十足的小混蛋！幾乎就像它們事先計畫找到能殺死所有人的最佳方法。病毒只有一個生存理由，就是倍增。一旦開始了，就很難阻止。」

「那是發生什麼事才會讓它輕易地在人與人之間傳播？」

「噢，藉由重組，幾乎可以肯定。」

「那是什麼？」

「簡單來說，當一隻病毒碰到另一隻就會交換遺傳物質，並有效地產生第三隻病毒，可能有機會產生更厲害的病毒。有點像是病毒界中的科學怪人。」

「但那就是這次禽流感病毒出現的狀況？」

「噢，當然啦，在其傳播過程中，H5N1病毒大概在其中一個受害者體內碰到了人類流感病毒。它們合而為一，交換各自最好或最糟的基因，產生目前使人致死、令人厭惡的雜種。」

他們駛過九榆路及旺茲沃思路交界處的花市，麥克尼爾若有所思地盯著下游打著泛光燈的國會大廈，還有絕不會錯過的大笨鐘。「那種事情有可能實行嗎，我是說在實驗室？」

「當然，」卡斯泰利醫生對他的話很感興趣，「通過基因操作可以輕鬆創造具有感染性的H5N1病毒，將人類流感病毒的受體結合區轉移到H5骨幹上，就可大幅提高傳播效率。近年來，世界各地的實驗室一直在進行這項實驗，試圖預測人傳人的H5N1病毒是什麼樣子。」

「為了製造疫苗。」麥克尼爾想起那天早上看見史坦弗朗斯公司的醫生上電視解釋這件事。那真的是二十四小時前發生的事嗎？恐怕還不到！

「除非他們錯了，不得不在真的傳染病爆發時從頭開始研究。」她安靜了一會兒，而後轉向他，微微皺起眉頭。「你為什麼這麼問？」

他說：「鑑識科學服務中心有位女研究生從喬伊骨頭的骨髓恢復流感病毒。」

他感覺卡斯泰利醫生緊張地看著他。「然後呢？」

「這件事對我來說沒多大意義。但他們似乎都對發現的病毒不是H5N1感到很興奮。或至少可以說不是我們熟知的病毒，他們說這病毒是人工的，也就是人造病毒。」

II

品基開車穿過廣場，經過西敏廳和國會大廈。西敏寺孤零零地佇立在寂靜的冬夜裡，公園裡樹木枝椏光禿禿的，脆弱的黑色骨幹見證了這場瘟疫的爆發，彷彿是上帝要懲罰人類的罪惡。他們因為某個原因封鎖西敏橋，所以品基只好往南走蘭貝斯橋過河，無論如何都會跟他前往鑑識科學服務中心是相反的方向。

哈利的嘴被堵住，戴上頭罩，整個人被綁在後座。一開始他掙扎並發出呻吟，但他早已放棄。品基已有十五分鐘沒聽見他發出什麼聲音。

品基感覺很開心，他喜歡即興演出，這能測試他的頭腦，讓他得到提升。這是一個挑戰。他發現史密斯先生的聲音中隱藏著些許的歇斯底里，他極力遮掩的恐慌。但情況仍在品基的掌控中，這就是他拿錢要辦的事，為了完成工作。**切勿開始自己無法完成的事**，他母親說過，**既然要做就要做到最好**。品基總會完成工作，也總是做得很好，幾乎不用為其他人的缺失負責。一開始是他將卡辛斯基介紹給史密斯先生這件事讓他擔心了一段時間，史密斯先生可能會因為卡辛斯基闖的禍怪罪品基。但現在卡辛斯基死了，品基總算拿回了主導權。不管接下來發生什麼，他都會看到最後。

維多利亞塔花園將他們與左側的河流隔開，聖約翰音樂廳就位於他們右側的史密斯廣場。品基可看見前方的米爾班克圓環和橫跨泰晤士河的蘭貝斯橋。

他打入三檔，放慢速度左轉過橋，橋中間有一個軍方設的路障，停著兩輛卡車和六名軍人。品基切入另一檔慢慢靠近，給他們足夠時間檢查他的車牌。

那個瞬間，遭繩子綑綁的雙手突然從後方繞過品基的頭，他聽見哈利使勁往後拉時發出的哼聲，將品基整個人固定在汽車座椅頭枕上。粗糙的繩索摩擦品基的皮膚，使他有種氣管被碾壓的感覺；他的腳不自主地踩下油門撐住自己，車子頓時急速向前傾斜。品基抬起雙手抓住繩子，試著掙脫喉嚨的束縛。哈利用頭撞向他的頭頂，傳來一陣令他反胃的痛楚，彷彿頭被老虎鉗夾到一樣。他的眼前閃過一片白光。哈利力氣很大，而他不打算放手。

現在品基可聽到軍人大吼的聲音，甚至壓過車子的引擎聲。那些人的聲音充滿驚慌，但他根本無能為力。他可透過防風玻璃看見他們舉槍，對準他所乘的這輛車，擺好姿勢準備開火。哈利收緊固定品基的雙手，發出吃力的呻吟，感覺戰勝了自己的綁架者。

第一輪子彈擊中了引擎，品基知道那些軍人被命令朝任何拒絕檢查的車子引擎開槍，下一次目標就是擋風玻璃。他知道自己死定了，卻什麼事也不能做。但第二輪子彈卻沒有射來，他感覺車子傾斜旋轉，所有軍人都散佈在路上，一張張戴著面罩的蒼白臉孔自他眼前閃過。當車子撞上其中一輛卡車，在馬路上旋轉時，產生像是金屬撕裂、令人作嘔的聲音。品基的腳仍死死地定在地上，排檔桿滑到了二檔，導致引擎發出悲鳴。當史密斯先生的 BMW 撞到護欄時，他看見火焰從引擎蓋冒出來，而哈利從品基上方往前飛，差點撞到他的頭。他的臉撞在擋風玻璃上爆出一片紅色液體。

品基聞到汽油的味道，接著周遭被火焰吞噬。

III

正當麥克尼爾將車子開近蘭柏宮前的圓環時，他們恰巧目睹了爆炸。最初的火焰已竄到二至三十呎的高空，麥克尼爾踩了煞車，把車轉往橋的方向。他們看見一輛車有一半掛在護欄邊，那輛車撞壞了一根路燈，造成所有光都熄滅了；但大火點燃了夜空，讓軍人的影子宛如逃竄的老鼠般在人行道上飛奔。

「媽的！」卡斯泰利醫生吼道：「車裡有人，車裡有人還活著！」

麥克尼爾可看見駕駛座有一條手臂在揮舞，有人正拼命地想從車上出來。他跳出車外，看見軍人把槍對準他。他在半空揮著委任證，在火焰燃燒的聲音下大吼：「警察，有個醫生跟我一起，有人受傷嗎？」

「車上有兩個人，」其中一人吼道：「但都死了。」

但麥克尼爾仍可看到有人在動，他脫掉外套蓋在頭上，朝那輛車跑過去。現場非常熱，他能聞到火燒到外套的氣味。他不敢呼吸，因為他知道熱氣會灼傷他的肺。他把手包在外套袖子中，摸索車門把手拉開來，車門幾乎要被他拉掉。他可以感覺他的褲子、鞋子和頭髮都在燒。方向盤後方的人影朝他倒下，他抓住他的手臂往後拉，把那人沉重的身軀拖出車外。

他聞得到肉在燒的味道，不知道是不是他自己的。他跌到馬路上，滾到一旁避開嗆鼻的濃煙，大口喘著氣，他的雙手及前臂受到灼燒傳來劇痛。兩名軍人從他旁邊跑過，把那個男人拖出大火。「噢，天啊！」他聽見其中一人驚呼道：「來看一下這個人。」

其他人把一件厚重的外套罩在麥克尼爾身上，讓他在地上翻滾，他燒焦的衣服冒出煙來。而後他聽見卡斯泰利醫生的聲音充滿急迫和擔憂，她俯身看了看他，檢查他的臉、手臂和雙手。「你瘋了，麥克尼爾先生，真是瘋了。但你很幸運只有一級燒傷。」她抬起頭大吼：「我需要水，還有乾淨的敷料。」接著對麥克尼爾說：「有多糟？」

「我的手，」他喘著氣，「痛死了。」

「要覺得感激，」她幾乎對他露出憐愛的笑容。「如果會痛，就不算太糟。」

「妳說得倒簡單。」

「另外，你從車裡拉出來的那位先生大概不會覺得痛吧。」

「他死了嗎？」

「還沒，但也快了。麥克尼爾先生，你的英雄之舉恐怕要浪費了。」

一名軍人拿著裝水的汽油桶過來，外加一個綠色的急救箱，隨即走開了。麥克尼爾在醫生用水沖洗他伸開的雙手時坐起身來，疼痛立即減輕不少，但一旦她停止淋水很快又痛了起來。

「再拿水來！」她吼道，然後轉回麥克尼爾。「我們必須持續澆水，以免燒傷惡化。」

他低頭看著自己紅通通的手，然後朝馬路看去，兩名軍人用滅火器噴向那輛車時，大量白色泡沫瞬間淹沒車子。其他幾人正在幫忙救他拉下車的那個男人，他們半扛半拖地把他帶到其中一輛卡車後面。無線電在夜色中響了起來，一個聲音在叫救護車。

卡斯泰利醫生用乾燥的軟紗布包住他的前臂及雙手。「防止燒傷感染。」她說：「但你應該要接受治療。」在幾乎燒毀的車體火光映照下，她凝視著他的臉，搖了搖頭。「你的睫毛也燒到了，你可能會像這位朋友一樣被烤熟。」

麥克尼爾站了起來，直到這時才覺得害怕，感覺腳在發抖。「我們去看一下他。」他說，兩人便穿過馬路去到卡車後面。

品基躺在一個帆布擔架上，球狀的眼睛瞪著屋頂，因為呼吸道被火焰的熱氣灼燒無法修復，造成他呼吸有很大的雜音。肉燒焦的味道就像烤肉架出了問題，幾乎讓人難以忍受。他呈現一種麥克尼爾無法直視的怪異狀態，大部分衣服都被燒掉了，剩下的黏在他焦黑的身體上，滲出紅色及琥珀色的液體；他褲子背面和夾克的一部分還在，剛好位於汽車座椅擋住的地方。在燒焦的肉中間仍可看見他鞋襪的影子，殘存的衣領就黏在他的脖子上。

他的臉很可怕，耳朵燒得只剩乾癟的瘤狀物，鼻子也只剩下焦黑、乾巴巴的一塊，收縮的鼻翼就像麥可傑克遜離世前那樣詭異；他的眼皮燒掉了，眼睛濕潤；他的嘴巴和臉頰嚴重扭曲，嘴唇黏在牙齦四周，彷彿正在微笑的樣子；他的頭髮也燒到只剩短短的髮根。

麥克尼爾感到反胃，或許讓他就那樣死在車裡更好。「他能看到嗎？」他問醫生。

「大概吧，但他的視力可能有受損。他或許只能看見黑白兩個顏色。」

「但他不覺得痛？」

「對。」

「那怎麼可能？」麥克尼爾說：「我的手現在還是痛到不行。」

卡斯泰利醫生有些哀傷地搖搖頭。「因為他已經燒到了皮下脂肪層，」她說：「位於表皮下方，比真皮層的痛覺接受器還深的位置，就在表皮的下一層，所以他不會感覺到痛。你看到的琥珀色的液體，燒焦的地方，像……像奶油布丁……」

「天啊，醫生……」

「那就是露出來的脂肪。還有在燒傷較不嚴重的區域看到的一些紅色紋路，就是剩餘皮膚中的血液在凝固的過程被推上來。若是要治療他，外科醫生必須將表面一些燒傷的部分切除，讓下面的深層組織得以循環。因為當剩餘的皮膚冷卻乾燥時，就會收縮並阻礙潛在的循環，所以外科醫生會從縱向切開，讓組織裂開並釋放壓力。」她深吸一口氣，「燒傷的清創手術很可怕，」她說：「那可憐的傢伙會失去知覺，但醫生會使用大把的手術刀，旁邊會有準備電灼的助手，並實際切掉大面積遭燒傷的組織，直到找到健康且會流血的組織層。這時候助手會對在流血的血管進行電灼。我在醫學院時曾經擔任一次助手。」

「但你說他沒辦法活下來。」

「沒錯，他身體的水分一直在流失，我們要面對現實，他已經沒有皮膚可以調節透過毛孔流失的水分。我的意思是看看他，他全身都滲出血清。」

「那他還有多久時間？」

「若他接受治療，運氣好的話——或說不好，看你怎麼想——可能一天吧。如果不做手術，他撐不過幾個小時。」

他們慢慢走回車邊，火光已經消失，那輛 BMW 燒得只剩骨架。另一名乘客的屍體已經可以看見，身體蜷曲地夾在前座。泰晤士河平緩地在他們腳下流動，反射這座荒蕪城市的燈光。水潮改變了方向，從河口往上游推去。

「我們得治療你的燒傷。」醫生說。

「我不去醫院，」麥克尼爾對她說：「去那邊根本不知道會感染什麼病。」

「那要去哪？」

「開車送我回警局，幾分鐘而已。那裡有些急救的設備。」

IV

品基躺在卡車後面，卡斯泰利醫生說的每句話都迴盪在他腦海中。為什麼醫生總愛在病患面前談論病情，就好像他不存在？或許她只簡單認為他已經死了。但她說對了，他不覺得痛，雖然關於視力一事她判斷錯誤，他看得很清楚，只是再也無法眨眼的感覺很奇怪。

事實上，考慮到所有因素，他感覺還不壞。他的呼吸影響最嚴重，不僅困難而且痛苦。他試著依次移動他的手臂和腿，發現反應良好。他不得不跟肌肉收縮引起的僵硬抗爭，但他辦得到，他不想讓外科醫生——那醫生是怎麼說的——為他做清創手術。讓他們揮著大手術刀切除他的肉的想法超乎他的想像。更何況，他的工作還沒完成。

在卡車後面負責呼叫救護車的軍人過來查看他的狀況，那名年輕人朝他俯身，品基很開心他的面罩掩蓋了他的恐懼。他把手伸向那名軍人，他反射性地退後一步。品基笑了起來，低聲說話，試圖發出他聽得到的聲音。軍人傾身向前，試圖捕捉他說的字句，而品基發現他的手指靈活度足以將刀從繫在對方皮帶上的護套抽出來。

他再次發出笑聲，軍人湊得更近了，品基在把那孩子的刀刺進他的肋骨時，很享受他眼神中露出的震驚。

當其他同僚回到卡車邊時，他們就會發現他死了，他的 SA80 步槍不見蹤影，而品基無聲無息地消失，只留下路面上燒焦的足跡。

第二十三章

I

卡斯泰利醫生抓著麥克尼爾的手臂和手在水流下沖了快十五分鐘，每隔五分鐘就問一遍他感覺如何，他的手會不會發麻。「希望你的手不會發麻，」她說：「因為那樣會造成周圍組織損壞。」疼痛已經減輕很多，到了麥克尼爾可以忍受、不會一直分心的程度。

卡斯泰利醫生小心地用乾淨的紗布替他的前臂包紮，每一根手指分別包上紗布，讓他可以用手。「戴上手套保護敷料，」她說：「這樣就能完全恢復。」

他感覺戴上手套後手變得很厚重，但至少不再會因為燒傷感到不能正常活動。他從車上的置物櫃拿出一條牛仔褲和防風外套，這是他在便衣行動時穿的衣物，還有一雙馬丁靴。卡斯泰利醫生讚賞地打量他。「噢，」她說：「如果你扮成臥底警察參加化裝舞會，可能會得到第一名。」儘管發生了這麼多事，他還是因為她的話露出笑容。

道森警長說：「這方法度過最後一晚還不錯，傑克。你是想自殺嗎？」

「只是想這樣就可以幫他們省去付我警察退休金的麻煩，」麥克尼爾說：「魯弗斯，你看一下可不可以查出我從車裡拉出的那個人的身分，只是出於好奇。軍方肯定要把這件事向上呈報。」

「好。」他拿起電話，然後頓了下，「對了，在羅思路上那棟房子是一個叫歐米伽八號公司的資產。負責的房屋仲介公司在克拉珀姆，他們說最近沒有要出租那棟房子，屋主告訴他們那裡目前是提供他們公司的員工居住。」

「歐米伽八號，」卡斯泰利醫生說：「不就是我們在那棟房子找到的信封信箋上印的名字嗎？」

「你去了那棟房子？」道森驚訝地說。

「你什麼也沒聽到，魯弗斯。」麥克尼爾對他說。

「意思是要我這幾個禮拜將耳朵洗乾淨。」道森說，接著開始撥電話。

偵查辦公室幾乎沒有人，另一頭有兩個辦事員在打電腦。頭上的日光燈沒有開，只剩仍有坐人的辦公桌上的桌燈發出明亮的白光。外頭路燈昏黃的光線灑進辦公室裡。

「有電腦可以借我用一下嗎？」卡斯泰利醫生問。

「沒問題。」

「我大概可查出歐米伽八號是什麼公司。」

「妳請便。」他朝一旁六台電腦隨意擺了下手，她便在最近一台電腦前坐下。

麥克尼爾從他被火燒的外套口袋中拿出一組照片，塑膠證物袋經高溫變得乾癟，但照片仍完好無損。他小心地把照片拉出來放到桌上，零散地置於他辦公桌的檯燈下。喬伊透過厚重的圓框眼鏡盯著他看，他的視線被她的嘴部吸引。為什麼她的養父母沒有為她做嘴巴整形？他很確定現今的整形手術能大幅改善唇裂的狀況。她渴望的目光讓他感到無比悲傷，幾乎就像是她在求救一樣。某天某處的某個人肯定會看到這張照片並知道她需要幫助，而這張照片落入了麥克尼爾的視野中。但已經太遲了。

當他準備把照片收進抽屜時，有個東西吸引了他的目光，他再次看了眼照片。這組照片中的第一張，她看向相機外的某個人那張。也許是在問問題，或者回答問題，她眼鏡彎曲的鏡片上出現某個人的倒影。兩個鏡片都有，襯著後方的燈光。

麥克尼爾把照片拿到燈下，想看仔細一點。但影像太小了，他環顧四周。「有人有放大鏡嗎？」他叫道，但沒有人有。

道森掛上電話走過來。「軍方還沒有人上報，」他說：「你要放大鏡幹嘛？」

麥克尼爾把照片拿給他看。「靠，」道森說：「這就是你在公園發現的那個小女孩嗎？」

麥克尼爾點點頭。「有看到她眼鏡上某個人的倒影嗎？」他說：「那就是我們的史密斯先生，可能就是兇手。」

道森若有所思地盯著照片。「我們可以把照片拿去掃描啊？我們的電腦有很精細的影像處理軟體，可以放大照片，提高畫素。」

「你知道怎麼用嗎？」

「當然。」

麥克尼爾看向他。「你看，這就是你永遠當不了督察的原因，你太聰明了。」

掃描機發出嗡嗡的聲音，亮光從掃描機蓋的邊緣滲出來，一個圖片檔隨即出現在電腦桌面上。道森將滑鼠拂過軟體圖示，打開影像處理軟體。程式啟動後，他往下拉出文件選單，打開桌面的圖片檔。

喬伊悲傷的臉龐頓時出現在大部分的螢幕上，照片是以全解析度掃描，非常清晰。道森移動滑鼠在右邊的鏡片上圈出一個方形的閃爍方框，接著按下輸入鍵。現在右邊的鏡框放大到塞滿整個畫面，清晰度大幅下降，但那個靠近喬伊的男人影像卻放大不少，不過卻不夠清楚辨識他的長相。道森單單圈住那個男人的影像再次放大，現在畫面出現男人的頭部輪廓，畫面變得太大導致看起來很模糊。道森調低亮度並增加對比，男人的五官開始顯現。他們可以看到那個男人同樣帶著眼鏡，頭髮似乎是金色的，或者灰白，剪得很短。

道森下拉另一個選單，選擇「強化」功能，軟體頓時複製周遭的像素填補空缺，突然間出現一張臉孔看著他們：喬伊在那個瞬間注視的人，在他們幫她拍攝護照相片的那天。男人看起來四十多歲，有著一雙深邃的黑眸，位於濃密的黑眉毛下方；那頭金髮理了個小平頭，戴著一副銀色的圓框眼鏡。麥克尼爾看著這個男人感到十分面熟，卻想不起來他是誰。

「你有看過他？」道森問。

「對。」

「我也是。」

他們兩人都瞪著畫面看，道森說：「靠，我知道這張臉。」

「不意外呀，他常會出現在電視上。」兩人都被卡斯泰利醫生出乎意料的插話嚇了一跳。她正站在他們身後，從兩人中間看著電腦螢幕。「雖然戴口罩可以把臉遮起來。」

「他是誰？」麥克尼爾說。

「羅傑．布盧默醫生，他負責史坦弗朗斯公司的流感剋星工作團隊。」

麥克尼爾再次看向那張臉，輕聲罵了句。難怪這麼眼熟，他才剛在電視上看到他召開記者會。他轉向卡斯泰利醫生：「妳認識他？」

「噢，是呀，過去幾年來我跟他見過幾次面，他能言善道、很迷人，卻有點令人討厭。在史坦弗朗斯公司算是第二號人物。」

麥克尼爾坐在座位上試圖吸收這個資訊。布盧默就是史密斯先生，而且是喬伊的養父。這個人同時也是一家製藥公司的高級主管，可望從這次傳染病爆發賺取數十億美元。「我的天啊。」他低語道。

「情況更糟了，」卡斯泰利醫生說：「或者說更好，全看你怎麼想。歐米伽八號是在索塞克斯郡的一間製藥實驗室，去年被史坦弗朗斯公司收購前是私人機構。」

麥克尼爾站起來，對道森說：「你能把這個影印一張給我嗎？」他用拇指指向螢幕上的布盧默的影像。

「印多少都可以，傑克。」

「如果我們能讓羅思路上那名鄰居證明他的身分……」他轉向卡斯泰利醫生，「妳再到地方法官面前告訴他妳認為喬伊就是傳染病爆發的根源，我們就能拿到搜索票將那房子徹底翻查。」

II

艾咪在蘭柏宮前的圓環左轉，駛入蘭貝斯路。她可看見橋上的動靜，軍車和一群軍人圍在一輛看似卡在護欄被燒毀的車子前。那裡有一輛救護車，醫療人員空站著，橘色的火光映在迷彩吉普車上不停閃爍。

但她心神不寧地想著事情，滿腦子仍是昨晚和今天凌晨發生的煩事，雜七雜八的思緒在腦中亂竄：柔伊在骨髓中發現基因改造的病毒；薩姆突然離開他們的線上討論；那名闖入她家剪掉琳恩頭髮的侵入者；湯姆打來的電話，一直堅持要她帶頭顱和骨頭回去鑑識科學服務中心；還有麥克尼爾，他在哪？為什麼沒有回她電話？

她從訪客大門進入費爾利屋學校和戴維森大主教中心，隔壁巷子可通往大主教公園。她右轉駛入普萊特步道，並在位於蘭貝斯路一〇九號的鑑識科學服務中心對面停下來。這棟四層樓高的綜合大樓只有幾扇窗是亮的，她花了幾分鐘下車，穿越馬路爬上中心特別為了她加裝的雙斜坡，在玻璃門滑開後進入門廳。大廳日光燈的照明嗡嗡作響，出奇的空蕩，櫃臺沒半個人。艾咪穿過大廳到電梯旁，按了按鈕，把輪椅開進電梯。當她將輪椅轉向，按下三樓按鈕時，看到警衛的腳從櫃臺後方伸了出來，磁磚上到處都是血，他的手一動也不動地躺在一攤血水旁。她立刻想按下停止按鈕，但已經晚了。門關了起來，電梯晃了下後便開始緩緩上升。

艾咪因為害怕而渾身僵硬，她的呼吸急促，喉嚨緊窒，幾乎要讓她窒息。要怎麼辦？她想過按下緊急按鈕，但一想到電梯會困在樓層間不知道多久就讓她難以忍受。所以她等著，感覺像等了一輩子，直到電梯抵達三樓。電梯門打開了，昏暗的走廊即映入眼簾，光線從實驗室和辦公室敞開的門灑出來形成幾何形的光斑。

當她遙控輪椅出電梯進入走廊時，電動馬達的嗡鳴顯得震耳欲聾。身後的電梯門關起來後，走廊變得比先前還暗，使她嚇了一大跳。她待在原地一、兩分鐘，豎耳傾聽，但除了暖氣、通風和照明的雜音，以及建築常會發出但永遠聽不到的響聲外，什麼也沒有。

「哈囉？」她叫道，聲音在黑暗中聽起來很微弱。「有人在嗎？」

當她往前進時，地上一片污漬吸引她的注意。她俯身想看清楚一點，發現是一個沾血的足印。她感到口乾舌燥，雙手顫抖地握著搖桿讓自己向前。

湯姆辦公室的門是開的，但裡面沒人。艾咪又經過另外兩扇關著的門，才到達實驗室。門上的玻璃窗口亮著光，但窗口對坐輪椅的艾咪來說太高，看不到裡面。她推開門，遙控輪椅進到門內，湯姆就站在二十呎外的工作台前。她從未看過他如此憔悴，臉上的表情也很難形容，夾在極度恐懼和難以承受的愧疚之間。他站著一動也不動。

「湯姆，發生什麼事了？」

他往她身後看了一眼，艾咪稍微轉過身，看到柔伊被推到距離最近的一張長椅邊，在她下滑重摔在地時叫了一聲。

艾咪的眼角餘光瞄到有什麼在動，轉過去一看，不由自主從喉嚨發出尖叫，迴盪在整個鑑識科學服務中心裡。

出現在她面前的身影就像從噩夢中走出來。她以前看過燒傷患者，但這麼嚴重的燒傷通常會死於手術台上。突出的眼睛瞪著她，嘴唇後翻露出一個瘋狂的微笑。燒焦、裸露的皮下脂肪不斷滲出，滴到地板上。她聞到一股肉燒焦的味道，讓人反胃，幾乎難以忍受。他手裡抓著一把英國的軍用 SA80 步槍，因為手腳肌肉不斷收縮，所以移動十分艱難。她看得出來他才剛經歷火燒，而且很有可能仍在燃燒。

他的呼吸短促刺耳。他向前檢查她有帶頭顱和骨頭來，她把身體往後靠貼著輪椅椅背，感到強烈的厭惡。他停下腳步，把臉靠近她，直勾勾地盯著她的眼睛，很難相信他是人類。

他直起身子轉向湯姆，朝門揮了下槍。湯姆提起品基要他裝進那孩子的骨頭和所有他們採集並檢測的樣本的塑膠桶。

柔伊站了起來，喘了兩口氣後猛打噴嚏，空氣中燒焦的灰塵讓她的鼻膜發炎。品基轉身朝她胸口射了三槍，每一發子彈都讓艾咪退縮，彷彿受到打擊，難以置信地盯著她的身體滑落地面。毫無疑問，她已經死了。

「我討厭聽到別人打噴嚏，」品基說：「她媽媽沒教她打噴嚏要摀嘴巴嗎？」但艾咪和湯姆只聽見一連串奇怪的聲音從他喉嚨深處發出來。

III

莎拉．卡斯泰利的車就停在羅思路的盡頭。麥克尼爾把車停在她的車後面，兩人下了車，走去鄰居家。拿索斯仍聽從麥克尼爾的建議關閉警戒照明，他們藉由從樹叢縫隙灑進來的路燈光斑走到他家前門。麥克尼爾按了幾下門鈴，屋裡某處響起對講機的聲音。他往後退到門廊上方監控攝影機照得到的地方，拿索斯睡意濃厚的聲音清楚透出煩躁。

「又怎麼了？」

麥克尼爾拿著道森警長替他影印的東西。「你看得到嗎？」

「看得到。」

「這是你的鄰居史密斯先生嗎？」

拿索斯毫不猶豫地回答：「對，就是他。」

「謝謝，拿索斯先生。」麥克尼爾把照片折起來塞進口袋，沿著小路走回正門。卡斯泰利醫生匆匆跟上去。

「現在怎麼辦，麥克尼爾先生？」

「我們要叫醒一個地方法官，讓妳跟他說明喬伊的事。」

「你完全知道事情會如何發展，是不是？」

「我根本不願去想，醫生。」

〈蘇格蘭勇士〉迴盪在羅思路上，麥克尼爾掏出他的手機，是道森打來的。

「傑克，我覺得你會想馬上知道，那輛車，你在蘭貝斯橋上把那個人拖出來的車……官方登記在史坦弗朗斯公司名下，指定司機是羅傑．布盧默醫生。」

麥克尼爾在馬路中間停了下來，眼神一片茫然，彷彿看見另一個世界，超出我們所熟知、感覺及看到的範圍外。卡斯泰利醫生突然停在他旁邊。「你沒事吧？」

麥克尼爾對道森說：「我拖出來的不是布盧默。」

「我不知道那個人是誰，他們也是。顯然在你離開後，他殺了一名軍人，並帶著他的槍消失了。」

「天啊，」麥克尼爾低語道。難以想像他們所見躺在卡車後面的那東西有辦法做出這樣的事來。但史坦弗朗斯公司的車？感覺不可能啊。「那車裡的另一個人呢？他們知道他的身份嗎？」

「不曉得。」

兩人講完電話後，麥克尼爾盯著路面，腦袋一片混亂。車上的另一個乘客會是布盧默嗎？他為什麼會出現在那裡？而又是怎樣奇怪的巧合讓麥克尼爾在那個時候到了蘭貝斯橋？

卡斯泰利醫生仍在追問他，但他不知道該從何說起。他瞄了眼手機的螢幕，因為才剛跟道森通過電話仍亮著光。上面有一條訊息提醒，他完全忘了這件事。

他舉起一隻手叫醫生安靜。「等等。」隨即撥打他的語音信箱。

一個女性錄音說：「你有一通未讀訊息，來自今天凌晨兩點零五分。」然後「嗶」的一聲，艾咪的聲音傳了出來，異常的恐懼並怕得顫抖。「傑克，有別人在我家，請快點過來，我很害怕。」

第二十四章

I

麥克尼爾像是瘋了一樣的開車，昏黃的路燈彷彿一連串沒有軀幹的頭映在擋風玻璃上。他們經過橢圓體育場，沿著肯寧頓公園路向東南方行駛。麥克尼爾每隔幾分鐘就試著撥打艾咪的電話，每次鈴聲響完，他都會再伸手拿電話，但這次卡斯泰利醫生先拿起電話。「我來打吧，」她很快開口：「我完全能理解，這樣總比落得撞上路燈的下場好。」

她撥打電話，讓它響個三十多秒的時間，搖搖頭後掛上電話。

麥克尼爾的腦海浮現艾咪死在她家公寓地上的可怕景象，他知道這群人非常殘忍。他們怎麼會不去找艾咪？畢竟頭骨在她手上，她重建了那個被殺的女孩的頭顱。他先前到底為什麼不接電話？要是她發生了什麼事，他知道他永遠不會原諒自己。這整個調查都是為了他自己，是他的執著，他必須讓自己不去想他兒子的死，導致他對其他事物視而不見。

象堡上設有路障，已經不能只是停下車速讓他們檢查車牌了。在蘭貝斯橋上的事故後，所有檢查哨都接到命令攔住每一輛行車。一位高級官員檢查他們的文件，並花了點時間。麥克尼爾知道催促他沒有意義，他用燒傷的手抓著方向盤，下巴緊繃。他的不安勝過於雙手傳來的痛楚，感覺就像一根有彈性的橡皮筋，拉緊到斷裂邊緣；邊緣正在磨損，斷掉只是時間早晚的問題。

最後那位軍官退後一步，揮手讓他們通過。麥克尼爾加速通過新肯特路，到了與塔橋路的交界處向北轉，留下一片狼藉。前方他們遠遠就能看到塔橋的燈光，倫敦塔就在河的對岸。麥克尼爾猛地將方向盤往右打，斜切過路口轉進圖利街。

在甘斯佛街上，他扔下他的車跑了起來。卡斯泰利醫生不屈不饒地跟著他，他輸入巴特勒和殖民碼頭公寓的電子密碼，匆匆穿過鵝卵石路面到艾咪家的門口。他惱怒地用包著繃帶的手指掏出鑰匙，插進鎖孔。門打開後，他馬上就看到升降梯位於樓梯底部。

他鬆了口氣，又疑惑地看著升降機。卡斯泰利醫生在門口追上他，上氣不接下氣。「自從我在湯匙托蛋賽跑到得到亞軍後，就不曾跑那麼快了。」她說。他看向她，然後她說：「我知道，對不起，不看場合說話是我的毛病。」她看著升降梯，「所以她出門了？」

「升降機在樓梯腳的話是這樣沒錯，她的輪椅也不見了。」但麥克尼爾並未想當然認為事實就是如此。他一步兩階地跑上第一層樓梯平臺，另一個升降梯就在那裡，靜置於下一段階梯的底部。他上樓搜索了她的臥房、浴室和外套衣櫃，所到之處都打開燈，接著跑上閣樓。他把所有燈都打開，在明亮強烈的光線下把整個頂樓搜索一遍。

「艾咪！」他呼叫她的名字，但知道不會有回答。她不在這裡。他檢查狹小的金屬露臺，但落地窗是鎖上的，他可看見外面沒有人。然後他注意到那孩子的頭顱不見了，桌上只剩剪成一撮撮的黑色假髮。當卡斯泰利醫生走到頂樓時，麥克尼爾對她說：「在這裡等。」

「別擔心，」她朝他喊道：「我要花半小時喘氣。」

他離開不到五分鐘，回來時臉色凝重。「她的車不見了，」他說：「她在隔壁的立體停車場有一個位子，我沒看到車。」他看著現在已經恢復呼吸的醫生，她的臉色依然還紅著，坐在艾咪的電腦前。「大半夜的她會去哪？」

「你可能要看一下這個。」卡斯泰利醫生說，他走過來站在她身後，看著電腦螢幕，上面顯示艾咪的訊息對話視窗。「誰是薩姆？」

「薩姆是艾咪的老師，是某個專門鑑定人類遺體的機構成員。」他看著他們最後的對話。

艾咪——但有件事很奇怪。柔伊說她感染的不是H5N1，至少不是造成這次大流行的病毒。

薩姆——她怎麼知道？

艾咪——她說她恢復了病毒和RNA編碼，我其實聽不太懂，跟限制位和編碼有關的東西不該出現，反正她說這種病毒是基因工程的。

艾咪——哈囉，薩姆，你還在嗎？

薩姆——我還在，艾咪。

艾咪——那妳有什麼想法？

薩姆——我認為這將改變一切。

顯然後來薩姆沒有解釋便退出了聊天。螢幕上艾咪哀怨的薩姆，妳還在嗎？哈囉？薩姆？**回答我！**充滿了疑惑和委屈。

卡斯泰利醫生說：「對我來說，薩姆對你的調查進展有點過於關心，艾咪也說太多了。」

麥克尼爾越過她的肩膀，俯身去拿滑鼠，把聊天記錄拉回到一天前。薩姆不斷地跟艾咪打探調查的情況。有什麼新的發展？麥克尼爾督察有沒有找到新線索？以及關於那顆頭的問題、骨髓恢復的進度、對毒理學的討論、要求進行 DNA 檢測和流感病毒的發現。

「她什麼都跟他說了，」麥克尼爾說，沮喪和憤怒的情緒油然而生。「每個細節。」讓薩姆一路上一直跟著他的調查進度。每次麥克尼爾打電話給艾咪，她就會跟薩姆討論案件，沒有一件他做過的事是薩姆不知道的。艾咪在不知不覺中成為他這邊不為人知的間諜，她很信任薩姆，麥克尼爾不得不壓下憤怒理性思考。她怎麼可能不信任他？艾咪和薩姆認識很長一段時間，他們常一起討論事情，他們站在同一邊，不是嗎？

一個個念頭宛如驚弓之鳥從他腦海裡冒出來。所以這個薩姆到底是誰？這個身處網路空間整天抓著他跑的名字，整晚盯著他，他瞥見艾咪桌面下方工具列的通訊錄圖示。

「讓一下。」他對卡斯泰利醫生說，她隨即讓出座位。他點開通訊錄，一個視窗自他面前的螢幕展開。他沒有想到湯姆．班奈特家的地址會出現在最上面，代表最近有被搜尋過。他太著急了，沒有細想為什麼艾咪會需要查湯姆的地址。他在搜尋欄輸入薩姆，程式立刻把薩姆的名字和地址從資料庫中叫出來——薩姆莎．路克醫生，道格斯島島園聖戴維斯廣場王妃大廈四十二號A室。他輕聲罵了一句。

卡斯泰利醫生看了眼螢幕。「所以薩姆是女的。」她說。

至此，麥克尼爾的腦袋變得更亂了，他拼命地想專注思考，像是獵人拿著槍試圖打下一隻鳥，但他一直瞄不準。這一切都沒有道理，這位薩姆莎．路克醫生怎麼可能牽扯其中？但她卻牽扯進來了。

幾乎就像讀到他的思緒，卡斯泰利醫生說：「我想你得問她。」

麥克尼爾拿起放在電腦旁艾咪家的電話，撥打薩姆在通訊錄上的電話。他等了很長一段時間，才掛上沒接通的電話。他搖搖頭。「看來我們永遠不會知道了。」

「或許只是她不接電話，我們可以去她家找她。」

「她住在道格斯島。」

「所以呢？」

「雖然新聞被禁止報導，但那裡其實是禁止進入的地區，跟這座城市其他地方隔離開來。

那座倫敦小島並未被流感入侵，那裡的居民希望保持這種狀態。」

「但你是警察。」

「就算我是英國女王也不會有任何改變。如果我們試圖闖進道格斯島，就會被射殺。」

「聽起來更像西部荒野，而不是倫敦東區。」卡斯泰利醫生說。她皺起眉來，然後臉突然發光。「我知道我們要怎麼進去了。」

「妳沒有要去，」麥克尼爾說：「尤其是任何靠近道格斯島的地方。」

卡斯泰利醫生聳一聳肩。「那你可以自己想辦法。」他危險的看著她，但她只是微微一笑。「相信我，」她說：「我是醫生。」

但麥克尼爾沒有笑。薩姆莎．路克也是醫生，艾咪一直很相信她，而現在她失蹤了。麥克尼爾想不到任何方法弄清楚她發生什麼事，他只好轉向卡斯泰利醫生說：「好，說吧。」

II

蘇格蘭吟遊詩人羅伯特．伯恩斯創作的敘事詩《湯姆遇鬼記》（暫譯，Tam O'Shanter）中，那位同名的主人公看見一名年輕女子穿著剪短的直筒連衣裙，隨著魔鬼的曲調在鬧鬼的墓地翩翩起舞。他不由自主地叫出聲：「真漂亮呀，姑娘。」吸引女巫及術士不必要的注意，因此讓舉世聞名的飛剪式帆船得名，促進全球海域的貿易——卡蒂薩克號（船名來自詩中的女巫綽號），在精心修復後恢復昔日的輝煌，每天有成千上萬的人前來參觀。它目前坐鎮在格林威治旱塢充滿憂傷的黑暗中，與其出生地鄧巴頓的克萊德河相差五百英里。

麥克尼爾把車停在格林威治教堂街，他和卡斯泰利醫生匆匆經過那艘帆船高聳的桅杆，穿過一大片空地通往格林威治碼頭及步行隧道上方獨特的紅磚圓形建築。北邊四百碼處，道格斯島的燈光倒映在泰晤士河停滯的水面上。他們可看見佇立在另一邊路堤的公寓樓，以及在聖戴維斯廣場裡的路燈。他們非常接近，幾乎進入接觸距離內。但對麥克尼爾而言，這樣的距離是無法縮短的。他知道那名槍手可能一直在屋頂上監視他的一舉一動，他也知道儘管在這場對峙中還沒人中槍，但風險已經夠大了，而他不想成為第一個冒險的人。

那棟圓形建築的圓頂跟溫室一樣裝有玻璃，白天光線會通過穹頂照亮電梯井和通往下方隧道的螺旋梯。今晚，上百片玻璃反射幾乎無光的天空，室內陷入一片漆黑。入口有兩個並排在一起，其中一邊被黑色的鋼門完全檔住，另一條路則有一道不鏽鋼的柵門，上面還有一排高高的尖刺。尖刺和橫梁間約有三呎的距離。

麥克尼爾仔細地觀察那道門。「假設我翻過這道門進去，不傷及重要部位，又要怎麼保證我們能從另一頭出去？」

「因為裡面的結構完全一樣。」卡斯泰利醫生說：「它們就像豆莢裡的豌豆一樣，是雙子圓形建築。維多利亞時期的人對對稱性非常要求，」她頓了會兒，「雖然嚴格來說，這棟建築應該是愛德華時代的產物，因為這個隧道是在維多利亞死後才開放，但大部分是在她統治期間構思建造的，所以我們可以肯定這是維多利亞時期的建築。」

麥克尼爾既敬畏又煩躁地看著她。「妳怎麼會知道這些？」

「噢，你知道，我剛來倫敦的時候，不得不像觀光客一樣做些功課。格林威治河底步行隧道只是行程中的一部分。」

「我猜你可能知道它有多長吧？」

「一千兩百呎，」她不假思索地說：「共九呎高，有超過二十萬片瓷磚。問我別的問題。」

「雖然我想叫妳閉嘴，但我是個有禮貌的人。」

麥克尼爾拿著手電筒，幫助醫生在尖刺底部站穩。她必須將花呢裙拉起來，露出肌肉發達的小腿，跨過尖刺跳到另一邊。「不許偷看。」她說。

她安然無事地到了另一邊，麥克尼爾把手電筒穿過欄杆遞給她。他撐起身體，輕鬆地越過上方尖刺，跳到她旁邊的地面，把手電筒拿回來。他們右側是一面白色的磚牆，通往安靜豎立在玻璃井道後方的電梯門，左側由鋼螺絲固定的階梯螺旋向下進入黑暗。手電筒的光束幾乎無法穿透濃密潮濕的空氣，濕氣彷彿煙霧般飄散在空氣中。

當他們往下走時，潮濕泥土和鐵鏽的氣味撲鼻而來，樓梯沿著電梯井外部螺旋向下。感覺像是一條很長的陡坡，越走空氣越冷，從嘴裡呼出的氣成了一片白霧。最後在樓梯底部左轉進入隧道，挖到河流下方的區段以彎曲的鋼加固。隧道一直延伸至濃不可分的黑暗中，泛黃的白色瓷磚包在他們周圍和上方，一直延伸到收束幾個禮拜前就已關閉的電源線的生鏽線槽。

當隧道在河床下方傾斜時，他們可感覺腳下的路面慢慢向下傾斜。水從屋頂滲進來，沿途在水泥地面上形成一個個水窪。兩人的腳步及呼吸的回聲在身後迴盪，彷彿過去經過這條路的前人的靈魂。隨著空氣越來越冷，幽閉的感覺幾乎讓人喘不過氣來。

「天啊，」卡斯泰利醫生低語道：「當時我們和導遊來的時候還不是這樣的。」

麥克尼爾根本沒在聽她說話。黑暗、寒冷以及上方河流向他們施壓的感覺使他變得煩躁。不知不覺一切早已失控。這次調查不再是由他主導，而被一樁樁的事件推著前進，既不能預測也無法處理的事情。他的煩躁加深了迫切感，促使他跑了起來。

「你幹嘛？」卡斯泰利醫生在他身後叫道。

「沒時間用走的了。」他朝身後喊了句。「妳跟不上的話就回去。」

「我絕不會獨自離開。」她喊道，而他聽見她那雙舒適的鞋子踩在水泥地上噠噠作響。

事實是他還拿著她的手電筒可能是另一個額外誘因。

他跑到隧道盡頭的電梯井時早已氣喘吁吁。雖然卡斯泰利醫生落後好一大截，但他仍可聽到她在黑暗中追趕的聲音，他也不忍心丟下她。她的臉終於進到手電筒的照射範圍，臉色通紅，滿身大汗，那雙黑炭般的眼睛流露出痛苦的神色。

「你想甩掉我，對不對？」她喘著氣說，俯下身，雙手撐著膝蓋。

「沒有什麼用，對嗎？」他開始走上樓梯。「走吧。」他聽見她呻吟一聲直起身子，歇了口氣，疲憊地跟上去。

當他們快到樓梯頂時，島園四周路燈的光穿過大門滲進下方的黑暗中。麥克尼爾謹慎地走過去看向公園裡頭。草坪過去二十碼處，有一家島園咖啡廳亮著燈。那棟小小的磚砌建築就佇立在圍籬旁。夏天的時候，顧客會坐在咖啡廳的露臺喝咖啡及冷飲，朝著格林威治老皇家海軍學院的方向，眺望整條泰晤士河。如今露臺上一個人也沒有，透過窗戶麥克尼爾可看到一個男人癱坐在椅子上的身影。電視螢幕的藍光在黑暗中閃爍。他看見步槍的槍管指著天花板，那把槍就插在男人坐著的椅子扶手裡。顯然那個人就是負責看守步行隧道入口的守衛。他一定覺得這份工作是個涼缺，誰會想穿過隧道上到這座島呢？又是為了什麼目的？麥克尼爾在唇前豎起手指警告醫生安靜，接著觀察好幾分鐘。那個男人一動也不動，很可能是睡著了，但除非他們翻過大門進入空地才能知道真相。不過到時候就太遲了。只是麥克尼爾沒有其他選擇，他試著衡量在守衛察覺到以前，從圓形建築到咖啡廳他能跑多少距離。他的速度不夠快，但如果那名守衛真的睡著了，他會頭腦昏沉，要花幾秒時間才會進入完全警戒的狀態，足以讓麥克尼爾跑到他那兒。只有這條出路了。他把手電筒放進口袋，很快地翻過大門。他安靜地跳到另一邊，隱沒在陰影下，焦慮地看向咖啡廳。那個人仍然沒有移動的跡象，他朝卡斯泰利醫生點點頭，她努力地爬到尖刺上方，猶豫了一下。

「我不知道自己辦不辦得到。」她輕聲說。

他嘆了口氣，仰望天空。他到底為什麼會被說服要帶她來？他進入路燈的範圍朝她伸手。「快，抓我的手。」

她抓住他的手，燒傷受到壓迫讓他縮了一下身體。她藉著他的力量在翻過大門尖刺時穩住身體，然後失去平衡往前跌，身後的裙子發出撕裂的聲音。她在麥克尼爾接住她抵擋衝擊時叫出聲來。她發出的聲音很輕，比抽氣稍微大聲一點，但似乎打破了公園的寧靜。麥克尼爾放開她，她跪在地上，他轉過身剛好看見守衛站了起來。

「靠！」沒時間思考了，他們無處可逃。麥克尼爾飛快地衝向咖啡廳，手上下擺動好似活塞。麥克尼爾在衝向男人時，看見他一臉驚嚇，睡眼惺忪，尚未完全清醒，還帶著一絲不解。他疑惑的時間足以讓麥克尼爾縮短兩人的距離。他側身撞破門，全身壓在那名搞不清楚狀況的守衛身上；兩人頓時摔倒在地上，那台便攜式電視機在玻璃碎片上旋轉，滑過整個房間，畫面一下全黑，聲音也跟著消失。

他在撲到男人身上時，聽見他呻吟了聲，肺部的空氣瞬間遭到擠壓，呼出一口虛弱的氣。

他的步槍掉到一旁的地上。麥克尼爾抓住他的衣領，把他翻過來，連續揍了他兩拳。第一拳將男人的嘴揍歪，第二拳使他失去知覺。

麥克尼爾仍蹲坐在男人俯臥的身體上，氣喘吁吁，雙手就像剛燒傷時般痛得不得了。他在聽見卡斯泰利醫生走過來時環顧四周，她站在殘破的門口看著他。

「我該死的裙子毀了。」她說。他瞪著她，她隨即補上一句：「你肯定有坐在別人身上的習慣吧，麥克尼爾先生。」

他們脫下守衛的襯衫和褲子，撕成一條一條把他綁起來，並堵住他的嘴。麥克尼爾拿起他的步槍，兩人便離開公園前往桑德斯海角路。街上空無一人，半獨立房屋及公寓樓矗立兩旁，麥克尼爾覺得在路燈的照射下會暴露開來，但到處都沒有動靜，房子沒有亮光。不知道這裡的居民是否因為知道有個男人拿槍在外面保護他們不受流感侵襲睡得更好。

他們經過馬路盡頭的白楊划船俱樂部，並轉進渡船街。

III

從聖戴維斯廣場，他們回頭就能越過河面看向來時的地方：卡蒂薩克號的桅杆及繩索、舊皇家海軍學院和對岸一整排為了進來這裡蓋新的豪華公寓的起重機，但緊急法頒布後就一直閒置；碼頭下方的泥灘，有三輛腳踏車擱在那裡已生鏽，半埋在淤泥裡。

他們在廣場的東南角找到王妃大廈，爬樓梯前往頂樓。正如不到二十四小時前品基所做的一樣，他們在走廊盡頭發現四十二號A室的門，旁邊有一扇俯瞰下方河流的窗戶。她的名字就寫在門牌上：薩姆莎．路克醫生。麥克尼爾用手指推了下門，門便晃了開來。有人把門板靠在門閂上。後方的門廳一片漆黑，麥克尼爾暗示卡斯泰利醫生待在門口。他將步槍舉在胸前，小心地進入公寓中。他射擊的準度一向不錯，二十發子彈通常能擊中十九次。但他從未在憤怒的情緒下開槍，也沒有把槍指向別人過。前方，他看見路燈將窗框的影子映在客廳的地毯上。他經過敞開的臥房門，朝裡面窺看，床上沒有人在睡覺；左側是一間浴室，接著是廚房。公寓裡很溫暖，卻沒有人在的感覺。他已經不期待在走廊盡頭的客廳看到任何人，但他仍謹慎前進。

當他走進房間時，發現有東西在他腳下移動，一聲尖叫劃破空氣。

「天啊！」他說著往後跳，看見一個小小的黑影從地毯上掠過。他摸索著電燈開關，當清冷的黃光蔓延整個房間時，他很快地轉身將步槍擺動九十度。

薩姆莎．路克醫生臉向下倒在血泊中，依然在被品基射殺的位置。她的電腦仍是開機狀態，螢幕保護程式不斷跳出太陽系行星的照片。一隻嘴邊和四隻腳都有一圈白毛的黑貓在房間另一頭盯著麥克尼爾。他剛才踩到了牠的尾巴或爪子，現在正警戒地盯著他。

卡斯泰利醫生進到屋裡時，他猛地轉過身。「噢，老天。」她在看到地上的屍體時說，很快地跪到她旁邊感覺脈搏，抬起頭搖了搖。

「身體已經冷了。」她感覺她手臂的肌肉。「已經出現屍僵現象，所以她死了至少有十二小時。」她把視線移回屍體身上。

麥克尼爾猜這兩位醫生的年齡差距不會很大，他們的身形也很相像，兩人都留著一頭剪短的白髮。或許他們經歷的這一切讓卡斯泰利醫生更認知到自己的死亡。她似乎在發抖，這是第一次她沒有耍嘴皮子。「我想她就是薩姆。」她說。

「我想是的。」

「那整天在跟艾咪聊天的又是誰？」

但麥克尼爾只是搖搖頭，可能是任何人。從螢幕上打的字怎麼可能看得出來？他跨過屍體移動滑鼠清除螢幕保護程式，畫面上頓時出現他在艾咪電腦上看到的同一個聊天視窗。卡斯泰利醫生起身看向螢幕。

「這肯定是那種三方聊天，」她說：「電話會議。只是艾咪一直不知道還有第三個人。」她從麥克尼爾手中接過滑鼠，點擊查看與會者，「不過上面只顯示薩姆和艾咪兩個人，所以另一個人一定是從別的電腦以薩姆的身分登入。艾咪根本不知道跟她聊天的人不是她的老師。」

游標在艾咪最後的訊息後面閃爍。**薩姆，妳還在嗎？哈囉？薩姆？回答我！**

這是條死路。「所以不可能知道她跟誰聊天嘍。」麥克尼爾說。

「除非他還在線上。」

他看著她。「什麼意思？」

「這個嘛，視窗還在呀，或許我們的藏鏡人『薩姆』還在線上。」

「要怎麼知道？」

「問他呀。」卡斯泰利醫生挑眉看向麥克尼爾，他便知道她的意思。他拉開椅子，坐到鍵盤前，隨即意識到他包得像香蕉的手指根本無法好好打字。

「來，妳來打字。」他說，站起來讓出位子。

「我要說什麼？」

麥克尼爾思索了一會兒。艾咪先前在跟誰交談？邏輯告訴他唯一可能的人就是史密斯。而他們現在知道史密斯就是羅傑．布盧默。「你好，布盧默醫生。」他說。

卡斯泰利醫生看著他點點頭，明白他這麼做的用意。她的手指敲著鍵盤發出清脆的聲音。

——你好，布盧默醫生。

游標靜靜地閃爍好長一段時間。「他不在。」麥克尼爾說，然後一個「嗚—呼——」聲提醒他們有訊息。

——我想是麥克尼爾先生吧。

麥克尼爾小心翼翼地脫下手套，把醫生推到一旁。他必須親自跟他接觸，不管手有多痛。他小心地打著字。

——是我。

——你怎麼這麼久？

——你很難找。

——現在你找到我了？

——艾咪呢？

——啊，直入重點呢。

——結束了，布盧默。

——這可不一定。

——我們在羅思路那找到了血跡，也在喬伊其中一張護照相片的眼鏡倒影發現你的身影。我們知道那棟房子登記在史坦弗朗斯公司名下，一名鄰居還指認了你。

——我有其他的東西，麥克尼爾先生。骨頭、頭顱、骨髓以及所有樣本和檢驗報告。沒有這些，你等於一無所有。

麥克尼爾坐在那兒瞪著螢幕。如果這些是真的，那布盧默說對了。他們什麼也做不了。沒有屍體，代表沒有人遭到謀殺，沒有辦法證明任何事，而且他們握有的所有證據都是違法取得的。

「該死的混蛋！」卡斯泰利醫生在電腦旁喃道。

——怎麼了，麥克尼爾？說不出話來了？

麥克尼爾看向房間另一頭那隻仍盯著他們的貓。如果他們面對面談判，他或許能想出一些話回敬布盧默，但鍵盤使他挫敗。

——噢，還有一件事，我也抓了湯姆和艾咪，所以或許我們可以交易。

——交易什麼？

——用你手上有的任何證據，交換你的女朋友。

「別相信他的話，」卡斯泰利醫生說：「他是個大騙子。」

麥克尼爾想了一會兒才打字。

——時間地點？

——倫敦眼。但你最好動作快，麥克尼爾先生。現在五點多了，你最好在宵禁解除前完成交易，不然到時你就只是個普通公民。

第二十五章

I

倫敦眼位於泰晤士河南岸，是提供成年人乘坐的摩天輪，宛如一個巨大腳踏車輪，共一百三十五公尺高，由一萬七千噸的鋼和電纜製成，而且是在為了慶祝千禧年的樂觀歲月建成的。三十多個玻璃座艙在輪體外圍轉動，從倫敦制高點盡收眼底的寬闊視野實在無與倫比。在緊急法頒發前，每天都有一萬五千人湧入乘坐摩天輪，但自從流感爆發後，倫敦眼一直安靜佇立，不斷提醒倫敦居民事情起了變化，或許無可挽回。

品基坐在專門控制的小木屋內，周圍都是碎玻璃，研究控制面板上綠色及紅色的帶燈按鈕。操控十分簡單，毫無神秘感可言。這是人在童年時會有的夢想，能從指尖發出那種力量：按這個按鈕啟動機器，按另一個按鈕則停止；這個可以開門，這個把門再次鎖上，每個座艙都是單獨控制的。

他往倫敦眼搭乘及離開的平臺看去，看見湯姆和艾咪被鎖在一個玻璃座艙中。他叫湯姆把她抱到中間的橢圓板條凳上。現在那裡成了一座沒有欄杆的監獄，只有玻璃，有哪個監獄比整天都能看見外面世界還糟的嗎？一個自由隨處可見，卻只有自己無法擁有的地方？

品基知道他無法在牢裡倖存下來，當然他們從未起訴他。為了保護自己的母親，他殺了一個人，當時的政府認為他年紀小，不用為自己的行為承擔任何法律責任。但當他後來愛上殺人後，並以此賺錢，他知道如果他再被抓到，就會賠上自己的生活。他沒辦法日復一日被關在一個密閉空間中，鎖上門，就像過去被關在樓梯下方的櫥櫃一樣，喘不過氣的感覺會壓垮他。

他現在感覺不太好。液體流到地上聚積在他身旁，感覺想吐且虛弱。他的肌肉緋緊，他知道電腦螢幕的光映在他臉上，只要他轉向右邊，就會在對著輪候區的窗戶上看見自己的倒影。但他不想看見他現在的樣子，他想記得自己上次照鏡子的模樣。他知道他長得不算帥，他從未對自己懷有這種幻想，但他面如刀削，五官深邃。他無法直視他現在的臉。

他胸口冒出的咕嚕聲越來越嚴重，呼吸變得越來越困難。史密斯先生呢？根據之前用那名死掉的軍人的手機傳訊安排，他應該早就要到這裡了。品基望向窗外，國會大廈照著泛光燈的尖塔及塔樓聳立在河對岸的夜空，倒映在緩慢前推的漆黑河面上。從左側傳來的聲音使他轉過去，史密斯先生終於來了，目瞪口呆地站在門口看著他，眼神透露出驚恐，然後品基再次想起來他在別人眼中是什麼樣子。

「你——你到底是誰？」史密斯先生不確定地說。

品基努力地用嘴巴剩下的肌肉說出他名字的發音。「嘶噗……乒基。」他說。

史密斯先生難以置信地瞪著他。「品基？」品基點點頭。「他媽的，」史密斯先生低語道：「發生什麼事了？」

「吃……車禍。」

「老天！」

品基可以從他的眼神中看出史密斯先生知道他快死了，但他在這裡啊，不是嗎？他會完成工作。他從來不做他無法完成的事。他伸手把那個黑色垃圾袋晃過控制室到他的雇主面前，史密斯先生看了看裡面。品基看見他因為那股味道縮了一下，骨頭的氣味仍然難聞。

「全都在這裡了？」史密斯先生問。

品基點點頭。

「很好，你能走路嗎？」

品基再次點頭。

「我要你跟那女孩一起坐摩天輪到上面，麥克尼爾正在來這裡的路上。只要她在上面不跟他接觸，我就有本錢跟他討價還價。明白嗎？」

艾咪安靜地坐在板條凳上，對著泰晤士河發呆。實在很難相信那個男人燒成這樣還能活著，她知道他再活也沒多少時間了。他流失太多水分，竟然還能站立。她在想是什麼原因讓他對自己在做的事這麼執著，他當然知道他自己就要死了吧？

她和湯姆陷入一陣緊張的沉默中。他明知這是個陷阱，卻打了那聽電話給她。相信我，他說了，她的確相信他，結果卻只得到欺騙和背叛。

「我別無選擇，」他對她說：「不是妳就是哈利。」

「所以你選擇我。」

然後他移開視線，就像他感到內疚時那樣。他們之間也沒什麼好說的了。

氣動活塞發出了氣聲，搭乘平臺那端的門開啟後，座艙末端也跟著分開。湯姆站了起來。

「來了兩個人。」他說。

艾咪能看見兩個男人的身影靠近座艙。那個燒傷的男人幾乎沒辦法走，但他仍帶著那把SA80步槍。他踏進座艙中，後面跟著一個看起來很熟悉的男人，個頭不高，理著平頭，還有非比尋常的黑色眉毛；他戴著一副銀色圓框眼鏡，看起來面無血色，明顯很緊張。

「怎麼了？」湯姆問，艾咪聽得出來他的聲音蘊含的恐懼。

戴眼鏡的男人無視他，他看向艾咪，然後轉向燒傷的男人。「另一個人呢？」

「對，」湯姆說：「哈利呢？你答應我不會傷害他的。」

如果品基能笑，他絕對會這麼做。「死了。」他說，根本不需要嘴唇做出嘴型，他很清楚地講了出來。

短暫的沉默後，湯姆發出了一聲可怕悲痛地嚎叫。他朝品基衝過去，那把半自動步槍便發出震耳欲聾的聲音，朝他胸口射了六發子彈，幾乎讓他飛離地面。玻璃上濺滿血跡，湯姆的身體痙攣地摔到地上。艾咪放聲尖叫，不敢相信她的眼睛。也許他背叛了她，但她仍舊不討厭他，十二年的情誼不會被區區一通電話毀了。但突然間他死了，事情已無法回頭，不會有人道歉，也無法修復關係。燒傷的男人轉眼間就殺了他，他永遠離開了。生活或許很辛苦，但死亡卻出奇的簡單。

戴眼鏡的男人用手摀著頭，手指壓在太陽穴上。

「天啊，品基！你差點讓我聾了！」他接著焦躁地瞄了眼泰晤士河的方向，心想或許槍聲會傳到河岸北方的檢查哨，但大部分的聲響都被密封在座艙中。

「你想做什麼？」艾咪對他大叫。

男人轉向她。「我要妳閉嘴。」他簡潔地說：「品基會帶妳上去，我要把妳當作跟麥克尼爾談判的籌碼。而且我要讓妳接觸不到他，只要有任何麻煩，品基就會把妳推出去。」

艾咪閉上眼睛。這場噩夢變得更糟了，可能的話，她會跟這個燒傷的精神病一起被關在這個座艙升到倫敦一百三十五公尺的高空，假如地面的談判出了問題，她就會被推出去。而她什麼也不能做，唯一僅存的希望就是麥克尼爾知道她在這裡，他已經在過來的路上。

她對男人說：「你要用我交易什麼？」

「任何可能暗示我殺了小喬伊的其餘證據。」

這是艾咪第一次聽見她的名字。她太習慣把她叫做琳恩，所以她在聽見她真正的名字時愣住了。「喬伊，」她說：「是你殺了她？」男人沒回答，而後艾咪說：「麥克尼爾不會同意的。」

「那我就把他殺了。」

「你沒有勇氣殺一個執勤警官。」

「我能殺掉一個十歲小孩，把她的肉全割下來，我就能殺警察。」

艾咪搖搖頭，努力壓抑聲音的顫抖，在陷入恐慌時裝作淡定自若。「有一點不一樣。」

「什麼不一樣？」

「十歲小孩無法還擊。」她希望能表達出她的不屑。

他轉過身，跨過湯姆的屍身，往外走到平臺上。他頓了一會兒，回頭看向品基。「右邊的綠色按鈕？」

品基點點頭，男人便走向控制室。片刻後，座艙震動了一下，他們便開始慢慢移動。艾咪抓著椅子邊緣，從座艙的屋頂望向外面。她能看見巨大的輪輻開始轉動，在座艙逐漸往前時，她感覺到一陣詭異的失重感，邊走邊上升，逐漸爬升到摩天輪頂部。

第二十六章

有聲音穿過夜幕傳來，他們可以聽見跑步聲，手電筒的光束在黑暗中交錯。已經沒有回頭路了。

幾輛車停在公園外的桑德斯海角路上，引擎運轉著，打著大燈照亮夜色。看守隧道的守衛不知道怎麼掙脫了，或者別人去換班時發現他被綁住並替他鬆綁。警報響了起來，有人上了島，可能會挾帶流感病毒上來。麥克尼爾知道如果他們現在被看到的話就會立刻擊斃，恐慌很快便讓理智消散。

他抓住卡斯泰利醫生的手腕，沿著渡船街往回跑。她那雙舒適的鞋子在夜色中噠噠作響，興奮的聲音自他們身後響起，某輛車加大了油門，兩人聽見輪胎抓地的聲音。

「把鞋子脫掉！」麥克尼爾對她說。她邊跑邊跳，輪番摘掉鞋子扔到馬路對面。他把她拉離路上，進到兩旁都是蓋著淺坡屋頂的磚砌平房的巷子。他看見一個路標：李文斯頓廣場。四處的房屋都亮著燈，有人在大叫：「入侵者！入侵者！」

麥克尼爾開始感到驚慌。他們跑過修剪整齊的籬笆後方的小花園，更多光束掃過修剪整齊的草坪。

有人大吼：「他們在那！」然後是一聲槍響。麥克尼爾聽見子彈射到附近磚牆上彈開的聲音。

另一人喊道：「別開槍，該死！會射到自己人。」這時有更多腳步在他們身後奔跑。

他們跑到巷子盡頭，轉進一條河畔的人行道上。人行道大約有一百碼長，兩邊都被堵住。

他們被困住了。

「原諒我爆粗口，」卡斯泰利醫生說：「但真他媽的！」

麥克尼爾從牆上往河邊窺看。潮水沖刷著兩碼長的泥灘和岩石，使河的沿岸熠熠生輝。

卡斯泰利醫生看著他。「不。」她說。

「沒辦法，」麥克尼爾對她說：「如果他們追上來，就會朝我們開槍。」

她先跳下去，整隻腳一直到腳踝的部分都陷進泥濘中。他跳到她旁邊，膝蓋跪了下去，泥巴在他掙扎起身時吸住他的腳；他抓住她的手臂，把她拉起來推到牆面。

聲音和手電筒沿著他們靠著的牆頂流出來，清冷的白光從兩人面前的泥淖掃過，隨後消失。「他們不在這裡！」有人叫道，腳步聲很快逐漸遠離，沿著小巷往大街跑去。「往花園搜！」

「現在！」麥克尼爾低語道，仍然抓著卡斯泰利醫生的手腕，沿著牆面把她拉在他身後。

他們在會附著在腳上的泥濘中很難行走，當後來走到露出地面的岩層上時就好多了。牆面往右彎進去，公寓樓就懸在擋土牆上方。現在有十幾道光束，從窗戶射出來穿過水面，彷彿住在道格斯島南端的所有居民都醒了，而且在找他們。他們攀上礁岩和石頭，漂流物被潮汐打上岸，不被這個世界重視的社會垃圾，直到看見前方的舊費爾斯達碼頭漆黑的輪廓延伸至海中。

他們跑到位於河岸的陰影地帶，發現腳步聲正往這裡來。到了碼頭，他們再次感覺暴露了行蹤。他們可聽見附近公寓樓有說話的聲音，四周的窗戶都亮著光；碼頭的另一端，有更多的腳步聲正前往棧橋，那裡綁著一艘老舊、可容納兩個人的小快艇，順著海浪浮浮沉沉。麥克尼爾知道這是他們唯一逃離這座島嶼的機會。

卡斯泰利醫生跟著麥克尼爾跑下台階，麥克尼爾跳到船上，造成船危險的晃動。他扯下儀表板，看著裸露在外像是義大利麵、讓人一頭霧水的彩色電線。他應該要知道在這種情況該怎麼辦，但他一直以來都站在法律的那邊。不過這些線路肯定有邏輯順序，他試著將導線連回點火裝置。

卡斯泰利醫生把他推開。「走開，」她說：「讓我來，我小時候常在星期六晚上偷車。」她很快就理解其電路邏輯，把綠色和紅色導線剝開，露出下方磨損的銀色末端。她把線碰在一起，馬達發出聲音後熄了。「靠。」她說。試個幾次就會將整座島的人吸引到碼頭來了。

麥克尼爾把手伸過去拉開電桿。「再試一次。」他說。

這次引擎成功啟動了，她將電線末端巧妙地捻在一起，讓兩條線永久接觸，然後讓他站到方向盤後。馬達運轉不太順暢，麥克尼爾把電桿推回去，然後用力扭了下，柴油的菸和氣味飄散在空氣中。

「解開繩索！」他喊道，醫生俯身將繫繩的繩環鬆開木絞盤的頂端。麥克尼爾打了檔，抓住方向盤，而後拉回油門。正當船尾的水開始泛白時，船頭急遽升起，他們便從碼頭陰影處滑出去，進入河流的主要河道。

從他們身後傳來生氣的吼叫聲，接著是好幾發槍響。麥克尼爾本能地向下躲，看到泰晤士河面在子彈瞄準的方向掀起羽狀的白色水花。不知道他們何必浪費子彈，要是他和卡斯泰利醫生把流感帶了上去，現在也已經太遲了。

他讓船朝遠處的河岸行駛，離開島上步槍的射擊範圍，然後回頭去看著卡斯泰利醫生。

「坐船的話會快一點，倫敦眼那有個碼頭。」她點點頭。當他們抵達南岸時，他往北進入河灣，與位於河對岸在恐懼中醒來的道格斯島保持距離。

第二十七章

I

這座城市的燈光在他們下方蔓延開來，雜亂無章的行政區沿著泰晤士河東段蜿蜒的河道擠成一團：國會大廈、飽受爭議的保得利大廈、像是水泥冰山的國防大樓，因其有三分之二藏在地底下；右側籠罩在聖湯瑪士醫院的燈光下，再過去就是大主教公園的工地現場，二十四小時前喬伊的骨頭就在那裡被人發現，造就一連串無法預測的事件發生。夜間短暫的休息後開始施工，工人們就像一身橘的小小螞蟻在電弧燈下四處移動。距離太遠，根本幫不上忙。即使他們抬頭仰望摩天輪，摩天輪也沒有亮燈，而且移動太慢無法引起注意。

艾咪看著他們前面那個座艙通過頂點後，開始慢慢向下沉。他們的座艙目前驕傲地位於巨大摩天輪的頂點，天快亮的冷風吹過敞開的門邊。風從輪輻間的空隙呼嘯而過，造成電纜發出哀鳴，幾乎就像是活了過來傳遞自身的恐懼。

一陣輕微的晃動後，摩天輪停了下來，連接輪軸的座艙輕輕地搖晃。他們已經抵達頂點，艾咪沒辦法直接往下看，這會讓她頭暈目眩，反胃想吐。她瞄了眼在另一頭的品基，他坐在地上背靠著玻璃，似乎顯得昏昏欲睡。若某個身強體壯的人能壓制他，就是現在，但艾咪毫無反抗能力。當座艙停下來時，品基似乎恢復了力氣。他艱難地站起身，在地上留下一灘血清，拖著腳步走到門邊。他探身出去俯瞰下方，她聽見他損傷的呼吸道吸進冷空氣時，發出刺耳的聲音。他轉過身把槍倚在牆邊，費力地把湯姆的屍身拖向門口。

半晌，艾咪才弄清楚他打算做什麼。「不要！」她喊道：「拜託不要，他已經死了，他不該有這種下場。」

品基抬起頭，直視她的眼睛一會兒。他的眼神似乎異常地悲傷，蒙上一層悲傷的水霧，然後繼續他的工作，把屍體往唯一的門口拖去。他站起身，努力地呼吸，用腳把屍體翻出門外。湯姆靜靜地自夜空中墜落，撞到摩天輪的上層結構，隨即消失在黑暗中。

品基拿回他的槍，挺直身體靠在門左側的牆面。艾咪滿腔憎恨地看著他。「但願你下地獄。」

品基試著開口，但什麼也沒說出來，只剩下從喉嚨發出的泡泡聲。他虛弱得更快了。

II

他們已經接近塔橋、聖凱瑟琳碼頭以及右側那棟駭人的水泥龐然大物——提斯特爾塔樓酒店；左側是巴特勒碼頭改建的倉庫，不遠處便是艾咪的公寓，既漆黑又安靜。風勢很強，從河口往上游吹，潮汐的水流幫助他們前進。船的尾流在他們後頭泛出綠色的水花，彷彿閃著亮光的急流反映在水面上。

麥克尼爾專注地看著前方河面，倫敦塔叛徒之門的舊入口已被磚牆堵住。他們駛過貝爾法斯特號的停泊處時，上面沒有任何人跡。周圍河岸擠滿一千多年的歷史：金鹿號、環球劇場、聖保羅座堂和好幾座橫跨河面的橋，見證從國王斬首到倫敦大火，最後是閃電戰的一切。人類所有的努力，不論靈感與惡意、好與壞都導致了這個悲傷的結局。人們瑟縮家中，害怕出門，一種致命的生物體使人們活在恐懼及憎惡當中。

他轉向卡斯泰利醫生，或許現在是時候面對現實了。「妳覺得發生什麼事了？」他說：「在喬伊和布盧默之間。」

她搖了搖頭。「誰知道？史坦弗朗斯公司打算開發疫苗，試圖領先技術，但很多人都在做同樣的事。畢竟能生產出有效的疫苗就能賺好幾十億。要知道，在傳染病爆發的情況下，僅歐盟就撥出十億歐元用於購買疫苗和抗病毒藥。」她凝視河面，「但他們只能人為創造一種可人傳人的病毒來達到技術領先的目的。他們打開了潘朵拉的盒子。喬伊肯定遭到感染，誰知道為什麼，她跟著學校在十月放假時，去到斯普林特水上樂園，接著把病毒傳給上百個不知情的人。」

卡斯泰利醫生深深吸了一口氣。「孩子是傳染病的最佳溫床，也很容易散播病毒。大多數成年人在症狀發作前就具有傳染性，可一直持續到四、五天；孩子則在症狀開始前六天一直到二十一天後都可能傳染病毒。他們就像定時炸彈一樣，對自己感染病毒一無所知，卻會傳給每個接觸過的人，只要講話、咳嗽、打噴嚏，以及碰到他們摸過的東西就會感染。潛伏期通常是一到三天，正常人平均會感染一點四個人。孩子的傳染率更高，而在封閉的社區裡，病毒傳播的速度就像野火一樣快。」

「所以把一個染病的孩子，送去可容納數萬名兒童的學校營地大概是最糟糕的情況囉？」麥克尼爾說。

「假如你是恐怖分子，要打生物戰的話，幾乎沒有比這更好的計畫了。」

「但史坦弗朗斯公司並非恐怖分子。」

「是呀，他們只是想賺錢，但這次他們殺害的人超乎想像，數百萬人之所以會死，是因為他們不知道為什麼搞砸了。喬伊就是活生生的證據，殺了她，就等於毀了證據。」

麥克尼爾強迫自己仔細聽卡斯泰利醫生說的話，試著跟上她的邏輯。「我不懂，她當然跟其他人一樣染上同一種病毒，所以也證明不了什麼。」

「不，她染上的病毒不一樣，麥克尼爾先生。你跟我說過鑑識科學服務中心檢驗出喬伊感染的 H5N1 病毒經過基因改造。」

「沒錯。」

「那就跟其他人染上的不一樣。」

「怎麼可能?」

「因為病毒出現了變異。」卡斯泰利醫生聳聳肩,彷彿這是這世界上再自然不過的事了。「禽流感病毒常常這麼做——抗原移型、重組基因,然後遺傳重組。這也是為什麼史坦弗朗斯公司生產的疫苗沒有用。當然他們知道病毒一定會變異,但沒想到會變那麼多。我們也不知道讓那麼多人致死的病毒是從某個人造病毒進化而來。」她朝他搖了搖手指,「但有一件事,我們知道喬伊處於此次傳染病爆發的中心,如果能設法將她體內的病毒跟史坦弗朗斯公司用於研發疫苗的病毒株匹配,馬上就會知道來源。這就像指紋一樣,你明白嗎?所以他們才不得不除掉她。」

現在船開到了國王河段,前方就是滑鐵盧橋,左側則是南岸中心。他們已經可看到倫敦眼凌駕於泰晤士河南岸的建築上方,一片漆黑,萬籟俱寂,在夜空中反射城市的點點燈光。麥克尼爾是絕對不可能知道艾咪被關在最上面的座艙裡,被他兩小時前在蘭貝斯橋上,從那輛燒毀的車中拉出來男人脅持。他只知道一旦他們經過皇家節日音樂廳,駛過亨格福德橋下方,任何人從倫敦眼俯瞰河岸都會發現他們的蹤跡。但布盧默不會料想他們會開船來,他會在摩天輪遙遠的另一端監視路面,如果他們關掉引擎,悄悄地接近碼頭,或許可以讓布盧默和他的同夥出奇不意。

當船駛過懸通往查令閣的鐵路橋兩側的天橋下方時，他把卡斯泰利醫生接起的電線扯開，馬達隨即停止運轉。他們悄聲無息地進入通往國防部對面碼頭的水域中。

倫敦眼的搭乘平臺兩側有兩條棧橋，一艘大型遊輪就綁在旁邊，在河面上載浮載沉。麥克尼爾看著那個高聳入雲的巨大結構，只有這麼近距離觀看，才被它龐大的規模影響。他看見遠處負責上下摩天輪的控制室有燈光，但沒看見人。

他將船悄悄開進碼頭，跳下船把掛繩綁在圍住碼頭的白色欄杆上。那艘小船碰撞著碼頭的邊緣，他跪坐在船旁，卡斯泰利醫生本以為他要伸手扶她，但他卻低語道：「我要妳待在這裡。」她正準備反駁，他卻打斷了她。「這些人是殺人犯，」他說：「我沒開玩笑。」

她似乎放棄念頭，縮回船上，拿起他們從道格斯島守衛那兒搶來的步槍。「那你會需要這個。」

但他只是搖搖頭。「妳拿著吧，如果有人靠近妳就開槍。」

「如果是你呢？」

他看了她一眼。「我例外。」

「好。」

他翻過欄杆，小跑上一個有屋簷的斜坡前往碼頭南端的人行道。他在那裡停下腳步往摩天輪的底部看去。四個巨大紅色馬達像齒輪一樣讓摩天輪轉動的橡皮輪靜止不動。除了控制室發出的光外，沒有任何人活動的跡象。麥克尼爾從斜坡的陰影下走出來，小跑了三十多碼的距離到路堤時，覺得在人行道的有機玻璃下方容易受到攻擊。當他穿過人行道時，往上瞄了眼攀向漆黑高空的螺旋梯，那是為了維修懸在上方的巨大馬達的通道。前方一道管狀柵門檔住了他的去路，門在他爬上去並跳到另一邊時嘎吱作響。蜿蜒曲折的坡道通往搭乘平台，過去每天都有成千上萬的人排隊準備體驗乘坐摩天輪的刺激，現在似乎因為出奇的空曠讓人感到有些陰森。他聽見風吹過摩天輪繃緊的輪幅發出呼嘯的聲音，開闊的空地上裸露的樹枝沙沙作響。跟一個男人腿一樣粗的巨大電纜從上方將摩天輪牢牢的固定在水泥地上。那裡有幾個圓形攤位，全都關閉了；一家露天咖啡廳也停止營業很長一段時間。此外，遊戲場因為長久沒有孩子的嬉鬧聲而失去活力。

布盧默就站在紀念國際縱隊的雕像旁，那群人自願幫助西班牙人民反抗法西斯。他們高舉拳頭，臉朝向天空，其中有四分之一的人壯烈犧牲。他轉過身，被麥克尼爾的聲音嚇得措手不及。「在我扭斷你的脖子前，你有三十秒的時間告訴我你對她做了什麼。」

布盧默從緊張的情緒中回復過來，露出笑容，幾乎鬆了口氣。「你真是蠢啊，麥克尼爾先生，因為如果我發生了什麼事，她斷掉的就不只是脖子了。」

「她在哪？」麥克尼爾感到不安。他很確定布盧默只有一個人，才接近他。但布盧默為什麼會單獨一人、毫無防護地暴露自己，除非他確信自己握有麥克尼爾的把柄？

布盧默把頭向後偏，望向空中。「她在上面。」他說，有一會兒麥克尼爾不明白他的意思，直到他轉身順著布盧默的視線才意識到他說的是摩天輪。布盧默對麥克尼爾一頭霧水的表情笑了笑。「就在最上面，」他說：「最佳的位置，絕對免費，但下來的路很長，如果你不好好表現的話。」

麥克尼爾瞪著他，他身體的每一部分都在叫囂著要攻擊眼前的男人，他費了很大的努力才控制住自己。「你想怎樣？」

「我想知道你知道什麼，還有誰知道。」

麥克尼爾的目光落在刻在雕像黑色大理石底座上的銘文：他們奮不顧身是因為別無他法。他說：「我知道出了某個意外，喬伊感染了你們在研究的病毒，全世界傳染病爆發都是因為你們的粗心大意。」

布盧默翻了個白眼，搖搖頭說：「你是這麼想的嗎？」他說：「真的？真善良啊。」

「你什麼意思？」

「我的意思是，這不是意外，麥克尼爾先生，我們是故意讓可憐的小喬伊感染病毒，把她送到斯普林特水上樂園，知道——不，是希望——她會導致傳染病爆發。」

不管麥克尼爾期待他說出怎樣的答案，都不是現在聽到的這個。布盧默簡單的坦白令人嘆為觀止。某種程度上，麥克尼爾根本無話可說，只能問：「為什麼？」

布盧默嘆了口氣。「說來話長，而且很令人難過，麥克尼爾先生。史坦弗朗斯公司瀕離破產，這次失敗是災難性的。明明一切是如此順利，可以說我們已經花了一大筆可觀的金額，世界衛生組織的某些官員已宣布流感剋星作為對抗所有人都預料到的禽流感大流行。」他若有所思地笑了笑，「這件事讓我們的競爭者羅氏很不滿意。我們基本上讓奧斯他韋停止販售了。」他環抱雙臂，靠在雕像上。「所有的西方國家都向我們下訂單，讓我賺進數十億元。當然我們不得不精打細算，所以我們必須增加產量以滿足需求。我開始在法國建蓋新的生產設施。我們把所有蛋都放在同一個籃子裡，或者在這種情況下該說是巢吧。但這似乎是既成事實。每個人都想要流感剋星，然後……越南人、柬埔寨人和中國人開始撲殺數以百萬計的禽類。數百萬隻！經濟損失是無法想像的，但他們還是做了，然後就在三個月內，疫情慢慢減輕。禽流感消失了，可怕的報導逐漸從眾人眼前消失。就連世界衛生組織都開始在其他議題上分心，全球各國的政府開始決定將指定買流感剋星的資金用於其他優先事項。訂單取消了，最終沒有成事，史坦弗朗斯完了，麥克尼爾先生。噢，我們還是有大量資金，問題是全放在錯誤的籃子裡，大部分都花在沒人願意購買的產品上。」

麥克尼爾這下才了解，彷彿秋天早晨的薄霧散開。「所以在你的藥物沒了市場的情況下，你決定自己創造一個。」

布盧默緩緩地點頭。「總結得不錯。我們知道這樣是在玩火，但我們真的以為自己可以控制。生產一種容易在人類間傳染的 H5N1 病毒，再生產能預防的疫苗。當然不是在流感剋星的訂單實現之前。我們理所當然知道病毒會變異，但我們幾乎可以肯定即便如此仍會在疫苗可控的範圍內。恐怕就是這裡出了問題。」

布盧默看向麥克尼爾，這位體格壯碩的蘇格蘭警官看見他眼中流露出悔恨。但麥克尼爾知道他後悔的不是造成多少人喪生，他只為「一切都亂了」感到遺憾，因為最初的動機是很簡單的商業問題。「有數百萬人會死，」麥克尼爾說：「而且已經有數百萬人死了。」

布盧默惱怒地呼出口氣。「那有什麼差別？死了一個人、一百萬、一千萬，不過是人數的差別罷了。」

「你說得沒錯，」麥克尼爾說：「但因為每個人的生命都很重要，當事情發生在自己或者親近的人身上就有關係了。」

「沒錯。」

「像是失去兒子。」

布盧默看向他，第一次自信心明顯動搖。「對此我很抱歉。」他說。

「你說謊，你殺了他，就好像是你拿著槍朝他的頭開槍，就跟你殺了那個中國小女孩、把她的肉割掉一樣。她是你的女兒！」

布盧默輕蔑地嘆了口氣。「她不是我女兒，甚至不是我領養的。她的領養文件上寫著領養她的人是華特．史密斯夫婦，不管他們可能是誰。事實上我們是在國際市場買下她的，現在人類的價錢出奇的便宜。應該是說，臉部畸形的孩童，只需要幾便士而已。」

麥克尼爾在腦中描繪艾咪用那顆頭骨捏出來的臉，心想她到底經歷過怎樣的苦難。遭親生父母拋棄，被人買下又賣出，跨境走私。只有老天知道她在那些殘酷剝削她的男男女女身邊遭受什麼樣對待。然後突然間，她發現自己住進一個倫敦的富裕家庭中，上當地學校，被送到斯普林特水上樂園度假，她肯定覺得自己已經死了上天堂。但這一切都只是為了讓她被致命的流感病毒感染，當她沒有因此喪命後，就被她可能信任的人所殺害。

「本來她應該要感染流感死亡，」布盧默說：「跟其他人一樣被火化。我們怎麼會知道她竟然活了下來？我們不能讓她在我們身邊，作為我們的所做的一切活生生的證據。尤其是在那個來自健康保護局的女人在附近出沒。」

「你不是人。」麥克尼爾說。他朝他走近一步，布盧默從大衣口袋掏出一把小型手槍，搖晃地指著面前的警官。

「不要再靠近了，」他說：「已經沒什麼好談判的，麥克尼爾先生，對不對？」

麥克尼爾感覺自己的嘴唇氣得發抖。「對，沒有。」

「那我只好殺了你。」

「是啊，我想也是。」當他眼角餘光捕捉到動靜看向右側時，卡斯泰利醫生嬌小的身軀果斷地從雕像後方走出來，用槍托重擊布盧默的頭部，讓他太陽穴上方出現瘀傷，倒在地上。他的槍滑過鵝卵石路面，發出刺耳的聲音。

「你這該死的混蛋！」她說：「為了錢就殺了這麼多人！真不敢相信你的做出這種事。你……你把那孩子送到大庭廣眾之下，用你製造出來的垃圾感染我們，就像是可憐的死亡天使。你……你……」她找不到話表達她的憤怒，反而把步槍抵在肩上，笨重地指向布盧默。他用手肘撐起自己，舉起一隻手，彷彿這樣可以擋住子彈。「不，不要。」他吼道。

但麥克尼爾站上前把槍管推向空中，把槍從她手上拿走。「你不想殺他嗎？」卡斯泰利醫生勃然大怒，很難想像如此瘦小的身軀能湧現這麼大的憤怒。「他殺了你兒子。」

麥克尼爾只是搖了搖頭。「我不想報仇，」他說：「我要的是正義，我要他面對自己的行為帶來的後果。我要他受到陪審團審判，我要他終其一生都在監獄中度過，無時無刻不在思念他失去的自由。」

卡斯泰利醫生深深地吸了口氣，扳著一張臉。「反正我也也開不了槍。」

麥克尼爾說：「拉開保險栓或許能幫妳解決問題。」

一聲槍響傳來，麥克尼爾聽見卡斯泰利醫生倒抽了口氣。他轉過身看見布盧默仍趴在地上，但他用手去搆槍並開槍。現在他轉向麥克尼爾再次扣下板機。什麼事也沒發生，他又試了一次，仍然什麼也沒有。他把槍扔掉，蹣跚地爬起身，開始跑向摩天輪。

卡斯泰利醫生後退到雕像旁，重重地坐在地上。她的右手緊抓著左胸腔，鮮血從她的指縫流出來。「我中彈了。」她說，對一切發生如此迅速感到震驚。

麥克尼爾跪在她身旁。「我要怎麼做？」

「去追他。」

「我不能丟下妳不管。」

「他沒射中我的心臟，不然我早就死了。」她說：「而且我還有呼吸，所以我猜他也沒射中肺部。快去！」

不需再多說什麼，麥克尼爾轉身朝布盧默追去。畢竟艾咪還在他手上。而且她大概不是單獨待在那個座艙裡。

但當他接近摩天輪時，他發現他追丟了布盧默的身影。他跑上斜坡前往控制室。裡面沒人，然後腳踩在金屬上的聲音吸引他把目光移向螺旋梯，位於摩天輪東北方巨大馬達的兩側。布盧默跑上左側的螺旋梯，朝摩天輪的外輪跑去，不得不踩著笨拙小小的步伐。麥克尼爾追了上去，但當他爬上螺旋梯後，布盧默早就爬到摩天輪外輪的圓形梯上。麥克尼爾難以置信地盯著他，那男人瘋了。顯然他覺得自己可以一路爬到關著艾咪的摩天輪座艙。麥克尼爾別無選擇，只得跟上去，不管他願不願意。

他從螺旋梯上向下看，看見卡斯泰利醫生就在下方的坡道。她靠著欄杆撐住自己，注視著他。「看妳可不可以讓摩天輪動起來！」他吼道，旋即轉身晃進梯子內部的弧線。他抬頭向上看，布盧默就在他上方八十多呎的地方，像個瘋子似的一步一步往上爬。麥克尼爾開始攀爬，包著繃帶的手因為燒傷而陣陣刺痛。

他知道快沒有用，他必須踩穩腳步，一次一階，一步一步地往前，不要往下看。然而腦裡一旦冒出這個想法，他便看向下方。他似乎在短時間內走了很長一段路，心臟猛烈撞擊胸口讓他以為自己就要窒息。他踩空了一步，差點掉下去。恐懼使他感到衰弱，看上面，他對自己說，而當他抬起頭時，他看見布盧默從梯子內部爬到外面，他就可以在梯子沿著摩天輪頂部繞時待在上方。麥克尼爾繼續前進。

此時風勢強勁地拉扯他的工作外套，拂過四周的輪輻發出噪音。手燒傷帶來的疼痛，讓他感覺手因為寒冷發麻。梯子開始使他向後傾斜，是時候該爬到外面了。他轉過身抓住外面的梯子，用他那雙笨拙的馬丁鞋找立足點。由於他太害怕了，手幾乎沒剩什麼力量。半晌，他只是攀住摩天輪的外輪，這座城市在他下方以奇怪的角度傾斜。他可以看見巴特西發電站排放廢煙的四個煙囪。「我思故我行」和「歡迎來到創意時代」——距離他開車經過這些倉庫尋找一個叫卡辛斯基的人似乎是很久以前的事了。

在他左側，聖湯瑪士醫院再過去就是一切開端的施工現場。昨天早上的這個時候，他夢見自己逃班，無所事事地躺在伊斯林頓的一張單人床上，以他六呎四吋的身材來說床太小了；昨天早上的這個時候，尚恩還活著。放手有多麼簡單，就這麼墜入夜色中，讓一切結束。死了生活就會輕鬆多了，這個念頭非常誘人，擁簇、誘惑著他，直到他想起艾咪。

他咬緊牙關，繼續往上，沿著摩天輪朝頂端彎曲的外輪向上攀爬。現在他蹲在輪幅上方，在風持續的吹襲下努力保持平衡。他抬起頭，看見位於頂端的座艙幾乎就在他的正上方，他可看到有兩個人影在裡面走動，中間一個人影傳來微弱的聲音。那可能是艾咪，但他不確定。他唯一確定的就是布盧默在座艙內很安全，而他現在在外面，危險地暴露在夜色下，位於泰晤士河冰冷的河水上方。再爬幾階，他就會到座艙的正下方，可避開他們的視線。他攀在管狀的結構上，扭著頭觀察上去的方法。座艙門分開滑向兩邊，他可以攀到左邊的門上，踩用來上下摩天輪的狹窄腳架上去。

他蹲在座艙的陰影裡，承受風的吹拂。他閉上眼睛，鼓起勇氣。如果他辦不到，就失敗了。他回想雕像下方的銘文：他們奮不顧身是因為別無他法。他張開眼睛，該前進了。

幾乎就在他伸手抓住控制門開關的氣壓桿的同時，整個摩天輪震動起來，開始轉動。卡斯泰利醫生總算弄清楚了控制的方法，但這已足以讓他錯判距離，麥克尼爾沒抓到欄杆。包著繃帶的手抓空了，他感覺自己詭異地向後歪，整座城市在他下方傾斜，他看見河流轉了九十度直角。

他的手肘撞到門口的平臺，整個人懸在上面，臉朝下方，往座艙裡看去。整個過程他手一鬆，腳在下方踢舞，知道自己就要掉下去了。

他幾乎聽不到艾咪在尖叫。

III

品基看見史密斯先生爬到摩天輪頂，伸手進到座艙內覺得很驚訝。他一直很清楚史密斯先生是個瘋子，常做出惡魔的行徑，但這個舉動就算對他來說也算是一大壯舉。

然後麥克尼爾出現了，他們都看到了他。他的外套隨風飄揚，他朝上的臉色蒼白，面露驚恐。對一個身材壯碩的男人來說，看起來非常脆弱。

但這些對品基來說都不重要了，他的工作完成了，即將要功成身就。他感覺很虛弱，有些神智不清。看見麥克尼爾的身體突然晃進座艙的空位，而後掉下去，撞到外面狹窄的腳架，雙手掙扎可以抓的地方，卻無能為力。

他聽見史密斯先生大聲嘲弄，看著他朝門口走去。他踢著麥克尼爾的臉，踩在他燒傷的手上。品基看著那雙手，破爛的繃帶包著劇痛的傷口。他才第一次想到是麥克尼爾衝進大火將他從那輛火燒車中拖出來。

「不要這樣。」他對史密斯先生說，卻只發出細語般的聲音，呼吸急促。「這不公平。」他說，但史密斯先生沒有在聽。「住手！」他吼道，發出可怕的咯咯聲。史密斯先生聽到了，在品基舉起他的 SA80 步槍時轉身。

「品基，你在做什麼？」

槍匣裡剩下的子彈將史密斯先生轟出門外，宛如他自身的死亡天使般墜入夜色中。

麥克尼爾放手了，他再也堅持不住，品基聽見艾咪沮喪無能的哭聲。真可惜，他心想。品基放下步槍，蹣跚地走到門邊，對上麥克尼爾的眼睛，看見他眼中露出的害怕。品基感覺自己生命正在流逝，他跪了下去。「對不起。」他低語道，真心感到抱歉。但他知道沒人聽得到他說的話。

品基在麥克尼爾放手時抓住他的手，品基現在抓住他了，他的命就掌握在品基手裡。或許他們會一起掉下去，或者這個被他拯救的男人會親自終結他的生命，難道這就是他的生命中一直缺乏的意義嗎？

麥克尼爾閉上眼睛，他不明白這一切的發展，但他想不到當自己臨死時有什麼問題好問的。他知道這個男人就是那個他在蘭貝斯橋那輛火燒車中拉出來的人。他沒有理由感激麥克尼爾，因為他曾歷經幾小時的人間煉獄。現在他就掛在一條燒焦懸掛的肉末端，當他往上看進男人的眼睛時，就像凝視著深淵。一個巨大的窟窿，什麼都沒有。接著另一隻手抓住他的衣領把他拉上來。盡最大的力量。他把雙腿撐在門的兩側，從疲憊的肺部發出深深的嘆息。麥克尼爾抓住門的邊緣，然後跪在腳架上，整個人摔進裡面，躺在地上，感到筋疲力盡。

他翻過身抬頭看向救了他的男人，卻什麼也沒看到。他走了，墜入自己靈魂的深淵。

麥克尼爾轉身看向可憐的艾咪，淚水撲簌簌地滾落她的臉頰，設法像果凍般的撐起身體。他跌跌撞撞地去到長凳旁，將她湧進懷中。

遠方，冬日天空的曙光映在河面上，一路從東方延伸至上游，麥克尼爾第一次感覺鼻頭傳來酸澀，喉頭一陣哽咽。

高寶書版集團
gobooks.com.tw

TN 276
封鎖
Lockdown
作　　者　彼得・梅（Peter May）
譯　　者　陳思華
主　　編　楊雅筑
封面設計　謝捲子
內頁排版　賴姵均
企　　劃　鍾惠鈞

發 行 人　朱凱蕾
出　　版　英屬維京群島商高寶國際有限公司台灣分公司
　　　　　Global Group Holdings, Ltd.
地　　址　台北市內湖區洲子街88號3樓
網　　址　gobooks.com.tw
電　　話　(02) 27992788
電　　郵　readers@gobooks.com.tw（讀者服務部）
　　　　　pr@gobooks.com.tw（公關諮詢部）
傳　　真　出版部　(02) 27990909　行銷部 (02) 27993088
郵政劃撥　19394552
戶　　名　英屬維京群島商高寶國際有限公司台灣分公司
發　　行　英屬維京群島商高寶國際有限公司台灣分公司
初　　版　2020 年 11 月

國家圖書館出版品預行編目(CIP)資料

封鎖 / 彼得・梅(Peter May)著；陳思華譯. -- 初版. --
臺北市：英屬維京群島商高寶國際有限公司臺灣分公司, 2020.11
　面；　公分. -- (文學新象；TN 276)
譯自：Lockdown.

ISBN 978-986-361-940-6(平裝)

873.57　　109017411

GOBOOKS
& SITAK
GROUP©